ÄRGER IM ANZUG

KYLIE GILMORE

Ärger im Anzug: © 2017 Kylie Gilmore
First Edition October 2017
Coverdesign von Kim Killion
Publiziert durch: Extra Fancy Books
Übersetzung: Anna Drago

ISBN-10: 1-942238-96-7
ISBN-13: 978-1-942238-96-6

KAPITEL EINS

Vor zehn Jahren

Die fünfzehnjährige Madison Campbell stemmte ihre Hände in die Hüften und betrachtete sich kritisch im Spiegel, als würde sie das in den schönen, zierlichen Typ Mädchen verwandeln, auf den Parker Shaw stand. Sie musste diese Sache mit der Schönheit hinbekommen, denn Parker, der Typ, den sie schon anhimmelte, solange sie denken konnte, würde die Stadt mit ihrer Jungfräulichkeit verlassen.

Das wusste er nur noch nicht.

Sie hob ihre schulterlangen, dunkelbraunen Haare an und versuchte, sie zu einem Knoten hochzustecken, wie sie es bei der allseits beliebten Shannon gesehen hatte. Sie nahm ihren Haargummi, zog ihn über die Haare und ließ los. Natürlich rutschte der ‚Knoten‘ zur Seite. „Verflixt", murmelte sie, riss den Haargummi heraus und warf ihn über den Waschtisch.

Wie machten die anderen Mädchen das nur? Sie hatte niemanden, den sie hätte fragen können. Ihre Mom hatte sie verlassen, als sie gerade mal ein Jahr alt gewesen war. Sie war das einzige Mädchen – die einzige *Frau* – in einem Haus mit fünf Brüdern und ihrem Vater. Alle ihre Freunde waren Jungs. Jedes Mal, wenn sie versuchte, sich mit

Mädchen zu unterhalten, hatte sie das Gefühl, versehentlich einen spanischsprachigen Sender eingestellt zu haben: alles klang schön, doch sie hatte keine Ahnung, wovon sie sprachen. Offensichtlich gab es gutes Verliebtsein und schlechtes Verliebtsein, doch für sie hörte sich beides irgendwie gleich an. Und dann, wenn sich etwas wie eine Frage anhörte, es aber keine war. Was machte es schon, wenn sie der Sprache der Mädchen nicht ganz mächtig war? Sie hatte kein Problem, sich mit Jungs zu unterhalten – selbst mit einem so unverschämt heißen Typen wie Parker. Sie würde ihm einfach zeigen müssen, dass sie nicht mehr die Knalltüte mit der großen Klappe war, mit der er aufgewachsen war.

Sie fuhr sich energisch mit den Händen durchs Haar und versuchte, sie für einen natürlich lockigen Look, wie sie ihn im Fernsehen gesehen hatte, aufzulockern. Jetzt sah es irgendwie wuschelig aus. Sie drehte den Wasserhahn auf und spritzte Wasser über ihre Haare, um sie wieder zu glätten. Okay, die Haare konnte sie schonmal vergessen. Sie nahm den rosa Lippenstift, den sie in der Umkleide aus Shannons Tasche gestohlen hatte, und zog einen Kussmund. Mad hatte keine Angst vor Sex. Sie wusste alles darüber, was es zu wissen gab – was wohin gehörte, den Teil mit dem Kondom und die Geräusche, die Mädchen dabei machten. Sie musste ihren Brüdern dafür danken, die immer wieder Mädchen mit nach Hause brachten, wenn ihr Dad bei der Arbeit war. Sie strich den Lippenstift über die Oberlippe, dann die Unterlippe und wieder zurück, um den Kreis zu schließen. Vorsichtig verschloss sie den Lippenstift wieder, da sie ihn am Montag in der Schule wieder in Shannons Tasche stecken wollte, wenn sie nicht hinsah.

Sie lächelte in den Spiegel und erstarrte. Sie sah aus wie ein Clown. Der Lippenstift war zu pink und passte eher zu

Shannons blonden Haaren. Außerdem war er schon verschmiert. Gereizt riss sie ein paar Blätter Toilettenpapier ab und schrubbte ihn weg. Das war einfach nur dämlich. Sie wusste, was Jungs mochten – große Titten.

Sie blickte an sich hinunter. B-Körbchen. Sie legte ihre Hände auf ihre Brüste und schob sie zusammen, um etwas zu schaffen, das wie ein Dekolleté aussah. Nicht beeindruckend. Sie zerrte ihr schwarzes Lieblings-Konzert-T-Shirt herunter und hob gleichzeitig ihre Brüste an. Besser. Sie griff mit beiden Händen nach dem Ausschnitt des T-Shirts, das sie von ihrem Bruder Ty ‚geerbt' hatte, und zögerte einen Moment lang, dann riss sie es in einen V-Ausschnitt. Immer noch kein Dekolleté. Sie riss den Ausschnitt ein wenig tiefer. Sie beugte sich vor und wackelte mit den Schultern. Na bitte. Jetzt konnte man definitiv sehen, dass sie Titten hatte.

Was noch? Sie griff nach Shannons blauem Lidschatten, nahm den Applikator und verteilte ihn auf ihren Lidern. Sie öffnete ihre dunkelbraunen Augen, um die dramatischen Ergebnisse zu sehen. Grässlich. Ganz klar hatte sie das Make-up vom falschen Mädchen gestohlen. Den blauen Kajal würde sie erst gar nicht ausprobieren. Sie hätte etwas von Shannons dunkelhaariger Freundin Michelle stehlen sollen. Sie seufzte. Dann würde sie einfach ihren Körper benutzen müssen.

Sie drehte sich vor dem Spiegel zur Seite, straffte die Schultern und drehte sich um, um ihren Po zu betrachten. Flachland. Mit den kurvigen Pin-Ups in den Magazinen, die ihre Brüder unter ihren Matratzen versteckten, hatte sie überhaupt nichts gemein. Sie war einen Meter zweiundfünfzig groß, mit einem dünnen, knabenhaften Körper. Athletisch. Nicht so zierlich wie Parkers letzte, kurvige, kleine Freundin. Sie stemmte ihre Hände in die Taille. Die war wenigstens schmal. Wenn sie vielleicht das

Shirt hochschob, würde ihre schmale Taille den Anschein von kurvigen Hüften erwecken.

Über den Hüftknochen band sie zwei Knoten in ihr Shirt, um ihren Bauchnabel zu zeigen. Kurz überlegte sie, ob sie sich den Bauchnabel mit einer Sicherheitsnadel piercen sollte, um Aufmerksamkeit darauf zu ziehen, da sie ihn hübsch fand, doch sie fürchtete, dass er dann zu rot aussehen würde. Sie hatte sich ihr Ohr selbst gepierct und, Mann, das war einen ganzen Tag lang feuerrot gewesen.

Jemand donnerte mit der Faust an die Tür. „Beeil dich! Ich muss pissen!", bellte eine männliche Stimme.

„Geh ins andere Bad!", rief sie zurück.

Er rüttelte am Türknauf. Natürlich hatte sie abgeschlossen. *Bumm. Bumm. Bumm.* Musste Ty sein. Er war der körperbetonteste ihrer Brüder. Er würde die Tür eintreten, wenn sie sich nicht beeilte. Sie stopfte die Beweise – Lippenstift, Augenpampe – in die Tasche ihrer Jeans.

„Komm schon, Mad, es ist dringend. Logan ist im anderen Bad."

„Er holt sich wahrscheinlich nur einen runter", sagte sie und zog ihre Haare nach vorn über ihre Schultern in der Hoffnung, Aufmerksamkeit auf ihre Oberweite zu ziehen.

Bumm. Die Tür bebte. Musste ein Tritt gewesen sein.

Sie verdrehte die Augen und warf einen langen letzten Blick in den Spiegel. Ob Parker das gefallen würde? Sie wusste nicht, was sie sonst hätte tun können, um besser auszusehen. Sie schnupperte an ihren Achseln. Rochen okay, doch sie hätte auch Parfum mitgehen lassen sollen.

Bumm. Die Tür erzitterte. „Was zum Teufel treibst du da drin?", polterte Ty.

Sie öffnete den Medizinschrank in der Hoffnung, irgendetwas zu finden, das gut roch, doch da war nur der Mist ihrer Brüder drin. Die meisten von ihnen lebten noch zu Hause, abgesehen von den eineiigen Zwillingen Jake und Josh, die beide in der Army waren.

„Mad!"

Sie seufzte und öffnete die Tür.

„Aus dem Weg", knurrte Ty, packte sie um die Taille und schob sie in den Flur. Wie auch ihre anderen Brüder war er groß, über eins achtzig, hatte braune Haare, braune Augen und definierte Muskeln. Er war einundzwanzig und arbeitete in einem Fitnessstudio, wo er anderen Leuten zeigte, wie sie sich Muskeln wie seine antrainieren konnten. Hinter ihm fiel die Tür ins Schloss.

Sie ging zu dem kleinen Zimmer, das sie mit ihrem drei Jahre älteren Bruder Logan teilte. Sie schlief oben im Stockbett. In ihrem Haus gab es nur drei Schlafzimmer. Das kleinste hatte ihr Vater für sich allein beansprucht, das eigentliche Elternschlafzimmer hatte zwei Etagenbetten für die vier ältesten Jungs. Parker schlief auf dem Sofa im Wohnzimmer. Ihr Vater hatte ihn aus seinem schlimmen Zuhause gerettet, als er zehn und sie sieben Jahre alt gewesen war, und er hatte seitdem bei ihnen gelebt. Sie konnte sich nicht vorstellen, wie sie ihre Brüder ohne Parker überlebt hätte. Er hatte immer auf sie aufgepasst. Wer war derjenige, der sie in sein Team wählte, wenn niemand sonst sie wollte? Parker. Wer gab ihr sein Eis, wenn ihre Brüder sich über die Packung hergemacht und ihr keinen einzigen Tropfen übrig gelassen hatten? Parker. Wer brachte ihre Brüder zum Schweigen, wenn sie ihre Gefühle verletzten? Der Typ, der ihr bald die Jungfräulichkeit nehmen würde – Parker.

Und morgen würde er für sechs lange Jahre zur Air Force gehen. Der Kloß in ihrem Hals wuchs. *Nicht heulen*, redete sie sich selbst zu. *Du kannst heulen, so viel du willst, wenn er weg ist.*

Sie schloss die Augen und holte tief Luft. Sie hatte noch

eine Stunde bis zu seiner Abschiedsparty. Ihr Dad war allein mit Parker zum Abendessen gegangen. Sie öffnete den Kleiderschrank, kickte Logans Fußballschuhe aus dem Weg und überlegte, ob sie lieber Turnschuhe oder ihre schwarzen Kampfstiefel tragen sollte. Welcher Schuh sagte ‚hübsches Mädchen‘? Turnschuhe. Zweifellos. Sie waren weiß und weitgehend sauber. Sie holte sie heraus, nahm ein paar Taschentücher und setzte sich auf den Boden, um sie zu putzen.

Sie spuckte auf das Taschentuch, rieb damit über eine abgeschrammte Stelle und dachte dabei wieder an Parker. Würde er sie heute Abend mit anderen Augen sehen? Würde er bemerken, dass sie verändert war? Erwachsen? Mit zwölf hatte sie bereits ihre jetzige Größe erreicht, doch jetzt hatte sie endlich einen halbwegs altersentsprechenden Körper. Er *musste* es sehen. Und wenn nicht, würde sie einfach ihre Arme um seinen Hals schlingen und ihn küssen. Taten sprachen lauter als Worte. Sie hatte noch nie einen Jungen geküsst, doch sie hatte ihre Brüder dabei beobachtet. Wenn sie das konnten, konnte es nicht so schwer sein.

Zum Üben knutschte sie ihren Handrücken. Das war leicht. Sie öffnete ihren Mund und ließ ihre Zunge spielen.

„Was machst du?", fragte Ty von der Tür.

Sie erschrak und ließ mit brennenden Wangen die Hand sinken. „Schon mal was von Anklopfen gehört?"

Ty lehnte in einem ärmellosen Shirt und Shorts im Türrahmen, die Arme vor der Brust verschränkt, wie immer, um seine definierten Bizepse zur Schau zu stellen. „Die Tür war offen." Er schmunzelte. „Hast du etwa gerade deine Hand geknutscht?"

Sie warf ihren Turnschuh nach ihm.

Er duckte sich und grinste. „Wen willst du denn küssen?"

„Ich habe nicht meine Hand geküsst. Ich habe gespuckt … Um meine Turnschuhe sauberzumachen." Sie stand auf und schlüpfte in den einen weitestgehend sauberen Schuh, hob den anderen hinter Ty auf und zog ihn an.

„Hast du mein Lieblingsshirt zerrissen?", fragte Ty. „Mad!"

Sie streckte das Kinn vor. „Es passt dir schon seit fünf Jahren nicht mehr. Es ist meins, und ich kann damit tun und lassen, was ich will. Das ist mein Style."

Er deutete auf ihre Brust. „Ich kann deine … deine … zieh dir was anderes über!"

Sie biss die Zähne zusammen. „Nein."

Sein Blick fiel auf die zwei Knoten, die sie in den Saum des Shirts gemacht hatte. Er starrte ihren Bauchnabel an, dann ging er zur Kommode, riss eine Schublade auf, zog ein weiteres ‚vererbtes' Shirt heraus – ein verblasstes Eastman High Shirt – und warf es ihr zu. „Zieh das an."

„Nein." Sie stieg demonstrativ über das Shirt und verließ das Zimmer.

„Dad wird dich so nicht aus dem Haus lassen!", rief Ty ihr hinterher.

„Ich gehe nicht aus", antwortete sie über ihre Schulter und ging zur Treppe. Sie blieb auf der obersten Stufe stehen, als die Haustür aufging und der Mann ihrer Träume hereinkam.

Ihr Herz pochte – *Park*-er, *Park*-er, *Park*-er. *Cool bleiben!* Parkers dunkelbraune Haare waren bereits für die Grundausbildung kurz geschoren. Über seinen breiten Schultern spannte ein weißes T-Shirt, und seine ausgewaschenen Jeans saßen wie angegossen. Er war achtzehn und hatte sich freiwillig gemeldet, seinem Land zu dienen – ein echter Mann. Als er aufblickte und sie mit seinen umwerfenden Haselnussaugen direkt ansah, ging sie langsam die Treppe hinunter und hoffte, dabei sexy und verführerisch auszusehen.

„Hey Kleine", sagte Parker lächelnd. „Wir haben eine Eisbombe mitgebracht."

Kleine. Ihre Begeisterung schwand. *Kleine. Mini. Kurze.* Sie war *immer* die kleine Knalltüte. Bemerkte er denn gar nicht, dass sie jetzt eine Frau war?

Ihr Vater, ein großer, fitter Mann mit kurzen braunen Haaren, braunen Augen und Lachfalten um Augen und Mund (die er allerdings als Sorgenfalten wegen seiner Kinder bezeichnete), kam mit der Eisbombe herein. Er sagte nur kurz Hallo, dann verschwand er in die Küche.

Sie eilte den Rest der Stufen hinunter, da sie unbedingt wollte, dass Parker einen Blick auf ihre Titten warf. Wenn selbst Ty ihr tief ausgeschnittenes Shirt bemerkte, musste auch Parker es sehen. Parker bemerkte sie immer, achtete immer auf sie und bezog sie mit ein, wenn ihre Brüder ihr sagten, dass sie sich verziehen sollte.

„Wir sollten das Volleyballnetz im Garten aufbauen", sagte er zu ihr und sah sich um. „Wo sind denn alle?"

Sie blieb direkt vor ihm stehen. Die Spitzen ihrer Sneakers berührten sich fast. „Ich bin hier."

Er legte seine große Hand auf ihren Kopf. „Ja. Wo sind alle anderen?"

Im Stillen kochte sie vor Wut, doch sie schob seine Hand nicht weg. Wenigstens berührte er sie.

„Mad, wir müssen dir neue Klamotten kaufen", sagte ihr Dad, als er aus der Küche kam. „Das Shirt fällt ja schon auseinander. Geh dich umziehen und dann saug noch schnell Staub, während ich das Zeug hier fertigmache."

Park zog seine Hand weg und sein Blick fiel auf ihre Brust. Sie straffte ihre Schultern, damit sie eindrucksvoller anzuschauen waren. Wieder begegneten sich ihre Blicke. „Ist Ty da?"

„Oben", sagte sie und stapfte davon, um sich umzuziehen.

Ty begegnete ihr auf der Treppe und rief Parker zu: „Hey, da bist du ja wieder. Ich hab Bier besorgt."

Mad spitzte die Ohren. Wenn Parker ein oder zwei Bier getrunken hatte, wäre er vielleicht leichter zu überzeugen. Sie wusste, dass es ihrem Dad nichts ausmachen würde, wenn Parker trank. Nachdem Parker sich freiwillig gemeldet hatte, hatte ihr Dad ein Bier mit ihm getrunken und mit ihm auf seine Zukunft angestoßen. Sie ging in das Zimmer, in dem Parker seine Sachen hatte, nahm sein dunkelblau kariertes Flanellhemd und zog es an. Sie hatte sich etwas anderes angezogen, und er würde bemerken, dass sie sein Hemd trug. Sie war schon im Flur, als sie ihren Fehler bemerkte. Es war Juli, und selbst im klimatisierten Haus begann sie bereits zu schwitzen. Schnell zog sie ihre Jeans aus und tauschte sie gegen ein paar Shorts. Das Flanellhemd war ihr ein bisschen zu groß und reichte ihr über den Po, sodass die Shorts nur ein ganz kleines bisschen darunter hervorspitzten. Cool.

Beim dämlichen Staubsaugen schwitzte sie noch mehr und musste ihre Haare zu einem hohen Pferdeschwanz binden. So viel zum sexy Styling. Als das Haus sich mit ihren Brüdern und deren Freunden füllte, hatte sie die Ärmel hochgekrempelt und Parkers Hemd aufgeknöpft. Ihrem Dad fiel nicht auf, dass ihre Oberweite wieder für alle zu sehen war. Er saß gemütlich in seinem Lieblingsfernsehsessel und philosophierte über seine Zeit in der Army.

Sie setzte sich auf die Armlehne des Sofas. Parker saß am anderen Ende, mit ihren Brüdern Ty und Alex zwischen ihnen. Logan saß mit ihren Blutsbrüdern Zach, Ethan, Ben und Marcus am Boden – diese Jungs waren wie Familie. Ihr Dad, ein Cop, war in der Police Athletic League aktiv und betreute dort einen Haufen Kids, die eine zuverlässige Vaterfigur in ihrem Leben brauchten.

Sie tat so, als hörte sie zu, während sie im Geiste durchging, was sie später zu Parker sagen würde, wenn alle anderen schlafen gegangen waren. Sie würde sich nach unten schleichen, wo er auf dem Sofa schlief, und sie würde … ja was *würde* sie sagen? Sie biss sich auf die Unterlippe und sah ihn an. Als er ihrem Blick begegnete und ihr zuzwinkerte, wurde sie rot und wandte sich schnell ab. Wusste er, was sie dachte? Das würde es so viel einfacher machen.

Ihr Dad war endlich mit seinen Erzählungen fertig, und Ty meldete sich zu Wort. „Parker ist nicht der einzige, der auszieht. Ich gehe nächsten Monat nach L.A."

„Was? Warum?" Plötzlich redeten alle durcheinander.

Ty grinste. Nur Parker schien nicht überrascht zu sein, doch die beiden standen sich nahe. „Ich werde Stuntman."

„Wie willst du das denn anstellen?", fragte Alex. Er war am Community College und wusste noch nicht, was er mit seinem Leben anfangen wollte.

„Ich habe einen Typen im Fitnessstudio getroffen, der als Stuntman gearbeitet hat", sagte Ty. „Er will mich ein paar Leuten vorstellen, die er kennt."

„Dann achte aber bitte darauf, dass du eine ordentliche Ausbildung bekommst", sagte ihr Dad. „Sei nicht leichtsinnig, sonst bringst du dich damit um."

„Komm schon", sagte Ty und deutete mit beiden Händen auf sich. „Mit diesem Körper? Du weißt, dass ich auf meine wertvollsten Güter aufpasse." Er ließ seine Muskeln spielen.

Alle lachten, nur Mad nicht. Sie saß mit brennenden Augen da. Einer nach dem anderen machte sich aus dem Staub. Zuerst waren Jake und Josh zur Army gegangen, dann Ethan auf die Polizeiakademie, Park zur Air Force und jetzt Ty. Bald würde sie ein Einzelkind sein. Alles änderte sich, und es gefiel ihr überhaupt nicht. Sie brauchte eine Minute für sich, darum stand sie auf und ging in die Küche. Wie konnten alle nur so glücklich darüber sein, dass die Familie auseinanderbrach?

Sie wühlte im Kühlschrank herum, nahm eines von Tys Bieren und suchte nach einem Flaschenöffner. In der Kramschublade fand sie einen. Sie hatte sie gerade geöffnet, als jemand ihr die Flasche aus der Hand nahm.

„Danke, Mini", sagte Park und nahm einen langen Schluck.

Sie runzelte die Stirn, doch er sah sie streng an. „Du bist zu jung zum Trinken."

„Interessiert niemanden", sagte sie. „Ist doch 'ne Party."

„*Mich* interessiert's."

Sie schluckte den Kloß in ihrem Hals hinunter. Niemand würde sich je so sehr für sie interessieren wie Park. Er nahm sie wahr. Er gab ihr das Gefühl, etwas Besonderes zu sein.

Parker lehnte sich an den Küchentresen und stellte das Bier außerhalb ihrer Reichweite ab. „Bist du traurig, weil Ty geht?"

„Alle gehen", murmelte sie.

„Alle werden erwachsen", sagte er. „Es ist an der Zeit."

Sie schwieg, froh, dass er auch sie ins ‚Erwachsenwerden' mit einbezogen hatte, und dankbar, dass sie ihn für sich allein hatte. Sie setzte sich auf den Tresen neben ihn und ließ die Beine baumeln. „Ich werde wahrscheinlich auch bald gehen."

Er neigte den Kopf. „Das kommt schon noch. Schreib du weiter deine Einser, dann kannst du an die Uni gehen."

„Wenn du zurückkommst, könnte ich fast mit der Uni fertig sein."

Er holte sein Handy aus der Hosentasche. „Wir bleiben

in Kontakt. E-Mail, SMS, was auch immer." Er hielt es hoch. „Sag ‚cheese'."

„Cheese", sagte sie und lächelte mit all der Liebe, die sie in ihrem Herzen hatte.

Er betrachtete das Bild, nickte und steckte das Handy wieder weg.

Als sie sein Profil betrachtete, war die Liebe, die sie empfand, überwältigend. „Parker, ich …"

„Hey!", polterte Tyler auf dem Weg in die Küche. „Zeit für ein Volleyballspiel. Raus mit euch." Er holte ein Bier aus dem Kühlschrank und ging zur Hintertür hinaus in den Garten. Die anderen Jungs folgten ihm und teilten sich bereits in Teams auf. Sogar ihr Dad war dabei.

Sie sprang vom Küchentresen und wollte ihnen hinterhertrotten, doch Park hielt sie am Kragen seines Hemds fest.

„In dem Ding wirst du schwitzen wie ein Schwein", sagte er. „Ach ja. Warum hast du eigentlich mein Hemd an?"

Sie zog es aus und reichte es ihm, bevor sie den neuen V-Ausschnitt ihres T-Shirts weiter hinunterzog. „Mein T-Shirt ist gerissen. Siehst du?"

Er sah es kurz an, dann schoss sein Blick zu ihren Augen. „Hast *du* es zerrissen?"

Sie hob das Kinn. „Ja, so ist der Style nun einmal."

„Wer ist der Typ?"

„Kein Typ, du Depp", sagte sie und marschierte an ihm vorbei zur Tür hinaus, bevor er sehen konnte, wie rot sie wurde.

Er holte sie ein, packte sie am Kragen und zog ihn zurück, dieses Mal, um den Ausschnitt hochzuziehen, damit sie nicht mehr ganz so tief blicken ließ. Bevor sie eine clevere Bemerkung machen konnte, joggte er an ihr vorbei auf die andere Seite des Netzes.

Mad wartete ab, spielte Volleyball, warf Körbe, trank hier und da einen Schluck vom Bier ihrer Brüder, bis es schon ziemlich spät war und ihr Dad einen Trinkspruch aussprechen wollte, bevor er die Party für beendet erklärte. Früh am nächsten Morgen würde er Parker zum Flughafen fahren, damit er seinen Flug zur Grundausbildung in Texas besteigen konnte.

Ihr Dad hob seine Bierflasche und ließ den Blick über alle schweifen. „Ich bin dankbar, dass ihr alle meine Familie seid." Seine Stimme war rau vor Emotion, was ihre Augen brennen und einen dicken Kloß in ihrem Hals wachsen ließ.

„Hört, hört", sagte Ty, und alle tranken.

Schließlich endete die Party, und die Jungs verstreuten sich – einige gingen in ihre Betten, andere kehrten in ihre jeweiligen Wohnungen zurück. Sie ging in ihr Zimmer und lag eine ganze Weile in ihrem Bett, bis alles still wurde und sie sicher war, dass Logan schlief. Dann schlich sie nach unten, nur mit dem langen T-Shirt bekleidet, in dem sie schlief. Für diesen Augenblick hatte sie ein Kondom in der Schublade des Beistelltischchens versteckt, das sie aus Logans Sockenschublade gestohlen hatte. Es war dunkel, doch sie hatte Übung, was das Herumschleichen anging.

Sie ging zum Sofa, wo Park in eine blaue Bettdecke gewickelt schlief. „Parker", flüsterte sie.

Keine Antwort.

Sie stieß seinen Arm an. „Parker."

Immer noch nichts. Sie setzte sich auf den Rand des Sofas neben ihn und stieß seine Rippen an. „Parker, ich bin's, Mad. Wach auf."

Er stöhnte und drehte sich um. Als sie ihn erneut anstieß, öffnete er die Augen. „Was ist?"

Sie beugte sich vor, so weit, dass sich ihre Lippen beinahe berührten. „Ich werde dich vermissen", sagte sie leise.

Er schloss seine Augen. „Oh Mann, alles dreht sich. Ich hab zu viel getrunken."

Sie richtete sich auf „Wieviel hast du getrunken?"

Er wedelte mit den Händen. „Keine Ahnung. Acht Bier. Ty und ich haben nochmal so richtig gefeiert. Sooo besoffen."

Sie hatte nicht gesehen, dass er viel getrunken hatte. Das war untypisch für Parker. Sie konnte an einer Hand abzählen, wie oft er zu viel getrunken hatte. Vielleicht zweimal, und beide Male mit Ty.

Sie schaltete die Lampe auf dem Beistelltisch ein und sah ihn an. Er blinzelte. Sie beugte sich vor und starrte in seine Augen. „Deine Augen sehen nicht betrunken aus."

„Ich spüre es, das kannst du mir glauben." Er schaltete das Licht aus und ließ sich wieder aufs Sofa fallen. „Geh schlafen, Mini."

Sie kratzte all ihren Mut zusammen und strich ihm mit der Hand übers Haar, dessen kurze, stoppelige Enden ihre Handfläche kitzelten. „Deine Haare fühlen sich anders an." Sonst hatte er immer weiche, zottige Haare gehabt, die sie ab und an gerne zerzaust hatte. Er schob sie nicht weg, darum ließ sie ihre Finger in seinen Nacken wandern. „Ich bin nicht mehr Mini", sagte sie. „Ich bin erwachsen."

Er rollte auf den Rücken und legte den Arm über seine Augen. „Lass mich den Rausch ausschlafen", lallte er träge. „Im Ernst. Viiiiel zu viel getrunken."

Vielleicht war er wirklich betrunken. Sie saß ein paar Minuten da, sog seine Wärme in sich auf und ließ den Duft von frischer Seife und sexy Mann auf sich wirken. Sein Atem wurde gleichmäßiger, und er schien wieder eingeschlafen zu sein. Sie wollte sich neben ihn legen, einfach, um zu schlafen, nachdem er ja betrunken war, doch er drehte sich unerwartet um und stieß sie vom Sofa.

Als sie aufstand, blickte sie auf ihn hinab und versuchte, sich seine Züge im schwachen Licht der Straßenlaterne vor dem Fenster einzuprägen. Die langen Wimpern, die hohen Wangenknochen, das kantige Kinn. Er war der schönste Mann, den sie je gesehen hatte.

Sie kniete sich neben das Sofa, beugte sich vor und stahl einen Kuss. Ein Prickeln schoss durch sie hindurch. Erneut legte sie ihre Lippen auf seine, diesmal fester, und keuchte, als er plötzlich ihren Kuss erwiderte. Seine Lippen bewegten sich köstlich und ließen Hitze durch ihren Körper schießen. Seine Zunge streichelte ihre geschlossenen Lippen, und als sie sie für ihn öffnete, schob er sie in ihren Mund. Sie konnte ein Stöhnen nicht unterdrücken, während ihr Körper sie drängte, sich ihm weiter zu nähern.

Und dann war es vorbei. Er stöhnte und drehte ihr den Rücken zu.

„Parker?", flüsterte sie. „Ich möchte, dass mein erstes Mal mit dir ist."

Er antwortete nicht.

Sie stand auf und beugte sich über ihn. Er schien zu schlafen. Vielleicht hatte all das Bier ihn wirklich müde gemacht. Sie hatte nur ein einziges Mal ein Bier getrunken und sich zuerst superglücklich und dann hundemüde gefühlt. Sie beobachtete ihn ein paar Minuten lang und streichelte ein letztes Mal über seine Haare. „Bitte komm heil zurück, okay?"

Tränen brannten in ihren Augen, als sie die Stufen hinaufrannte. An Schlaf war nicht zu denken. Sie wälzte sich die ganze Nacht unruhig hin und her und sprang in dem Moment aus dem Bett, als sie unten Bewegung hörte. Sie wollte auf keinen Fall die Gelegenheit verpassen, sich von ihm zu verabschieden. Schnell zog sie sich an, putzte ihre Zähne, kämmte sich die Haare und eilte nach unten.

Parker faltete seine Decke und legte sie ordentlich in

den Garderobenschrank. Es war früh, und alle anderen schliefen noch.

„Ist Dad schon auf?", fragte sie.

„Ja. Er ist Bagels für alle holen gefahren." Er fuhr sich mit der Hand durchs Haar. „Mann, ich hab einen verdammten Kater. Ich kann mich kaum an die Party erinnern."

Sie musterte ihn, unsicher, ob er es ernst meinte oder nicht. Erinnerte er sich wirklich an *gar nichts*? „Wie betrunken warst du?"

Er schüttelte den Kopf. „Ich weiß nicht einmal, wie ich aufs Sofa gekommen bin. Einen Moment hab ich noch mit Ty Bier getrunken, im nächsten war ich schon weg."

Sie schluckte. Er konnte sich wirklich nicht erinnern. Er hatte ihren Kuss nicht bewusst erwidert. Es war ein Reflex gewesen. Wahrscheinlich würde jeder Mann so reagieren, wenn er geküsst wurde. Ihr erster Kuss war ein Witz. Was, wenn sie mit ihm geschlafen hätte und er sich nicht hätte erinnern können? Das wäre furchtbar gewesen.

„Ja, du warst hackedicht", sagte sie.

Die Haustür ging auf, und ihr Dad kam mit einer Tüte Bagels und einem Becher Kaffee herein. „Parker und ich müssen los." Er nickte in Parkers Richtung. „Fünf Minuten", sagte er, dann ging er in die Küche.

Parker verschwand für ein paar Minuten nach oben und kam dann mit einem Seesack zurück. „Die anderen schlafen noch, aber ich habe mich sowieso gestern Nacht von ihnen verabschiedet."

Mad wartete. Das war ihre letzte Chance, sich gebührend zu verabschieden. Ihre letzte Chance mit der Liebe ihres Lebens.

Ihr Dad nahm den Seesack und ging zum Auto.

Parker sah sie lange an. „Lern schön, okay? Schreib weiter so gute Noten."

Ihre Unterlippe zitterte. „Du bist nicht mein Dad."

Er nahm sie fest in die Arme und küsste sie auf den Kopf. Tränen stiegen ihr in die Augen, als er sie wieder ansah und ihr die Haare zerzauste. „Bis dann, Mini."

Im Gehen zog er leise die Tür hinter sich zu.

KAPITEL ZWEI

Heute

„Was haltet ihr von einer Sex-Spielzeug-Party?", fragte Mad beiläufig und wartete auf das Feuerwerk. Ihre Freundinnen vom Happy End Buchclub, einem Romantik-Buchclub, dem sich Mad aus irgendeinem Grund vor zwei Jahren angeschlossen hatte, waren in ihrem Haus und halfen ihr, es für Parkers Willkommensparty zu schmücken.

Hailey Adams, die Leiterin des Buchclubs und die einzige Hochzeitsplanerin von Clover Park, stemmte die Hände in ihre Hüften und funkelte sie finster an. „Wie kommst du von der Frage, ob wir eine Paranormal-Romanze lesen sollen, zu Sexspielzeug?"

Mad zuckte mit den Schultern. „Ich dachte, wir spielen das *„was hältst du von"*-Spiel."

Charlotte Vega, eine Personal Trainerin mit geradezu obszönem Selbstvertrauen, stieß Mad mit der Hüfte an. „Du bist so schlimm wie dein Bruder." Sie meinte ihren älteren Bruder Josh, der Hailey von Zeit zu Zeit auf die Schippe nahm, weil es einfach Spaß machte, sie auf die Palme zu bringen.

Hailey warf Mad eine Packung Luftballons zu. „Wie wäre es, wenn du all die heiße Luft sinnvoll einsetzt?"

Mad fing sie auf und sah sich im Wohnzimmer des

Hauses um, in dem sie aufgewachsen war, und überlegte, wo sie Ballons befestigen sollte. Die anderen Frauen – Hailey, Charlotte, Lauren, Carrie und Ally – hängten blaue, weiße und rote Kreppbänder über den Türen, in den Fenstern, an der Decke und über der Haustür auf. Nach zehn Jahren in der Air Force kam Parker für immer nach Hause. In der Zwischenzeit war er nur ein paarmal zu Besuch gekommen, da er sich für mehrere jahrelange Missionen an geheimen Einsatzorten freiwillig gemeldet hatte, die mit hohen Risikoboni einhergingen. Ihre Sorge um ihn hatte sie nie losgelassen. Jedes Mal, wenn sie ihn gesehen hatte, hatte ihr Herz geblutet, wenn er von ihr Abstand gehalten hatte. Natürlich hatte sie sich eingeredet, dass es besser so war, leichter, sich zu verabschieden, doch tief in ihrem Inneren fürchtete sie, dass er wusste, was sie für ihn empfand, und ihre Gefühle einfach nicht erwiderte. Es war peinlich, es zuzugeben, doch er war immer der Goldstandard für sie gewesen, und kein Mann hatte ihm je das Wasser reichen können. Jetzt kam er nach Hause – für immer –, und sie war fest entschlossen, die Distanz zwischen ihnen zu überwinden, um ein für alle Mal Klarheit zu schaffen – selbst, wenn das hieß, dass sie ihn vergessen musste.

Sie war immer noch der Meinung, dass all die Dekoration zu viel war. Ein Bier und ein Kuchen, das hätte gereicht.

Hailey warf ihr ein süßes Lächeln zu und erinnerte sie mit einer Geste daran, dass sie sich um die Ballons kümmern sollte. Mad wusste immer noch nicht, wie es dazu gekommen war, dass Hailey ihre Freundin geworden war. Die Frau war eine ehemalige Schönheitskönigin mit langen, rotblonden Haaren, blassblauen Augen und einem perfekten, kurvigen Körper, den sie immer geschmackvoll in Designerkleidern zur Schau stellte. Die Art von

Mädchen, die beim Ehemaligentreffen alle umschwärmten und die normalerweise auf Mad mit ihrem dünnen, knabenhaften Körper in ihren abgetragenen Shirts, zerrissenen Jeans und schwarzen Springerstiefeln herabblickten.

Sie betrachtete missmutig die Ballons, wütend darüber, wie emotional sie den ganzen Tag schon gewesen war. Um die Dekoration ging es hier gar nicht. Die Frauen, die ersten weiblichen Freunde, die sie je gehabt hatte, waren hier, um sie moralisch zu unterstützen. Das hatte alles Hailey eingefädelt, die irgendwie zwischen den Zeilen gelesen hatte, was Mad nicht aussprechen konnte.

„Leute", krächzte Mad.

Die Frauen sahen sie an, doch der Kloß in ihrem Hals war einfach zu groß, als dass sie etwas hätte herausbringen können. Sie hatte letzte Nacht kaum geschlafen, so nervös war sie, Park wiederzusehen und ihn endlich wissen zu lassen, was sie für ihn empfand. Es bedeutete ihr so verdammt viel, dass ihre Freundinnen hier waren.

„Wir sollten die Party früher anfangen und was trinken. Wie wäre es mit einem Bier?", fragte Mad, der es wieder einmal nicht gelang, ihre Gefühle in Worte zu fassen. Bis heute war Weibergelaber eine Fremdsprache für sie. Mit dem barschen Getöse und den derben Witzen, mit denen sie aufgewachsen war, konnte sie viel besser umgehen. Sie warf die Ballons auf den Sofatisch und ging in die Küche.

Als Hailey sie abfing und herzlich umarmte, ließ sie sie gewähren. Sie waren etwa gleich groß, knapp über eins sechzig, darum musste Mad Haileys lange Haare aus ihrem Gesicht blasen. Die Frau war ihre beste Freundin, auch wenn Mad nie die Worte fand, es ihr einzugestehen.

Hailey sah sie mit ihren strahlend blauen Augen an. „Ich weiß, dass du nervös bist, doch das wirst du ganz großartig machen. Du kannst das. Mit den Jungs abzuhängen, ist genau dein Ding!"

Mad schluckte schwer und nickte kurz, bevor sie sich in die Küche flüchtete. Mit den Jungs abzuhängen, war *nicht* dasselbe, wie in Parkers Nähe zu sein. Besonders, nachdem sie sich entschlossen hatte, die Karten auf den Tisch zu legen. Sie könnte sich nicht mehr in die Augen blicken, wenn sie nicht versuchte herauszufinden, ob einmal etwas zwischen ihnen sein könnte. Kein Mann war je ihrem Herzen so nahe gekommen wie Parker. Es war, als hätte sich ihr Herz verschlossen, als Parker gegangen war, und erst jetzt, da die Möglichkeit bestand, dass etwas zwischen ihnen wuchs, öffnete es sich wieder. Eine schmerzhafte Tatsache. Gott, sie war stark und tapfer und hatte keine Angst, sich wem oder was auch immer zu stellen.

Warum also zitterte sie beim Gedanken an ihn?

Sie öffnete die Kühlschranktür und starrte geschockt die Flasche Champagner an, die darin lag. „Hailey?", rief sie.

„Der ist für die Party!", antwortete Hailey. „Zu Ehren von Parkers Diensten in unserem Land." Mad fuhr sich mit der Hand durch ihre rot gefärbten Haare, die eine seltsame Länge hatten, da sie sie wieder wachsen lassen wollte, nachdem sie sie lange Zeit kurz getragen hatte. Hailey kannte Parker nicht einmal. Das war so verdammt aufmerksam von ihr. *Sie selbst* hätte daran denken sollen, etwas so Besonderes zu besorgen. Doch sie wusste nicht, wie sie das mit einem Typen tun sollte, der ihr tatsächlich wichtig war. Ihre „Beziehungen" waren immer nur vorübergehender Natur gewesen, wenn sie Lust auf Sex verspürt hatte, doch das war nicht oft gewesen.

Sie nahm einen Sechserpack Lightbier, etwas, das ihre Brüder nur anrührten, wenn es nichts anderes gab, und brachte ihn mitsamt Flaschenöffner ins Wohnzimmer. „Sechs Bier für uns sechs. Passt perfekt." Sie stellte die

Flaschen auf den Sofatisch und begann, sie zu öffnen.

Hailey trank einen Schluck und rümpfte die Nase. „Nächstes Mal bringe ich Wein mit. Oh, aber sag, was wirst du eigentlich heute Abend anziehen?" Sie betrachtete Mads übliches Outfit – T-Shirt, weite Cargoshorts und schwarze Arbeitsstiefel.

Mad blickte an sich hinunter. Okay, mit Mode hatte sie nicht viel am Hut, und sie mochte bequeme Kleidung, doch alles war sauber, und das war ihr Lieblings-T-Shirt. Darauf stand ‚Versuch's doch'. Sie mochte die Doppeldeutigkeit. War es eine Herausforderung zum Kampf oder verführerisch? Natürlich mochte sie einen guten Kampf, besonders im Dojo mit einem ebenbürtigen Gegner. Sie war ein Schwarzgurt mit dem 4. Dan und hatte auch gelernt, mit Waffen umzugehen.

„Ganz sicher kein Kleid", sagte Mad und schloss damit Haileys übliche Vorstellung für festliche Anlässe aus. Hailey trug dieselbe Größe wie sie, auch wenn sie größere Brüste hatte, und bot ihr bei besonderen Gelegenheiten oft an, ihr ein Outfit zu leihen. Wenn sie gezwungen war, sich für einen formellen Anlass elegant zu kleiden, bevorzugte sie jedoch ihren schwarzen Hosenanzug.

Die Frauen sahen sie an und tauschten Blicke aus. Mad trat unsicher von einem Fuß auf den anderen und wusste, dass ihr Outfit ein vernichtendes Urteil erwartete. Doch sie war sich nicht sicher, ob sie selbstbewusst genug war, um ihm mit einem Kleid unter die Augen zu treten. Sie fühlte sich immer so steif und unbehaglich in Kleidern. Sie ließ sich aufs Sofa fallen und legte die Füße auf den Tisch.

Charlotte setzte sich neben sie und begann, mit ihren langen braunen Haaren mit den kastanienroten Highlights zu spielen. „Erzähl. Wie heiß ist er eigentlich? Kriegt man bei seinem Anblick gleich ein feuchtes Höschen?"

Mad wurde heiß. Sie setzte die Flasche an und trank

einen langen Schluck kaltes Bier.

„Ist er nett?", fragte die süße Lauren, eine Grundschullehrerin.

Mad schnaubte. „Natürlich ist er nett. Er ist ja schließlich mein Blutsbruder!" Blutsbruder nannten sie ihre Brüder ehrenhalber, die Jungs, die ihr Vater bei der Police Athletic League betreut hatte, als sie noch Kinder gewesen waren. Alle waren wie Familie für sie.

„Groß, dunkel und nachdenklich?", fragte Charlotte.

Mad zupfte am Etikett der Bierflasche, da sie nicht zugeben wollte, dass sie Parker genau so in Erinnerung hatte. Dunkle Haare, strahlende haselnussbraune Augen, die hauptsächlich braun waren, mit ein bisschen Hellgrün und Gold, definitiv nachdenklich, aber auch süß. In der Air Force war er ernster geworden, oder vielleicht war ihr das nur so vorgekommen, da er die paarmal, die sie ihn gesehen hatte, so reserviert gewesen war.

Hailey setzte sich ebenfalls neben Mad. „Er ist der einzige Typ, bei dem du rot wirst, wenn du von ihm sprichst."

Und schon begannen ihre Wangen zu glühen. „Ich werde nicht rot. Du spinnst."

Carrie, Allie und Lauren setzten sich auf den Boden vor den Sofatisch, und alle starrten sie an in Erwartung weiterer Details. Sie wusste, was das bedeutete – Mädelstratsch. Zu Anfang hatten sie sich nur getroffen, um über Bücher zu reden, doch zwischenzeitlich trafen sie sich einfach, um Zeit miteinander zu verbringen. Mad hörte gerne zu, wenn sie tratschten, doch es fiel ihr immer noch schwer, selbst etwas beizutragen. Sie war es einfach mehr gewohnt, mit Jungs rumzuhängen, die eben nicht tratschten und zu allem ihren Senf dazugeben wollten.

Hailey legte eine Hand auf Mads Arm. „Du weißt, es bleibt unter uns. Du kannst uns alles erzählen."

Ihre Anspannung wuchs. *Es sind nur die Mädels*, redete sie sich selbst zu. Wahrscheinlich würde es noch eine ganze Stunde dauern, bis Ty mit Parker kam. Ihr Dad war oben in der Dusche. Die anderen Jungs würden erst in ein paar Stunden zur Party kommen.

„Komm, erzähl", sagte Charlotte und knuffte sie mit ihrem Ellbogen.

Mad holte tief Luft. Sie war kurz davor, alles zu gestehen, was sie innerlich auffraß. Doch die Worte blieben ihr im Hals stecken, als die Haustür aufflog. Außer nachts schlossen sie sie nie ab. Aus dem Augenwinkel sah sie einen großen Mann mit kurzen Haaren, sprang auf, stieß gegen den Sofatisch und warf dabei ihr Bier um. Die anderen fingen ihre Flaschen auf, bevor sie auslaufen konnten. Ihr Herz raste, ihr Verstand ein einziges Chaos, bis sie sah, dass es nur Alex war, ihr vier Jahre älterer Bruder.

„Hallo, meine Damen", sagte Alex freundlich mit seiner sexy Stimme.

Die Frauen schmachteten ihn an – abgesehen von Mad natürlich, die nur die Augen verdrehte und in die Küche ging, um Küchentücher zum Aufwischen zu holen. Sie fand es furchtbar, dass sie so nervös war.

„Ist Dad zu Hause?", rief Alex ihr nach.

„Oben", antwortete sie.

Sie hörte, wie sich die Haustür erneut öffnete und schloss, und war gerade ins Wohnzimmer zurückgekehrt, als sie wieder aufschwang und die Frauen ein kollektives „Oh, wie süß", ausstießen.

Alex hielt seine schlafende Tochter, die zwanzig Monate alte Vivian, im Arm und ging nach oben, wo ihr Dad ein Babybettchen für sie hatte. Alex war von Anfang an alleinerziehender Vater gewesen. Seine Verlobte Tammy war bei Vivians Geburt gestorben. Es war ihm nicht leicht gefallen, Arbeit und Vatersein unter einen Hut zu bringen, doch nachdem ihr Dad pensioniert war, half er gerne aus.

„Sie sieht aus wie ein kleiner Engel", sagte Lauren. „Diese Löckchen und diese süßen Wangen."

„Nur, wenn sie schläft", antwortete Mad. Ihre Nichte hatte die Unruhestiftergene der Campbells abbekommen.

Alex ging und sagte, er würde in einer Stunde wieder zurück sein. Ihr Dad würde sich um Viv kümmern, falls sie aufwachte.

Als er die Tür hinter sich geschlossen hatte, setzte Hailey dort wieder an, wo sie aufgehört hatten. „Erzähl uns von Parker."

Ihre Gedanken sprangen sofort zu seiner Abschiedsparty, ihrer letzten und besten Erinnerung an ihn, das letzte Mal, dass sie sich ihm nahe gefühlt hatte. Und er war so betrunken gewesen, dass er sich nicht einmal daran erinnern konnte. Sie sollte sich auf diese Tatsache konzentrieren, nicht die, dass ihr der Übergang von der vorlauten Knalltüte zur sexy Frau nicht gelungen war. Nicht die Tatsache, dass er sich nicht an den ersten richtigen Kuss ihres Lebens erinnerte. Und schon gar nicht, dass sie ihm ihre Jungfräulichkeit angeboten hatte. Zu spät. Adrenalin schoss durch ihren Körper. Sie musste joggen gehen oder ein bisschen sparren. Irgendetwas. Dummerweise war es Dezember, die Gehsteige waren zu vereist zum Joggen und sparren konnte sie mit den Mädels hier ganz sicher nicht. Dafür brauchte sie Ty, der wie sie ein Schwarzgurt war.

Sie sprang auf. „Ich hole die Chips."

Sie eilte in die Küche, schlug ein paarmal nach ihrem Schatten, dann holte sie tief Luft und fand ihre Ruhe wieder. Das war eine Technik, die sie beim Karate gelernt hatte. Sie holte eine Packung Chips aus dem Schrank, kehrte ins Wohnzimmer zurück und warf sie auf den Kaffeetisch, bevor sie sich wieder aufs Sofa fallen ließ.

„Wie lange hast du ihn schon nicht gesehen?", wollte Ally wissen. Ihr blonder Bob hüpfte ein wenig vor Aufregung.

Mad spielte am Sofakissen herum und ballte und streckte ihre Hände. „Zwei Jahre. Er ist ein paarmal zu Besuch gekommen, doch wir haben nie viel Zeit zusammen verbracht." Das war nicht ihre Entscheidung gewesen. Es fühlte sich eher an wie zehn Jahre, seitdem sie das letzte Mal eine echte Bindung gespürt hatte. Nachdem seine ersten sechs Jahre um gewesen waren, hatte er sich für vier weitere Jahre verpflichtet. Und als die um waren, hatte er einen fünfmonatigen Vertrag bei einer Firma angenommen, die für die Regierung arbeitete, und an der Entwicklung eines neuen Flugsimulators mitgearbeitet. Jetzt kehrte er jedoch endlich nach Hause zurück. Er war achtundzwanzig, und sie war letzte Woche sechsundzwanzig geworden. Wenn man sie mit damals verglich, waren beide jetzt vollkommen andere Menschen. Vielleicht bildete sie sich das alles nur ein. Vielleicht war da auch gar nichts mehr.

„Hast du ein Foto von ihm?", fragte Hailey.

Sie zog ihr Handy heraus und scrollte zu dem Foto in Uniform, das er ihr von seiner Beförderung geschickt hatte. Sie war so verdammt stolz auf ihn. Er sah anders aus in seiner Ausgehuniform, so erwachsen, so ernst, so stolz. Nicht der toughe Typ mit der Schwäche für seine ‚Mini‘, an den sie sich so gerne erinnerte. Gott, wie hatte sie ihn als Kind angebetet. Und als Teenager. Die Frauen reichten sein Bild herum.

„Heißer Typ", bemerkte Charlotte, und die anderen nickten.

Wieder schwang die Haustür auf, und ihr Herz begann zu pochen. Doch es war wieder nur einer ihrer Brüder, der dreiunddreißigjährige Josh, ihr zweitältester Bruder Josh, der zwei Minuten nach seinem identischen Zwilling Jake zur Welt gekommen war. Als sie vor zwei Jahren zurück nach Hause gezogen war, um mit der Uni anzufangen, hatte Josh ihr einen Job als Teilzeit-Barkeeper in der Garner's Sports Bar & Grill besorgt, wo auch er arbeitete. Er trug zwei mit Alufolie abgedeckte Tabletts mit Essen, wahrscheinlich aus dem Garner's.

„Hallo, Happy End Ladies", sagte er mit einem charmanten Lächeln, das sie alle schmelzen ließ, bevor er in die Küche ging, mied jedoch bewusst Haileys Blick.

„Wir sollten gehen", sagte Hailey, stand auf und gestikulierte in Richtung der anderen.

„Ihr geht schon?", krächzte Mad.

„Hier ist alles fertig", sagte Mad. „Deko, Essen. Und du hast selbst gesagt, dass nur die Familie zur Party eingeladen ist."

Sie konnten sie noch nicht verlassen! Sie brauchte ihre Mädels, um das durchzustehen. Zumindest bis Park kam.

„Bleibt doch noch ein bisschen", sagte Mad.

Hailey schüttelte den Kopf und ging ihren weißen Wollmantel aus der Garderobe holen. Sie konnte wahrscheinlich gar nicht schnell genug wegkommen wegen der kleinen Fehde, die zwischen ihr und Josh schwelte. Angefangen hatte alles damit, dass sie Josh als ‚Begleiter' für ihr Hochzeitsplanergeschäft bezahlt hatte, und es war eskaliert, als Josh sich bei einem Dinner mit ihr als sein reicher Zwilling ausgegeben hatte. Als Hailey herausgefunden hatte, dass er ein Spielchen mit ihr gespielt hatte, hatte sie ewige Rache geschworen. Neulich hatte sie ein paar Frauen, mit denen er im Garner's geflirtet hatte, zugeflüstert, er wäre impotent, und seitdem war es ihm nicht mehr gelungen, ein Date abzuschleppen. Und er wusste nicht einmal warum, doch das bedeutete nicht, dass sie deshalb *sie*, Mad, im Stich lassen sollten.

Die Frauen standen auf und sammelten ihre Bierflaschen ein, um sie in die Küche zu bringen. Die meisten von ihnen hatten sie noch nicht einmal ausgetrunken.

„Aber ihr müsst wenigstens euer Bier austrinken", sagte Mad verzweifelt.

Charlotte trank ihres mit einem langen Schluck aus, während die anderen sie fasziniert beobachteten. Dann wischte sie geziert ihren Mund mit den Fingerspitzen ab und lächelte. Charlotte war die Art von Mädchen, mit der Mad die Highschool auf den Kopf gestellt hätte, wenn sie sie damals schon gekannt hatte. Doch Charlotte war fünf Jahre älter als sie und war in New Jersey aufgewachsen. Doch jetzt waren sie Freundinnen, und sie respektierte das Selbstbewusstsein der sportlichen Personal Trainerin.

„Beeindruckend", sagte Mad.

Charlotte zog ihre schwarze Daunenjacke über und zog ihre langen braunen Haare aus dem Kragen. „Danke."

Hailey umarmte Mad. „Viel Glück heute Abend."

„Wo geht ihr hin?", fragte Mad.

Hailey wandte sich den anderen zu. „Happy Hour im Garner's?"

„Ich komme mit", sagte Mad.

„Das ist vielleicht eine gute Idee", sagte Hailey. „Wenn du zurückkommst, kannst du so einen großen Auftritt bei der Party machen. Vielleicht können wir nach den Drinks noch bei mir vorbei. Wir können deine Haare machen und dich schminken, und ohhh, du kannst eins meiner Kleider haben, und wenn du dann hier aufkreuzt, ist es wie ‚Ta-dah'!"

Mad erstarrte beim Gedanken, dass die anderen sie stylen wollten, und der unbequemen Vorstellung, ein Kleid anzuziehen.

„Auf geht's", sagte Charlotte und ging hinaus, dicht gefolgt von den anderen.

„Nur auf ein paar Drinks", brummte Mad und trottete

ihnen hinterher.

In der Bar zahlte Mad für die erste Runde und trank selbst zwei Gläser Tequila. Deutlich entspannter erlaubte sie Charlotte, die natürlich umwerfendste Frau, der sie je begegnet war, mit ihr in die Damentoilette zu gehen und sie zu schminken. Sie würde nicht so ein Theater machen wie Hailey.

„Dein Teint ist anders als meiner, aber wir haben dieselbe Augenfarbe." Charlottes Haut war golden gebräunt, wohingegen Mads Haut sehr hell war, doch beide hatten braune Augen. „Lass es uns mit meinem Kajal versuchen. Schau nach oben."

Mad gehorchte und erinnerte sich an ihren ersten Versuch, sich für Parker zu schminken und wie unglaublich dumm das ausgesehen hatte. „Normalerweise schminke ich mich nicht."

„Ach wirklich?", sagte Charlotte todernst.

Mad lachte.

Charlotte zog die Hand mit dem Kajalstift zurück. „Beweg dich nicht. Ich will dir nicht die Augen ausstechen."

Mad machte ein ernstes Gesicht und hoffte, dass sie nicht wie ein Clown aussah, wenn sie fertig war.

Charlotte lächelte. „Hübsch."

Mad drehte sich zum Spiegel um. Der braune Kajal ließ ihre Augen tatsächlich dunkel und sexy wirken. „Dann hast du ihn nur unter die Augen gemalt?"

„Für deine Augenform, ja."

„Oh." Sie kam sich dumm vor, weil sie überhaupt keine Ahnung von Make-up hatte. Sie starrte sich im Spiegel an und fragte sich, ob Parker es überhaupt bemerken würde. Ob er immer noch kühl und distanziert sein würde und sie immer noch in die ‚kleine Knalltüte'-Schublade stecken würde. Sie war nicht mehr die vorlaute Fünfzehnjährige von damals, jetzt war sie eine vorlaute Sechsundzwanzigjährige. *Fuck.*

Charlotte sah sie an. „Du musst unglaublich nervös sein, man sieht es dir an."

„Danke."

Charlotte wühlte wieder in ihrer Handtasche herum. „War er dein erster Freund? Der, mit dem es nie geklappt hat, oder?"

Die Tatsache, dass sie Mad nicht direkt ansah, machte es ihr leichter, es zuzugeben. „Er war alles für mich. Und dann ist er weggegangen."

Charlotte holte einen tiefroten Lippenstift hervor. „Okay. Lass die Lippen geschlossen, aber entspannt." Dann trug sie etwas Lippenstift auf Mads Lippen auf. „Was denkst du?"

Mad betrachtete sich im Spiegel. „Komisch."

Charlotte reichte ihr ein Papiertaschentuch. „Tupf es ein bisschen ab. Schau, so." Sie demonstrierte es an ihren eigenen Lippen, und Mad imitierte es.

Charlotte steckte den Lippenstift weg und musterte Mad. „Du siehst gut aus. Aber willst du wirklich die Shorts und die Stiefel anlassen?"

„Ich ziehe kein Kleid an."

„Hast du enge Jeans?"

„Ja."

„Dann zieh die an. In diesen Shorts hast du Hüften wie ein Pferd, und ich weiß, dass du schlank und fit bist."

„Bla, bla", murmelte Mad und ging zur Tür.

Charlotte folgte ihr. „Gern geschehen."

Im kleinen Flur vor der Damentoilette drehte Mad sich um. „Tut mir leid. Danke. Ich bin nur so aufgeregt. Ich will cool bleiben, doch ich wette, dass ich irgendwas Dummes tun werde."

„Sei einfach du selbst."

„Das hilft sicher", brummte Mad leise. Sie konnte mit den Jungs rumhängen, sie konnte mit freundschaftlich gemeinten Beleidigungen um sich werfen, sie konnte High Fives und Schulterrempler. Was sie nicht konnte, war flirten. Wenn sie einen Typen wollte, sagte sie es, normalerweise nach einem Basketballspiel, einer Runde Softball oder einem guten Kampf im Dojo. Doch Parker Shaw war mehr als das für sie. Zumindest war er das gewesen. Gott, vielleicht würde sie sich nicht einmal zu ihm hingezogen fühlen, wenn er erst einmal wieder hier war. Vielleicht würde sie den geradlinigen, ernsthaften Soldaten, zu dem er geworden war, gar nicht attraktiv finden? Vielleicht machte sie sich wegen nichts verrückt.

Charlotte stupste ihre Schulter an. „Du packst das schon."

Mad bekam einen Kloß im Hals. Sie kehrten an die Bar zurück, wo die Frauen Bemerkungen über ihr Make-up machten. „Haltet die Klappe, ihr dummen Hühner. Ich bin immer noch dieselbe." Unbehaglich, nervös und vollkommen überfordert.

„Du bist ganz schön zickig", bemerkte Hailey.

Mads Wangen brannten, und sie setzte sich schnell an die Bar. Kurz darauf bestellte Charlotte die nächste Runde, und nach ihrem dritten Tequila prustete Mad heraus: „Ich bin keine Jungfrau mehr."

Niemand war überrascht.

„Du bist sechsundzwanzig", bemerkte Hailey. Der Buchclub hatte sie zu ihrem Geburtstag letzte Woche zum Abendessen ausgeführt. Sie verstand immer noch nicht, wie verdammt nett diese Frauen zueinander waren. Die Jungs zahlten immer für ihre eigene Zeche.

„Ich habe nicht auf Parker gewartet, und jetzt ist es zu spät dafür", gestand Mad.

„Honey, niemand wartet zehn Jahre", sagte Charlotte

in mitfühlendem Ton.

„Fuck", sagte Mad und donnerte mit der Faust auf die Bar.

Als Hailey sie wieder zu Hause absetzte, zurechtgemacht für ihren großen Auftritt, war Mad von den aufmunternden Worten der Frauen aufgeputscht, und der Alkohol hatte ihr eine gesunde Dosis Selbstvertrauen verpasst. Alles, was sie jetzt tun musste, war, ihre engen Jeans anzuziehen, wie Charlotte es empfohlen hatte, und sie würde heiß aussehen.

„Achtung Parker, jetzt komme ich", murmelte sie leise, während sie auf die Haustür zuschwankte.

KAPITEL DREI

Parker Shaw machte es sich auf dem alten, braunen Sofa – seinem ehemaligen Bett – mit einem Bier bequem und betrachtete seine ‚Adoptivfamilie', die Campbells, die sich um ihn herum versammelt hatten. „Verdammt, es ist gut, wieder zu Hause zu sein."

„Gut, dass du wieder da bist", sagte Joe Campbell und klopfte Park auf die Schulter. Der ältere Mann war die einzige Vaterfigur, die er in seinem Leben gehabt hatte. „Ich gehe das Essen holen. Josh, komm, hilf mir bitte."

„Wir haben deine Hackfresse vermisst", sagte Josh und drückte Parker die Hand aufs Gesicht, bevor er ihm einen Stoß versetzte.

„Ja, ja", brummte Parker.

Sie gingen in die Küche. Zur Zeit waren nur er, Ty, Alex und Alex' kleine Tochter Vivian da, die immer wieder die Treppen hinaufkroch und auf dem Po hinunterrutschte. Sie hielt Alex auf Trab und sorgte dafür, dass ihm nicht langweilig wurde. Sie war schon so oft über das Babygitter geklettert, dass Alex es wieder abgebaut hatte, damit sie sich nicht verletzte.

„Gut, dich zu sehen", sagte Ty und klatschte ihm auf den Oberschenkel. Ty hatte ihn am Flughafen fast erdrückt, doch jetzt spielte er den Coolen.

„Dich auch."

Langsam spürte er, wie er sich nach der langen Reise von der Air Force Base Ramstein in Deutschland nach Eastman, Connecticut entspannte. Mit jedem Familienmitglied, das das Haus betrat, füllte sich die Leere in seinem Herzen etwas mehr. Er hatte seine Familie vermisst, doch er hatte sich beweisen und zeigen müssen, dass Joe ihn zu einem guten Mann gemacht hatte. Joe hatte Parker aufgenommen, als er zehn Jahre alt gewesen war, und hatte angeboten, sein Pflegevater zu werden, und das, obwohl er alleinerziehender Vater mit sechs Kindern war. Schon allein dafür hatte Joe den Ehrentitel ‚Dad' verdient.

„Wo sind eigentlich die anderen?", fragte er Ty. Doch was er wirklich wissen wollte, war, wo Mad war. Er hatte sie in den letzten paar Jahren nur ein paarmal gesehen und sich bemüht, eine gewisse Distanz zu wahren. Nur so hatte er ihr den Abschied erleichtern können. Ty hatte ihm erzählt, dass Mad nicht gut damit zurechtgekommen war, als er zur Grundausbildung gegangen war. Damals hatte sie Streit gesucht und in der Schule Schwierigkeiten bekommen. Er wollte ihr Leben nicht stören. Er wollte, dass sie glücklich war.

„Es ist zu hart für sie", hatte Ty bei seinem ersten Heimaturlaub an Weihnachten zu Parker gesagt. „Sie macht sich Sorgen um dich, und dann wird sie wütend, und am Ende tut sie sich selbst weh. Halt ein bisschen Abstand, und ich kümmere mich darum, dass sie in der Spur bleibt."

Parker hatte schwer geschluckt. Mad war für ihn immer etwas Besonderes gewesen. Die süße kleine Schwester, die er in seiner eigenen kaputten Familie nicht lange gehabt hatte.

Ty hatte ihm daraufhin auf den Rücken geklopft. „Nur so lange, bis du wieder ganz nach Hause kommst. Sonst nimmt es sie einfach zu sehr mit."

Parker hatte widerwillig zugestimmt. Er war immer bereit gewesen, sie unter allen Umständen zu beschützen.

Jetzt gab Ty ihm Updates über alle anderen. „Jake ist mit Claire in Maine. Wir sehen ihn nächstes Wochenende bei der Hochzeit."

Park stöhnte. Jake war der älteste Campbell und im Begriff, Filmstar Claire Jordan am Heiligabend bei einer Zeremonie in ihrer Blockhütte in Maine zu heiraten. Er konnte nicht erwarten, die Geschichte zu hören, wie es Jake gelungen war, sich die erotischste Frau auf Erden zu schnappen.

Ty fuhr fort. „Zach ist draußen im Niemandsland. Von dem hört und sieht man nichts, darum wird er auch nicht zur Hochzeit kommen. Ethan, Ben, Marcus und Logan sollten jede Minute eintrudeln." Ty überlegte einen Moment und sah sich um. „Wo ist Mad? Sie war vorhin noch hier." Er blickte zur Decke und rief: „Mad! Bist du da oben?"

Keine Antwort.

„Sie hat all das hier gemacht", sagte Ty und deutete auf die Kreppbänder, die den Raum zierten.

„Wirklich?", fragte Parker überrascht. Er konnte sich Mad nicht wirklich beim Dekorieren vorstellen.

„Sie gehört jetzt einem Buchclub an und hat *Freundinnen*", grinste Ty. „Sie lesen schmutzige Bücher. Ich denke, die haben ihr geholfen. Ich glaube nicht, dass sie das selbst so gut könnte. Du kennst Mad ja."

Park neigte den Kopf. Ja, er kannte Mad. Zumindest war es früher so gewesen. Jetzt, wo er zu Hause war, wollte er wieder Teil ihres Lebens sein. Der Gedanke machte ihn nervös. „Hast du Bock, ein paar Körbe zu werfen?"

Ty warf ihm einen Seitenblick zu, „Es ist scheißkalt, Mann."

Natürlich. Es war Mitte Dezember, doch das Bier

reichte nicht, um seinen nervösen Magen zu beruhigen oder das prickelnde Gefühl in seinen Beinen, angesichts dessen er am liebsten joggen gegangen wäre, um die überschüssige Energie loszuwerden.

„Ty!", rief Alex. „Kannst du kurz auf sie aufpassen? Ich muss telefonieren."

„Ich mach das", meldete Parker sich freiwillig. Er war immer derjenige gewesen, der auf die kleine Mad aufgepasst hatte. Oh Mann, das Mädchen hatte ihn regelmäßig an den Rand einer Herzattacke gebracht, wenn sie auf den Treppen herumgeturnt, über die Brüstung im Obergeschoss geklettert oder den Handlauf hinuntergerutscht war. Er ging zur Treppe, wo Vivian wieder auf dem Weg nach oben war. Als er sie hochhob, quietschte sie vergnügt. Sie war so leicht, als wäre sie zerbrechlich, und das machte ihn nervös.

„Wie wäre es mit einer Fahrt im Aufzug?", fragte er und setzte sie in seine Armbeuge, als säße sie auf einem Stuhl.

„Uiiiii!", quietschte sie.

Er imitierte das Geräusch eines Aufzugs und trug sie hinauf.

„Nochmal!", rief sie, als sie oben angekommen waren, also machte er kehrt und ließ den Aufzug nach unten fahren.

„Irgendjemand hungrig?", rief Josh und stellte eine Platte mit Vorspeisen auf den Sofatisch.

„Ich!", kreischte Vivian.

Parker setzte sie vor das Essen. Sie streckte die Hand danach aus, doch Josh hielt sie auf. „Was willst du haben?", fragte Josh und ging neben ihr in die Hocke. „Zeig drauf, und ich lege es dir auf deinen Teller."

Parker nahm sich Bruschetta, Würstchen im Schlafrock und ein paar in Speck gewickelte Jakobsmuscheln.

„Da kommt noch mehr", sagte Josh, während er ein paar Würstchen im Schlafrock auf Vivians Teller legte.

„Dad wärmt gerade noch ein paar Chicken Wings, Hackbällchen und Falschen Hasen auf. Alles, was du gern isst." Josh richtete sich auf und grinste Parker an. „Fleisch, Fleisch und noch mal Fleisch."

„Perfekt."

Die Haustür flog auf, und der Rest der Jungs strömte herein. Park stellte lächelnd seinen Teller ab. Ihm kamen fast die Tränen, als er seine Brüder sah: Logan Campbell, der nur ein Jahr älter war als Parker, und seine Blutsbrüder – Kids wie er, die aus Problemfamilien stammten und einander durch die Police Athletic League gefunden hatten.

„Wo zum Teufel bist du gewesen?", sagte Parker und klopfte Logan auf den Rücken.

„Wo *ich* gewesen bin?", gab Logan zurück. „Wo bist *du* gewesen?"

Ethan Case salutierte mit einem leisen Schmunzeln. „Hat unserem Land gedient. Danke für deinen Dienst."

Parker knuffte Ethan in den Bauch und traf auf harte Muskeln. „Verdammt, du hast trainiert."

„Bringt der Job so mit sich", sagte Ethan. Er war ein Cop wie Joe, der sie alle unter seine Fittiche genommen hatte.

Er begrüßte Ben und Marcus mit Tränen in den Augen. Ihm war gar nicht bewusst gewesen, wie sehr er alle vermisst hatte.

So standen sie alle kurz da und starrten einander nur an. Die Gesichter waren so vertraut und doch anders. Auch wenn sein letzter Besuch nur zwei Jahre her war, hatten sie sich verändert. Ihre Gesichter zeigten Jahre der Erfahrung, doch da war ein Teil ganz tief in ihm, der sie kannte, wie nur lebenslange Freunde einander kennen konnten.

Er lächelte. „Kommt rein, wir haben jede Menge zu essen da."

„Verdammt, die haben sich ganz schön für dich ins Zeug gelegt", sagte Ethan, während er die Dekoration und das Essen auf dem Tisch ansah.

Sein Dad kam ins Zimmer. „In der Küche ist noch mehr. Viel zu viel Essen für den Sofatisch."

Sie versammelten sich in der Küche, wo Alex sich mit Vivian an den Tisch setzte. Das kleine Mädchen strampelte im Hochstuhl mit den Füßen, und wenn ihr Dad nicht hinsah, warf sie die Hälfte ihres Essens auf den Boden. Ein Hund hätte seine wahre Freude daran gehabt. Park unterhielt sich mit ihnen, erzählte Geschichten, scherzte und lachte, doch mit einem Ohr lauschte er auf die Haustür. Wo war Mad? Warum war sie noch nicht da? War sie okay?

Eine Stunde später verließen sie die Küche wieder und nahmen ihr Bier mit ins Wohnzimmer. Jemand schaltete den Fernseher ein, wo irgendwelche Sportkommentatoren die spielfreie Zeit mit dummem Gelaber zu überbrücken versuchten. Seine Gedanken waren bei Mad. Wie konnte sie seine Willkommensparty verpassen? Bedeutete es ihr denn gar nichts, dass er wieder zu Hause war? Er schwankte zwischen Enttäuschung, dass sie sich nicht einmal die Mühe gemacht hatte zu kommen, und herzzerreißender Angst, dass irgendetwas sie davon abgehalten haben könnte. Dass sie verletzt oder tot war, wie seine eigene kleine Schwester. Tod und verloren, und nichts, was er dagegen hätte tun können.

Er wollte ihr schon eine SMS schreiben, als die Haustür erneut aufflog. Mad. Ihm war fast schwindelig vor Erleichterung, sie gesund und munter zu sehen. Er musste sie nicht von einem hohen Baum retten oder davor bewahren, einen Streit anzuzetteln, den sie nicht gewinnen konnte, oder in welche Zwickmühle sie sich sonst früher gerne gebracht hatte.

Sie war genau so, wie er sie in Erinnerung hatte. Ihr zierlicher Körper versank förmlich in dem weiten T-Shirt, den Cargoshorts und den schwarzen Stiefeln. Nur ihre Haare waren anders. Sie hatte sie rot gefärbt, und sie waren schick zerzaust. Das letzte Mal, als er sie gesehen hatte, waren sie dunkelviolett und kurz gewesen.

Er stellte sein Bier ab und wollte gerade zu ihr gehen, als sie die Hände in die Hüften stemmte und grinste. „Ta-dah! Mein großer Auftritt." Sie runzelte die Stirn und murmelte: „Ich brauche meine Jeans", dann stapfte sie zur Treppe.

„Mad, bist du betrunken?", fragte Josh.

„Parker ist hier", sagte Ty.

Als Parker zur Treppe kam, war sie schon auf halbem Weg nach oben. „Hey, Mini."

Sie wirbelte herum und funkelte ihn an. „Der Jungfrauen-Zug ist abgefahren!"

Er blinzelte nicht einmal angesichts ihrer seltsamen Bemerkung. Sie war offensichtlich betrunken und faselte wirres Zeug. Sie brauchte dringend einen Kaffee. „Sag mir bitte, dass du nicht gefahren bist."

Sie hob das Kinn. „Ich hab mich absetzen lassen."

„Komm her."

„Ich brauche meine Jeans", beharrte sie. Er wurde nicht schlau aus ihr. Ihre Augen sagten, dass sie sich freute, ihn zu sehen, der Rest von ihr schien angepisst zu sein, oder vielleicht lag das auch nur daran, dass sie betrunken war.

„Ich brauche meine ‚willkommen zu Hause'-Umarmung." Die brauchte er von ihr mehr als von allen anderen. Er musste sie ganz, gesund und lebendig spüren.

Sie verdrehte die Augen und murmelte etwas, das wie ‚kleine Knalltüte' klang, was auch keinen Sinn ergab, dann schwankte sie unsicher die Stufen hinunter und blieb mit kampflustiger Miene vor ihm stehen.

Er nahm sie in die Arme, küsste sie auf den Kopf und verwuschelte ihre Haare. Sie schnitt eine Grimasse und strich schnell ihre Haare wieder glatt. „Tut gut, dich zu sehen, Mini. Hol deine Jeans, dann gehen wir in die Küche, und ich flöß' dir 'nen Kaffee ein, bevor du noch irgendwas Dummes sagst."

„Mini?", keifte sie.

Er lächelte und erinnerte sich, dass sie sich über die seltsamsten Dinge aufregen konnte. Man sollte meinen, dass sie sich eher darüber hätte aufregen sollen, dass sie in betrunkenem Zustand dummes Zeug redete. „Tut mir leid, ich meine Mad."

Sie wirbelte herum und stapfte die Treppe hinauf. Er seufzte und kehrte zu seinen Brüdern zurück. Endlich war er wirklich zu Hause.

Kapitel Vier

Am darauffolgenden Morgen schlurfte Mad verkatert in einem alten T-Shirt und Jogginghose nach unten und hoffte, dass sie Parker nicht begegnen würde. Er war schon immer ein Morgenmensch gewesen. Sie nicht. Sie hatte gerade genug Kopfschmerzen, um sich daran zu erinnern, was für ein Idiot sie doch gewesen war, sich vor der Party zu betrinken. Dabei trank sie fast nie! Was für einen tollen Eindruck sie doch gestern Abend hinterlassen haben musste.

Als sie sich der Küche näherte, stieg ihr der Duft von frisch gebrühtem Kaffee in die Nase. Ihr Herz schlug schneller. Das musste Parker sein. Ihr Dad schlief sicher noch, denn er schlief in der Regel lange, seit er angefangen hatte, als Wachmann in der Nachtschicht zu arbeiten. Er war zwar pensioniert, doch er arbeitete Teilzeit, um ein bisschen Extrageld zu verdienen. Ihre älteren Brüder waren zwischenzeitlich alle ausgezogen.

Und dann sah sie ihn. Parker lehnte am Küchentresen, eine Tasse dampfenden Kaffee in der Hand, angestrahlt von der Sonne, die durch das Küchenfenster fiel. Er war umwerfend wie eh und je, vielleicht sogar noch ein bisschen mehr, da er jetzt älter war. Sie hatte sich wirklich selbst etwas vorgemacht, wenn sie geglaubt hatte, dass die

Anziehung, die von ihm ausging, abgekühlt sein könnte. Sie nahm sich einen Moment Zeit, um seine kurzen Haare, seine scharf geschnittenen Wangenknochen, sein kantiges Kinn mit dem Stoppelbart, seine sanft geschwungenen Lippen und die entspannte Anmut eines Mannes, der sich in seiner Haut wohl fühlte, zu betrachten.

Dann trat sie in die Küche.

„Morgen", sagte er. „Kaffee?"

„Ja."

Er goss ihr einen Humpen voll ein und reichte ihn ihr.

„Mein Held", sagte sie. Der Kaffee war schwarz und bitter. Perfekt. Sie trank einen Schluck. „Perfekt gebrüht."

Er lächelte. „Ich hab gar nichts gemacht. Dachte mir schon, dass du ihn schwarz brauchst. Hab dich schließlich gestern Abend nicht dazu bringen können, welchen zu trinken."

Sie hatte den Rest der Party damit verbracht, zu essen, zu trinken und Beleidigungen mit den Jungs auszutauschen. Was sie jedoch nicht getan hatte, war, Parker zu zeigen, dass sie jetzt eine attraktive, sexy Frau war. Nicht, dass das etwas ausgemacht hätte. Parker hatte sie kaum eines Blickes gewürdigt, da er zu sehr damit beschäftigt gewesen war, mit den Jungs zu labern – ganz wie in alten Zeiten.

Verschwinde, Knalltüte.

Aus dem Weg, Zwerg.

Halt die Klappe, Zwerg.

Komm her, Mini, du bist in meinem Team. Ihr Traumtyp. War es ein Wunder, dass sie ihn angebetet hatte?

Sie unterdrückte ein Gähnen. Sie sah wahrscheinlich genauso beschissen aus, wie sie sich fühlte, was ätzend war, nach der Mühe, die Charlotte sich gestern mit dem dummen Lippenstift gemacht hatte, und ihrem lächerlichen Versuch, in Jeans sexy auszusehen. Zumindest hatte sie sich die Zähne geputzt, bevor sie heruntergekommen war.

Park warf ihr einen Seitenblick zu. „Wie geht's deinem Kopf?"

Langsam ging sie zum Küchentisch aus schwerer Eiche und setzte sich. „Beschissen."

Er öffnete den Küchenschrank, holte eine Packung Ibuprophen heraus und legte sie vor ihr auf den Tisch. Selbst nach all dieser Zeit hatte er nicht vergessen, wo ihr Dad die Kopfschmerztabletten aufbewahrte. Er drückte ihr ein Glas Wasser in die Hand, und sie warf sich zwei Tabletten in den Mund und spülte sie hinunter.

„Betrinkst du dich öfter?", fragte er beiläufig, nahm das Toastbrot und steckte vier Scheiben in den Toaster.

„Nein", sagte sie. Sie wusste, dass er wegen seiner beschissenen Eltern ein Problem damit hatte. Und für den Fall, dass er dachte, dass sie seinetwegen getrunken hatte, fügte sie hinzu: „Ich war nur mit ein paar Freundinnen aus und habe das Ende des Semesters gefeiert." Ihr stand allerdings noch die Woche mit den letzten Prüfungen bevor, was bedeutete, dass sie von nun an die Finger vom Alkohol lassen würde.

„Du bist noch an der Uni?", fragte er. „Ich dachte, du hättest letzten Mai deinen Associate Abschluss gemacht."

„Das habe ich auch. Jetzt bin ich an der UConn und studiere Marketing." Die University of Connecticut (UConn) lag nicht ganz eine Stunde von Eastman entfernt.

Er starrte sie lange an.

„Darum habe ich mich nicht so oft gemeldet", sagte sie. „Mit meiner Arbeit und der Uni–"

„Kein Problem."

Ein paar Minuten später setzte er sich zu ihr an den Tisch, den gebutterten Toast auf einem Teller gestapelt. Er nahm sich einen und schob ihr den Teller zu, damit sie sich bedienen konnte.

Sie frühstückten schweigend. Niemand in ihrem Haus redete viel beim Frühstücken. Als sie ihren Kaffee ausgetrunken hatte, fühlte sich ihr Kopf um einiges besser an. Gut genug, um Parker ein bisschen auf den Zahn zu fühlen.

„Sieht aus, als würden wir wieder unter einem Dach wohnen", sagte sie und beobachtete ihn. „Dein neues Zimmer ist direkt gegenüber von meinem." Ihr Dad war wieder in das Elternschlafzimmer am Ende des Flurs gezogen, als ihre älteren Brüder alle ausgezogen waren.

Er sah sie an. „Du wohnst hier? Ich hatte gedacht, dass du heute nur hier übernachtet hast, weil du nicht mehr fahren konntest."

„Ich bin nach Hause gezogen, um Geld für die Uni zu sparen."

„Ich finde es toll, dass du den Bachelor-Abschluss dranhängst." Er sah sie streng an. „Auch wenn ich gehofft hatte, dass du das direkt nach der Highschool machst. Was ist passiert?"

Du.

Sie zuckte mit den Schultern. Als er weggegangen war, war sie am Boden zerstört gewesen, lustlos und beklommen, und hatte sich Sorgen um Parker gemacht, der von einem Krisengebiet ins nächste versetzt worden war. Er war der Leiter eines Teams von Flugzeugmechanikern gewesen, ein hochqualifizierter Spezialist, dem High-Tech Flugzeuge anvertraut gewesen waren, und natürlich war er dort im Einsatz, wo die Piloten ihn brauchten. Ihre Sorge war zu Wut geworden, die sie an allem und jedem ausgelassen hatte. Sie hatte immer wieder Streit gesucht, hatte Probleme in der Schule bekommen und sich aufgeführt wie ein rechter Teufelsbraten. Doch natürlich konnte sie Parker nicht alle Schuld daran zuschieben. Sie war immer ein bisschen eigensinnig gewesen, und das war in ihren

Teenagerjahren schlimmer geworden, als ihre Brüder zu Hause ausgezogen waren und sie mit viel zu viel unfokussierter Energie alleingelassen hatten. In ihrem letzten Jahr an der Highschool hatte Ty sie bei einem seiner Besuche in sein Dojo mitgenommen. Sie war stark geworden und konzentriert, doch den leichten Weg hatte sie nicht eingeschlagen. Nein, sie hatte es sich bewusst schwer gemacht, sich auf die Probe gestellt und angefangen, als Barkeeperin in einem schäbigen Teil New Yorks zu arbeiten, wo sie sich ein billiges Apartment gemietet hatte, in das mehrere Male eingebrochen worden war. Sie hatte sich beweisen müssen, dass sie auf eigenen Beinen stehen konnte, nachdem ihre Brüder sie ihr ganzes Leben lang übermäßig beschützt hatten.

Erst vor kurzer Zeit, vor ein paar Jahren, war sie dieses Lebens müde geworden und hatte das Gefühl gehabt, dass sie sich in einer Sackgasse befand. Josh hatte ihr geholfen, sie zurück nach Hause gebracht und ihr einen Job im viel sichereren Clover Park besorgt. Er hatte ihr sogar dabei geholfen, ihre Papiere zusammenzustellen, damit sie am Community College studieren konnte.

„Mad, was ist mit dir passiert?"

„Hab nur einen kleinen Umweg gemacht, das ist alles", sagte sie und malte mit dem Finger kleine Kreise auf den Tisch.

„Aber jetzt bist du auf der Zielgeraden. Ich bin stolz auf dich."

Sie schnaubte.

„Was?"

Sie stand auf. „Hör auf, dich zu benehmen, als wärst du mein Dad."

„Das bin ich nicht. Ich bin dein Bro." Er hob die Hand für ein High Five, als wäre sie einer der Jungs. Die Jungs nannten einander Bro, ob sie nun verwandt waren oder nicht.

Sie runzelte die Stirn und behielt die Hände auf dem Tisch. „Keiner meiner ‚Bros‘ sagt so ’nen Scheiß.“

„Sollten sie aber.“

Mads Hals war wie zugeschnürt. Es war wirklich beschissen festzustellen, dass man immer noch in einen Mann verknallt war, der über Freundschaft hinaus keinerlei Gefühle für einen hegte. Bescheuert. Niemand war je an die Messlatte herangekommen, die er verdammt hoch gelegt hatte. Und das lag nicht am Sex, denn mehr als einen Kuss hatte es nie zwischen ihnen gegeben. Es lag einfach daran, dass er ein guter Mann war. Trotz allem, was er durchgemacht hatte, hatte er tief in sich gesucht und eine innere Stärke gefunden, die ihn alles mit einer unglaublichen Wärme angehen ließ. Er war immer so gut zu ihr gewesen. Warum konnte er nicht sehen, dass sie jetzt erwachsen war – bereit für mehr?

„Danke fürs Frühstück“, sagte sie und ging nach oben, um sich zu duschen. Ihre wirren Emotionen wurden bald zu Wut. Im Ernst. Was musste sie tun, um dieses „einer der Jungs“-Image loszuwerden? Sich nackt ausziehen?

Sie blieb wie angewurzelt stehen. Es wäre eine verdammt mutige Aktion, doch was hatte sie schon zu verlieren? In der Dusche würde sie nackt sein. Vielleicht würde sie die Seife fallen lassen, kein Shampoo mehr haben oder ein Handtuch brauchen. Irgendwas, um ihn dorthin zu locken. Die Dusche hatte eine Milchglastür, was ihre Figur in überaus schmeichelndem Licht zeigen sollte. Sie war sich ziemlich sicher, dass er ihre Tätowierung durch die Scheibe nicht wirklich erkennen könnte. Wenn er sie je sehen würde, bedeutete das, dass er nah genug war, um sie zu berühren, und dann würden sie sich ganz sicher nicht unterhalten.

Sobald sie ins Bad kam, nahm sie die zwei Handtücher,

die dort hingen – ihres und das ihres Vaters – und warf sie in den Wäschekorb. Sie würde ihn um ein Handtuch bitten. Sie duschte sich ausgiebig, entspannte sich und ließ das heiße Wasser ihre Anspannung wegwaschen. Dann schrubbte sie sich ab, wusch sich die Haare und rasierte sich sogar die Beine. Ja, Parker würde einen tollen Anblick zu sehen bekommen, und hoffentlich mehr. Sie machte sich keine Sorgen darüber, ihren Dad am anderen Ende des Flurs aufzuwecken. Er schlief neben einer Maschine, die weißes Rauschen emittierte. Seine Tür war geschlossen und am weitesten vom Badezimmer entfernt. Er würde erst am frühen Nachmittag aufstehen.

Sie drehte das Wasser ab und schob ihren Kopf aus der Duschabtrennung. „Park! Ich brauche Hilfe!"

Sie war nicht überrascht, als er kurz darauf die Treppe hinauf geeilt kam. Er war schon immer ihr Held gewesen. Hatte sie immer gerettet, wenn sie einer Situation nicht gewachsen gewesen war. Sie schloss die Tür und wartete auf den magischen Moment, wenn Parker endlich die Frau in ihr sah, die sie war.

„Was ist? Bist du verletzt?", fragte er durch die geschlossene Badezimmertür.

„Nein, ich habe mein Handtuch vergessen. Kannst du mir bitte eins bringen?"

„Mad! Ich dachte es wäre was Ernstes. Hol dir dein verdammtes Handtuch gefälligst selbst."

„Es ist im Schrank auf dem Flur."

„Ich weiß, wo die Handtücher sind", sagte er, und seine Stimme entfernte sich bereits, da er ging, um eines zu holen.

Die Badezimmertür ging auf und sie hielt den Atem an. Dann verzog sie das Gesicht.

Mit einer Hand streckte er ihr das Handtuch entgegen, mit der anderen hielt er sich die Augen zu. „Hier."

Sie öffnete die Duschabtrennung einen Spalt weit und streckte die Hand heraus. „Ich komme nicht hin", sagte sie, ohne sich auch nur die geringste Mühe zu geben, es zu erreichen.

Er trat einen Schritt näher, die Augen immer noch hinter seiner Hand. „Da. Nimm es", sagte er und wedelte mit dem Handtuch.

Sie streckte sich danach, nahm es und ließ es fallen. „Ups! Jetzt ist es runtergefallen." Sie senkte ihre Stimme und hoffte, erotisch-heiser zu klingen. „Alles ist so *nass* und *schlüpfrig* hier drin. Kannst du es aufheben?"

Er musste seine Augen öffnen, um zu sehen, wo es war. Jetzt musste er sie sehen. *Komm schon, komm schon.*

Er kehrte ihr den Rücken zu, bückte sich und tastete hinter sich nach dem Handtuch.

Das konnte nicht sein Ernst sein.

Er hob es auf, richtete sich auf und drehte sich mit geschlossenen Augen um. „Letzte Chance, dann bist du auf dich gestellt. Fang!" Er warf es in hohem Bogen über die Duschabtrennung, und es landete auf ihrem Kopf. „Bis später."

„Bis später", murmelte sie und zog das Handtuch von ihrem Kopf, um sich abzutrocknen. *Mein Leben ist Scheiße.*

Sie wickelte sich in das Handtuch, hoch genug, um die Tätowierung über ihrem Herzen zu verstecken, ging den Flur hinunter und traf wie erhofft auf Parker. Mit erhobenen Händen führte er einen seltsamen Tanz auf, um ihr auszuweichen. Wenn sie jetzt das Handtuch fallen ließe, würde er wahrscheinlich nur sagen „Du hast dein Handtuch fallen lassen", und es ihr reichen.

Sie kochte innerlich und ging in ihr Zimmer.

Sie war jetzt erwachsen, nicht mehr die möchtegern-erwachsene Fünfzehnjährige von damals. Verdammt. Sie zog sich schnell an, wild entschlossen, Parker die Augen zu öffnen.

~ ~ ~

Mad wusste nicht, was sie dazu gebracht hatte, zu Haileys Wohnung zu fahren, wo sie in ihrem Zimmer sitzen und für ihre letzten Prüfungen büffeln sollte, doch sie war hier. Sie klingelte an der Tür zu Haileys Kellerwohnung und wartete. Sie wusste, dass Hailey an Sonntagen normalerweise Termine als Hochzeitsplanerin im Ludbury House in Clover Park hatte, doch es war die Woche vor Weihnachten, und sie hatte sich bis nach den Feiertagen freigekommen.

Hailey öffnete die Tür und lächelte sie strahlend mit ihren blassblauen Augen an. In ihrem flauschigen rosa Pullover und einer pinkfarbenen Hose sah sie selbst an einem Sonntag zu Hause perfekt zurechtgemacht aus. „Ich wusste, dass ich heute von dir hören würde. Komm rein. Ich will die ganze Geschichte hören."

Mad betrat die gemütliche kleine Wohnung, die mit jeder Menge mädchenhaftem Kram vollgestopft war – einem Sofa mit Blümchenbezug, Biedermeier-Beistelltischen, Lampen mit Fransen am Schirm, Liebesromanen und Hochzeitsmagazinen in einem Regal und auf dem Sofatisch. Hailey war eine bekennende Romantikerin – was eine Hochzeitsplanerin natürlich auch sein sollte.

Mad ließ sich auf das kuschelige Sofa fallen und seufzte. „Da gibt's nichts zu erzählen. Parker betrachtet mich immer noch als einen der Jungs."

Hailey legte einen Untersetzer vor Mad auf den Tisch. „Hast du deine enge schwarze Jeans angezogen, wie Charlotte es vorgeschlagen hat?" Die Frauen hatten ihr Outfit an der Bar diskutiert, da sie wussten, dass sie nicht viel in ihrem Kleiderschrank hatte.

„Ja!", brummte sie.

„Limonade, Tee oder Wasser?", fragte Hailey.

„Ich brauche nichts. Ich weiß ja nicht einmal, warum ich hier bin. Ich sollte lernen. Morgen habe ich eine Prüfung in Statistik."

„Klingt, als bräuchtest du einen Tee", sagte Hailey und ging in die Küche. Ihre Wohnung war schön, mit einem zum Essbereich der Küche offenen Wohnzimmer, einem Schlafzimmer und einem winzigen Bad. Es war das Untergeschoss einer Villa im Kolonialstil, deren Rest eine Karrierefrau allein bewohnte, die so gut wie nie zu Hause war.

Mad folgte ihr in die Küche, wo Hailey einen Wasserkessel auf den Herd stellte.

„Und wie kommst du darauf, dass er dich als einen der Jungs betrachtet?"

„Er hat mich Mini genannt. Ich bin mir sicher, dass ich auch *Kurze* oder *Zwerg* gehört hätte, wenn er mir mehr Aufmerksamkeit geschenkt hätte als meinen Brüdern."

„Aber das ist doch süß."

„Nein. Für ihn bin ich in der Freunde-Kategorie. Ich weiß, wenn ich mit einem Typen in der Freundeszone bin, glaub mir." Es war ihr zu peinlich, Hailey davon zu erzählen, dass Parker null Reaktion gezeigt hatte, als sie nur im Handtuch vor ihm gestanden hatte.

Hailey sah sie mitfühlend an. „Du musst das ja wissen, wenn du so viele Kumpels hast. Gott, tut mir leid."

Jetzt fühlte sich Mad noch schlechter. Hailey war eine hoffnungslose Romantikerin, und selbst *sie* wusste, dass es keine Hoffnung gab.

„Aber mach dir keine Sorgen", fuhr Hailey guter Stimmung fort. „Ich helfe dir. Das ist kein Problem."

„Wie kann das kein Problem sein?"

Hailey zauberte einen Teller mit frisch gebackenen Schokoladenkeksen hervor, und Mad wären fast die Tränen gekommen. Das waren ihre Lieblingskekse. Sie waren göttlich, und sie wusste, dass Hailey sie für sie gebacken hatte, da sie wusste, dass sie heute jemanden zum Reden brauchte, nachdem sie gestern so aufgeregt gewesen war. Sie war so verdammt aufmerksam in diesen Dingen.

„Keks?", fragte Hailey.

Mad presste ihre Lippen aufeinander. *Ich werde nicht weinen. Ich werde nicht weinen. Ich bin tough. Ich bin stark.*

Hailey legte drei Kekse auf einen kleinen Teller vor Mad und drehte sich dann zum Küchenschrank um, um die Teetassen herauszuholen. Dabei tat sie, als hätte sie nicht bemerkt, dass Mad den Tränen nahe war.

„Wer braucht Männer überhaupt?", knurrte Mad.

„Amen, Schwester", sagte Hailey und griff nach den Teebeuteln.

Mad entspannte sich ein wenig. „Ich meine, warum soll ich mir Mühe geben, wenn sich doch nur alle für große Titten interessieren?"

„Damit rennst du offene Türen ein", sagte Hailey.

Mad musste lachen, da Hailey mit großen Brüsten gesegnet war. Doch Hailey hatte so viel mehr, das für sie sprach, als nur ihr Aussehen. Sie war so verdammt talentiert in der Kunst der Konversation, des Flirtens und so ziemlich allem, was in sozialen Situationen nützlich war. Es gelang ihr sogar, zu Mad durchzudringen, so angepisst und frustriert sie auch war. Mad wünschte sich, dass wenigstens etwas von Haileys sozialer Kompetenz auf sie abfärben möge.

Hailey lächelte und lehnte sich gegen die Arbeitsfläche. „Ich kann kaum erwarten, ihn bei der Hochzeit kennenzulernen." Am kommenden Wochenende würden sie alle zur Hochzeit ihres älteren Bruders Jake mit der Schauspielerin Claire Jordan nach Maine fahren. Claire war Mitglied ihres Buchclubs und ziemlich bodenständig, wenn man sie erst einmal näher kennenlernte. Jake hatte die Hochzeit so geplant, dass Parker dabei sein konnte.

„Warum bist du so scharf darauf, ihn kennenzulernen?", fragte Mad.

Hailey schüttelte lächelnd den Kopf. „Dumme Frage. Natürlich will ich den Mann kennenlernen, der dich so nervös macht. Er muss was Besonderes sein."

Er war *alles*.

Mad schob sich einen Keks in den Mund, um zu verhindern, dass sie ihre erbärmlich liebeskranken Gedanken aussprach. Schon der erste Bissen war der pure Genuss – die perfekte Mischung aus knusprigem Keks und süßer Schokolade. Josh sollte das Rezept haben. Ihr Bruder war ein Feinschmecker und wollte eines Tages seine eigene Bar mit tollem Essen eröffnen. Diese Kekse durften auf der Dessertkarte nicht fehlen, doch sie ging davon aus, dass Hailey eher sterben würde, als ihre Rezepte mit Josh zu teilen.

„Die sind köstlich", stöhnte Mad und nahm sich einen zweiten Keks. „Gib Josh bloß nicht das Rezept. Er hat es nicht verdient."

„Warum sollte ich auch?", fragte Hailey und verspannte sich wie immer, wenn Joshs Name fiel. „Er kann von mir aus Bhut Jolokia Chilis essen." Das waren laut Guinnessbuch die schärfsten Chilis der Welt, und Josh hatte sie einmal im Garner's zum Spaß in Haileys Nacho-Dip gemischt. Hailey hatte getan, als fände sie es köstlich, auch wenn ihre Nase feuerrot gewesen war und ihr Tränen in die Augen gestiegen waren – und hatte (begleitet von jeder Menge Husten und Prusten) nach dem Rezept gefragt, um es zu Hause nachkochen zu können. Das Mädchen hatte echte Klasse. Mad wäre fast geplatzt, und Josh hatte sich vor Lachen auf die Oberschenkel geklopft.

Hailey nahm einen Keks. „Vielleicht sollte ich was in

meinen Keksen verbacken und ihm anbieten." Sie biss hinein, und als sie lächelte, klebte Schokolade an ihren perfekten, weißen Zähnen. „Vielleicht einen Käfer oder so was."

Mad lachte und fand Haileys perfekte Schönheit erträglicher, wenn sie gelegentlich doch mal kleine Fehler zeigte. „Tu's! Ich werde ihm erzählen, wie köstlich sie sind, und dann sehen wir zu, wie er so tut, als wären deine Käferkekse die leckersten, die er je gegessen hat."

Hailey schmunzelte und wackelte mit dem erhobenen Zeigefinger – ihre Art zu sagen, dass sie den Plan für gut hielt, ohne mit vollem Mund zu reden. Sie kaute weiter und schluckte. „Darf ich dir einen Vorschlag machen?"

Mads Nackenhaare stellten sich auf. Sie wusste, dass sie nicht mögen würde, was Haileys gleich sagen würde. Sie öffnete den Mund und wollte gerade nein sagen, als Hailey ihr einen Keks zwischen die Lippen schob und grinste.

Mad hatte zu viel der schokoladigen Köstlichkeit im Mund, um zu protestieren.

Hailey lächelte. „Lass uns dich für die Hochzeit umstylen. Dann kannst du dort ordentlich Eindruck schinden. Make-up, Haare, Kleid, High Heels, das volle Programm – nicht dieser halbherzige enge Jeans und Lippenstift Quatsch. Wir wollen, dass du umwerfend aussiehst. Eine Frau, von der Parker den Blick nicht abwenden kann."

„Wir?", fragte Mad immer noch kauend.

Hailey tupfte ihren Mund mit einer Serviette ab. „Ja, ich und die anderen Mädels vom Buchclub. Wir sind der Meinung, dass es Zeit für *dein* Happy End ist."

Der Teekessel pfiff, und sie erschrak. *Ihr* Happy End? Ihr Buchclub hieß Happy End Buchclub, weil er ein Buchclub für Liebesromane war. Sie war der Meinung gewesen, dass sich das Happy End auf das glückliche Ende in diesen Büchern bezog. Glaubte Hailey etwa, dass der Name auf das Happy End der Mitglieder abzielte? Ihr jüngstes Mitglied, Claire Jordan, hatte ihr Happy End gefunden, als sie sich in Mads Bruder Jake verliebt hatte. Und Hailey hatte das Blind Date eingefädelt, das sie überhaupt erst zusammengebracht hatte. Hailey musste ein Händchen dafür haben.

„Du kannst dir nicht einfach so ein Happy End aus dem Ärmel schütteln", sagte Mad, auch wenn sie inbrünstig hoffte, dass sie sich irrte. Sie wollte, dass Hailey Wunder bewirken konnte.

„Erzähl das Claire", antwortete Hailey und goss heißes Wasser in ihre Tassen.

„Ich bin gestern Abend geschminkt gewesen", protestierte Mad. „Und hatte meine engen Jeans an. Parker war nicht beeindruckt. Heute Morgen hat er mich nur in ein Handtuch gewickelt gesehen, praktisch nackt und nass nach dem Duschen. Und weißt du, was ich für eine Reaktion bekommen habe? Gar keine. Er hat nicht einmal versucht, mir auf die Titten zu starren."

Hailey versenkte die Teebeutel in den Tassen und drehte sich um. „Wenn du mir in dieser Sache vertraust, mich meine Magie spielen lässt, verspreche ich dir, dass dieses Wochenende dein Leben verändern wird. Wir besorgen dir ein supersexy Kleid. Du kannst die Jimmy Choos tragen, die Claire dir geschenkt hat. Alle Typen werden sich den Hals nach dir verdrehen, und dann lassen wir dich auf Parker los. Er wird nicht einmal wissen, was ihn getroffen hat."

„So ziemlich alle Typen da sind meine Brüder."

Hailey schüttelte den Kopf. „Nein, da sind Parker, Frank und Claires Bruder Rick." Frank war Claires Bodyguard, ein ehemaliges Mitglied der Special Forces. Kahl rasierter Schädel, Muskelberge und okay, ja, Frank war heiß, doch wenn er arbeitete, hatte er nur Augen für Claire. Mad hatte ihn nicht ein einziges Mal lächeln gesehen. Mad konnte sich vorstellen, wie sie den stoischen Typen bis zum Ausrasten provozierte und dann *Bamm!* Mad am Boden, die Hände in Handschellen hinter ihrem Rücken.

Mad schnaubte. „Frank? Das kann doch nicht dein Ernst sein?"

„Was? Frank ist heiß. Und ich bin mir sicher, dass Claires Bruder süß ist." Hailey brachte die Teetassen ins Wohnzimmer. „Bring die Kekse mit."

Mad nahm den Teller und eine Handvoll Servietten aus dem Halter, bevor sie Hailey zum Sofa folgte. Ihr Magen rebellierte. „Vergiss es. Kein Make-up der Welt und auch kein noch so sexy Kleid kann etwas an der Tatsache ändern, dass Parker immer noch nur die vorlaute Knalltüte in mir sieht. Davon abgesehen weißt du, dass ich Kleider hasse. Sie sind unpraktisch, und ich fühle mich steif und unbehaglich damit."

„Bitte", bettelte Hailey. „Lass mich mein Ding machen. Ich weiß, dass es funktionieren wird. Zumindest wird es dir ein bisschen Selbstvertrauen geben."

Mad nahm sich einen weiteren Keks. „Ich habe jede Menge Selbstvertrauen. Ich kann jedem in den Arsch treten. Mit mir legt sich niemand an." Sie schob sich den ganzen Keks auf einmal in den Mund und kaute.

Hailey nippte elegant an ihrem Tee. „Niemand stellt das in Frage, Mad. Habe ich dir je etwas Falsches empfohlen?"

Mad dachte an ihre erste Begegnung mit Hailey. Nach einer verlorenen Wette hatte Josh sie dazu gezwungen, ein Treffen von Haileys Single-Buchclub zu besuchen. Sie hatte es für vollkommenen Unsinn gehalten, jemals das Treffen eines Buchclubs zu besuchen. Damals hatte sie nicht einmal viel gelesen, doch Hailey hatte sie trotz ihrer ablehnenden Haltung freundlich aufgenommen und sie schließlich mit der Kombination aus superheißen erotischen Liebesromanen und ihrem unerschütterlichen Glauben, dass sie Freunde sein konnten, für sich gewonnen. Hailey hatte es für Mad sogar mit Sport versucht und war zu ihrem Basketballspiel am Samstag gekommen, wo sie sich vor allen zum Affen gemacht hatte, weil sie null Talent besaß. Mad war es ihr ganzes Leben nie gelungen, sich einer Clique von Frauen anzuschließen. Hailey hatte es möglich gemacht.

„Also gut", brummte Mad. „Ja zu den tussigen Schuhen, aber ich ziehe meinen Hosenanzug zur Hochzeit an." Sie gehörte nicht einmal zu den Trauzeugen, das waren nur Josh und Hailey, die beiden, die dafür verantwortlich waren, dass Jake und Claire sich kennengelernt hatten. Hailey, weil sie das Blind Date arrangiert hatte, und Josh, weil er mit seinem eineiigen Zwillingsbruder Jake die Rollen getauscht hatte und an seiner Stelle mit Claire auf ein Date gegangen war.

„Haare?", fragte Hailey.

Mad fuhr sich mit der Hand durch ihre zotteligen Haare. Nachdem sie sie eine Ewigkeit kurz getragen hatte, ließ sie sie wieder wachsen, und zur Zeit hatten sie eine unmögliche Länge. „Okay, aber sie bleiben rot."

Hailey versetzte ihr einen sanften Knuff gegen die Rippen. „Make-up?"

„Wenn's dich glücklich macht", schnaubte Mad und verdrehte die Augen. Ihr Lächeln verbarg sie, indem sie schnell einen Schluck Tee trank, denn auch, wenn sie es nie zugeben würde, insgeheim hatte Haileys Plan ihre Hoffnung wiederbelebt. Sie selbst war planlos, was all den Weiberkram anging, doch Hailey war eine Expertin darin. Sie hatte seit ihrer Teenagerzeit an Schönheitswettbewerben teilgenommen und sogar ein paar Misswahlen gewonnen.

„Huldvoll wie immer, Mad", bemerkte Hailey. „Doch wenn das Wochenende um ist, wirst du mir vor Dankbarkeit die Füße küssen."

„Das hättest du wohl gerne."

„Das wird so ein Spaß!", rief Hailey, doch dann wurde sie ernst. „Es wird mir guttun, mich auf dich zu konzentrieren. Ich bin ein bisschen nervös wegen der Hochzeit."

„Warum?" Es war ja nicht so, dass Hailey für die Planung verantwortlich gewesen wäre. Sie musste einfach nur da sein.

„Ich schätze, ich sollte sagen, dass ich nervös bin, weil ich hier weg muss. Es hat ein paar Einbrüche im Ort gegeben und Ludbury House hat keine Alarmanlage."

„Wirklich nicht?", fragte Mad entsetzt. Clover Park hatte eine extrem niedrige Kriminalitätsrate. „Wird die Polizei für dich ein Auge drauf haben?"

Hailey rang sich die Hände. „Ja, sie machen regelmäßig ihre Runde in der Innenstadt und haben versprochen, auch bei Ludbury House vorbeizuschauen. Ich mache mir trotzdem Sorgen. Das Anwesen ist die Grundlage meines Geschäfts – Zeremonie, Empfang, alles findet da statt, und selbst mein Büro ist da." Ludbury House war ein historisches Herrenhaus, das der Gemeinde gehörte. Das zweieinhalbstöckige weiße Haus aus der Kolonialzeit hatte eindrucksvolle Säulen und eine Veranda, die sich um das ganze Erdgeschoss zog. Das Interieur mit seinen Kristallleuchtern, dem imposanten Treppenhaus und den antiken Möbeln war allerdings noch eindrucksvoller.

„Mach dir keine Sorgen", sagte Mad. „Chief O'Hare hat die Situation schon unter Kontrolle. Konzentrier dich einfach auf mein Umstyling."

Das brachte Hailey sofort wieder in ihre glückliche

Helferstimmung. Mad machte sich keine Sorgen. Die Polizei im Ort leistete ausgezeichnete Arbeit.

Als Mad wieder ging, war sie hin- und hergerissen, hoffnungsvoll und nervös angesichts des Umstylings. Denn wenn Haileys Bemühungen scheiterten, müsste sich Mad der Tatsache stellen, dass Parker Shaw niemals ihr gehören würde.

Kapitel Fünf

Parker war wie immer schon vor dem ersten Hahnenschrei wach und ging ins Fitnessstudio des Resorts. Er und Ty waren am vorangegangenen Abend in der schicken Hotelanlage in Maine angekommen, in der Jakes und Claires Gäste untergebracht waren – selbstverständlich auf Kosten des Hochzeitspaars. Sowohl Jake als auch Claire waren durch ihre jeweiligen Unternehmen – Jake als CEO seines global operierenden Tech-Unternehmens und Claire als Filmstar mit ihrer eigenen Produktionsfirma – so vermögend, dass sie das ganze Resort inklusive Privatstrand für die Hochzeit gebucht hatten. Das gesamte Hotelpersonal war im Dienst, auch wenn ein Großteil der Zimmer leer war. Claire wollte und brauchte Privatsphäre für ihre Hochzeit. Die Zeremonie selbst würde am Heiligabend in ihrer Blockhütte, der Empfang danach im Ballsaal des Resorts stattfinden.

Er öffnete die Glastür des gut ausgestatteten Trainingsraums mit Gewichten, Crosstrainern, Laufbändern und Fahrradergometern. Auf den Flachbild-Fernsehern an der Wand vor den Fahrrädern liefen die Morgennachrichten, doch alles, was er sehen konnte, war die zierliche Frau auf einem Laufband, die ein Top trug, das kaum mehr als ein Sport-BH war, und superkurze Shorts, und deren Haut vor Schweiß glänzte. Mad. Schnell wandte er den Blick ab, ging an den Tresen, an dem ein Mann in einem weißen Hotelpolohemd wartete, und meldete sich an.

Er streckte seinen Hals und überlegte, was er tun sollte. Er würde sie von so ziemlich jedem Gerät aus sehen. Wie viele Typen sahen sie so trainieren?

An die Arbeit, schalt er sich selbst. *Es ist nur Mad.* Das sollte ihn nicht von seinem Morgenlauf abhalten. Er würde ‚Hallo' sagen, das Laufband starten und fernsehen.

Betont locker und als machte es ihm überhaupt nichts aus, neben der halbnackten Mad zu trainieren, ging er zu ihr hinüber und stieg auf das Laufband neben ihr. „Hey, Mini."

Ihr Kopf schoss zu ihm herum. „Hey, Dumpfbacke." Sie lief kein bisschen langsamer.

„Dumpfbacke?", fragte er und stellte das Laufband zum Aufwärmen ein, bevor er langsam loslief. „Was soll das denn heißen?"

„Was glaubst du?"

Nichts Gutes. Er wandte sich dem Fernseher zu und lief, doch er konnte sich nicht auf die Nachrichten konzentrieren, denn immer wieder sah er aus dem Augenwinkel glänzende Haut, die sich in perfekten athletischen Schritten neben ihm bewegte.

Was zum Teufel trieb sie hier? Sie war noch nie ein Morgenmensch gewesen. Er stellte das Laufband schneller und warf ihr einen verstohlenen Blick zu. Ihre Haare standen am Hinterkopf ab, als wäre sie eben erst aufgestanden, und er empfand den seltsamen Drang, ihr in die Haare greifen zu wollen.

„Was machst du so früh schon hier?", fragte er gereizt, da sie ihm seine Konzentration nahm.

„Konnte nicht schlafen", antwortete sie. Sie war nicht

einmal ansatzweise außer Atem.

Er seufzte und wandte sich unverhältnismäßig genervt wieder dem Fernseher zu. Er trainierte andauernd in Gegenwart anderer Männer und Frauen. Er musste sich einfach mehr anstrengen. Er stellte das Laufband schneller.

Sie tat es ihm nach, und als er ihr einen Blick zuwarf, hob sie herausfordernd eine Augenbraue.

Wieder stellte er seins schneller, und wieder zog sie nach.

Sie liefen ein Rennen ohne Ziel. Sein Herz pochte. Er atmete schwer und fühlte sich hellwach und lebendig.

Schließlich stellte sie die Maschine lachend langsamer. „Zu dumm, dass es draußen zu kalt ist für ein richtiges Rennen", keuchte sie.

Er stellte die Maschine ebenfalls ein Stück langsamer, rannte allerdings immer noch in gutem Tempo weiter. „Glaubst du, du könntest mich schlagen? Meine Beine sind immer noch länger als deine." Er war gut einen halben Kopf größer als sie. Sie hatte schon immer gegen die Jungs laufen wollen, doch gewonnen hatte sie nie. Faul war sie nicht, denn sie trainierte hart und musste sich wegen ihres Größennachteils doppelt ins Zeug legen.

„Ich könnte dich und alle anderen schlagen", gab sie zurück und joggte langsam weiter, um sich abzukühlen. „Ihr seid alle alt und müde, und ich bin immer noch jung." Sie bremste das Band weiter ab, bis sie nur noch ging, und grinste. „Endlich zahlt es sich mal aus, die Jüngste zu sein. Letzte Woche war mein sechsundzwanzigster Geburtstag, und ich habe meinen Höhepunkt noch nicht einmal erreicht."

„Alles Gute nachträglich", murmelte er, als ihm bewusst wurde, dass sechsundzwanzig gar nicht so viel jünger war als achtundzwanzig. In seinem Kopf war sie immer viel jünger, dabei waren sie nur zweieinhalb Jahre auseinander. Wann immer sie zahlenmäßig drei Jahre auseinander waren, hatte er es ihr deutlich gezeigt und sie behandelt wie ein kleines Kind. Das hatte er jedes Jahr getan, bis zu ihrem fünfzehnten Geburtstag, doch dann war alles kompliziert geworden.

„Du hast meinen Geburtstag nicht vergessen. Du hast mir eine SMS geschickt."

„Ja", murmelte er.

„Was ist?"

Er bremste ein wenig verwirrt das Laufband ab. „Ich kann einfach nicht fassen, dass du jetzt sechsundzwanzig bist."

Sie hielt das Band an und wischte sich mit dem Handtuch über das Gesicht, bevor sie es über ihre Schulter warf. „Alt genug für eine Menge Dinge, die für mich noch nicht legal waren, als du weggegangen bist."

Sein Blick schoss zu ihr. „Was soll das denn heißen?" Er wollte nicht, dass sie irgendwelche Drogen anfasste. Nicht, dass die legal gewesen wären. Er konnte kaum mit ansehen, wenn sie Alkohol trank. Seine Familiengeschichte machte ihn allein beim Gedanken daran nervös.

Sie lächelte, und einen Moment lang sah er die kleine Mad mit einer Zahnlücke vor sich, die ihn vom oberen Treppenabsatz aus anlächelte, bevor sie ein Bein über das Geländer schwang und daran herunter rutschte. Er hatte sein halbes Leben in panischer Angst um ihr Wohlergehen verbracht.

„Willst du es gar nicht wissen?", fragte sie.

Er wollte sie verhören und ihr dann eine Predigt halten, doch sie ging mit demonstrativ schwingenden Hüften zu einer Gewichtemaschine in der Ecke. Aus dem Augenwinkel konnte er sie sehen. Er konzentrierte sich auf sein Workout und rannte ein kleines bisschen schneller, wann immer er sich dabei ertappte, dass er sie beim

Training beobachtete – ihre Arme, ihre Bauchmuskeln, ihre Beine, alles war glatt, straff und stark.

Das hätte ihn beruhigen sollen. Es ging ihr gut. Sie war gesund, stark, widerstandsfähig.

Er rannte schneller.

Schließlich beendete er sein Training und verließ das Laufband. Als er sich umdrehte sah er Mad, die auf ihn wartete, die Haut strahlend vor Gesundheit. Er konzentrierte sich auf ihre braunen Augen, die genauso verschmitzt glitzerten, wie er sie in Erinnerung hatte.

„Hast du Lust, nach dem Duschen mit mir zu frühstücken?", fragte sie.

Seine Gedanken schossen zu Mad in der Dusche, als sie ihn letzte Woche um ein Handtuch gebeten hatte und dann nur in ein Handtuch gewickelt im Flur vor ihm gestanden hatte. Schnell verscheuchte er den Gedanken. Er war erleichtert gewesen, sie danach nicht allzu oft im Haus gesehen zu haben, da sie einen Großteil ihrer Zeit in der Uni, beim Lernen oder bei den Prüfungen verbracht hatte.

Seine Stimme klang barsch. „Mit dir?"

Sie sah sich im Fitnessstudio um, in dem sonst nur der Typ anwesend war, der dort arbeitete. „Mit wem sonst?"

Er fühlte sich wirklich seltsam, fast ein bisschen benommen. Er musste zu hart trainiert haben.

Sie wedelte mit der Hand vor seinem Gesicht herum. „Bist du okay?"

Er nickte. „Ja. Gib mir zwanzig Minuten."

„Was bist du, ein Mädchen? Zehn Minuten." Damit verschwand sie in der Damenumkleide auf der rechten Seite.

Er musste lachen. Sie hielt ihn immer noch auf Trab. Er drehte sich um und ging in die Herrenumkleide. Na bitte, Mad hatte sich doch gar nicht so sehr verändert.

Als er vor dem Fitnessstudio auf den Flur trat, wartete

Mad bereits auf ihn. Ihre Haare waren noch nass vom Duschen und streng zurückgekämmt, was ihre zarten Züge betonte – ihre sanften braunen Augen, den Schwung ihrer Wangen, den Mund mit der volleren Unterlippe. Sie roch zitronig, scharf und frisch. Gekleidet war sie in ein zerrissenes schwarzes Shirt, das den Blick auf ihr zierliches Schlüsselbein freigab, Cargoshorts und schwarze Arbeitsstiefel. Der Kontrast zwischen ihren weiblichen Zügen und ihrem maskulinen Outfit erinnerte ihn so sehr an das Mädchen von damals, die fünfzehnjährige Mad, die erste Anzeichen ihrer bevorstehenden Entwicklung zu einer umwerfenden Schönheit gezeigt hatte, ein zart-kurviger Körper versteckt unter weiten, oft viel zu großen Shirts. Damals hatte er sich geweigert, es zur Kenntnis zu nehmen. Jetzt wünschte er sich, er würde es nicht bemerken.

„Komm", sagte sie. „Das Hotelrestaurant ist gleich um die Ecke."

Während er ihr folgte, sah er sie immer wieder verstohlen an und versuchte, die Erinnerung an das Mädchen von damals mit der Frau, die sie heute war, unter einen Hut zu bringen. „Du hast dich kaum verändert."

Sie verzog die Lippen. „Herzlichen Dank."

„Ich meine, mit fünfzehn warst du etwa genauso groß."

Sie schnitt eine Grimasse. „So groß war ich schon mit zwölf. Seitdem bin ich keinen Zentimeter mehr gewachsen."

Nein, größer war sie nicht geworden, nur kurviger. *Denk nicht daran.*

„Trägst du immer so knappe Trainingsklamotten?", fragte er unvermittelt.

Sie sah ihn von der Seite an. „Jeder, der es mit dem Training ernst meint, trägt die richtigen Klamotten. Weites Zeug könnte sich in den Geräten verfangen."

„Hat so ausgesehen, als hättest du nur–" er gestikulierte

unbeholfen in Richtung ihrer Brust „–einen, ähm, du weißt schon, ein, ähm, Bikinitop oder sowas angehabt."

„Einen BH?", fragte sie ein bisschen zu laut. „Ist es das, was du nicht aussprechen kannst? Einen BH?"

„Schhh." Sein Hals glühte, genauso wie die Spitzen seiner Ohren. Mad genoss es, andere durch den Kakao zu ziehen. Und je unbehaglicher jemandem dabei wurde, desto besser. Er durfte ihr nicht zeigen, dass sie ihn erwischt hatte. „Ja, einen BH."

Sie rempelte seine Schulter an. „Du solltest dich mal in der Damenabteilung nach Fitnessklamotten umsehen. Da gibt's fast nix anderes, nur Sport-BHs und kurze Tops. Und die Männerklamotten sind viel zu groß für mich."

Er sagte nichts. Er hätte das Thema nicht einmal anschneiden sollen. Was machte es schon, wenn sie im Fitnessstudio knappe Kleider trug. Wahrscheinlich machten das viele Frauen so. Nur, weil er sie bemerkte, bedeutete das nicht, dass sie *bewusst* versuchte, Aufmerksamkeit auf sich zu ziehen.

Als sie das Restaurant betraten, führte eine Kellnerin sie an einen Tisch an der Fensterfront mit Blick aufs Meer. Sie waren die ersten Gäste. Der Himmel war grau, das Wasser blaugrau mit weißen Schaumkronen. Maine im Winter. Es weckte in jedem Besucher den Wunsch, es sich vor einem prasselnden Feuer bequem zu machen.

Er nahm gegenüber von Mad Platz. „Willst du deine Haare nicht trocknen? Es ist saukalt."

Sie fuhr sich mit den Händen durchs Haar und richtete damit ein paar Strähnen auf. Er fragte sich, ob diese Spitzen weich waren. „Ich hatte keinen Föhn."

Er winkte die Kellnerin zurück und bestellte zwei Kaffee. Dann zog er sein graues Sweatshirt aus und reichte es ihr. „Zieh das über."

Sie verschränkte die Arme. „Brauch ich nicht.

Außerdem frierst du dir den Arsch ab, wenn du nur im T-Shirt hier sitzt."

Er wedelte mit dem Sweatshirt. „Mir wird schon kalt, wenn ich dich nur ansehe."

„Dann sieh mich nicht an."

„Zieh den verdammten Sweater an."

„Nein."

Er legte ihn auf den Tisch und verschränkte die Arme. Sie starrte seine Bizepse an. „Dann frieren wir eben beide."

Sie hob ihr Kinn. „Mir ist nicht kalt."

Er seufzte und hängte das Sweatshirt über die Rückenlehne seines Stuhls. „Stures Weib."

„Glucke", schoss sie zurück. „Ich brauche niemanden, der mich beschützt. Ich könnte dir leicht in den Arsch treten." Ihre braunen Augen glitzerten herausfordernd. Sie war frech und selbstbewusst, genau, wie er sie in Erinnerung hatte. Er entspannte sich, denn er fühlte sich ein wenig sicherer, jetzt, da beide ganz angezogen waren und feixten wie in alten Zeiten.

„Bist du dir da sicher?" Er lachte. „Ich habe dir gut dreißig Kilo Muskelmasse voraus."

„Sag nur Bescheid, wenn du es ausprobieren willst", sagte sie mit einem Lächeln, das geradezu furchteinflößend war. „Kann es kaum erwarten, dich auf dem Rücken liegen zu sehen."

Er zuckte zusammen. *Das hatte sie nicht schmutzig gemeint, oder?*

Die Kellnerin brachte den Kaffee. Gott sei Dank. Er trank einen Schluck. „Süß wie immer, Mad."

Sie nippte an ihrem Kaffee und genoss das bittere, starke Gebräu schwarz wie er. „Ich bin nicht süß und niedlich erzogen worden."

„Das stimmt." Sie war in einem Haus voller Männer aufgewachsen. Sie hatte sie immer imitiert und sich größte

Mühe gegeben, sich einzufügen.

Sie sah ihn finster an.

„Jetzt zieh keinen Flunsch, Kurze. Süß ist überbewertet."

Ihre Miene hellte sich auf. „Was hast du jetzt eigentlich vor? Ich meine, jetzt da du wieder zu Hause bist. Hast du schon 'nen Job in Aussicht?"

Er wärmte seine Hände an seiner Tasse. „Noch nichts Definitives. Nach den Feiertagen will ich mich bei ein paar Fluglinien bewerben. Vielleicht auch bei Boeing in Seattle. Irgendjemand wird doch wohl einen Flugzeugmechaniker brauchen."

„Dann willst du wieder weg?"

„Weiß ich noch nicht. Muss sehen, was sich ergibt. Ich habe auch ein bisschen was gespart, darum habe ich ein paar Monate Zeit."

„Oh."

„Was?"

Sie schüttelte den Kopf, und ihre roten Haare, die langsam ein bisschen trockneten, wippten. „Ich habe nur gedacht, dass du für immer bleibst, wenn du erst einmal wieder zu Hause bist."

„Arbeiten muss ich schon."

„Ja, das weiß ich."

Warum hörte sie sich auf einmal so niedergeschlagen an? Bevor er fragen konnte, kehrte die Kellnerin zurück, um ihre Bestellung aufzunehmen, und beide nahmen Omeletts. Er fragte sie nach der Uni, und sie erzählte ihm von ihrem Hauptfach – Marketing und Werbung – und wie interessant die verschiedenen Kurse waren. Er freute sich, dass sie auf ihren Abschluss hinarbeitete. Sie war schon immer so intelligent gewesen.

„Warum hast du dir eigentlich so lange Zeit gelassen, bis du an die Uni gegangen bist?", fragte er, als die

Kellnerin das Essen brachte. „Warum wolltest du unbedingt als Barkeeperin arbeiten?"

Sie fing an zu essen. „Damit habe ich meine Miete bezahlt."

„Ich verstehe immer noch nicht, warum du gewartet hast. Die Noten hattest du. Du könntest jetzt schon mitten im Berufsleben stehen."

Sie legte klirrend ihre Gabel ab. „Weißt du was? Es kotzt mich an, wenn du so herablassend mit mir sprichst."

Er war sprachlos. „Tue ich gar nicht."

„Und ob du das tust. Du hältst mich immer noch für ein Kind – wie vor zehn Jahren, als du weggegangen bist."

„Ich weiß, dass du kein Kind mehr bist." Er schob sich sein Omelett in den Mund. Er wusste, dass sie erwachsen war, das hatte er mehr als deutlich gesehen. Herzlichen Dank auch. Er kaute angestrengt. Doch es war immer noch seine Aufgabe, sie zu beschützen. Jetzt, da er wieder zu Hause war, war er nahtlos wieder in diese Rolle geschlüpft.

„Was bin ich dann für dich?", fragte sie.

Er sah sie an, bemerkte die lodernde Herausforderung in ihrem Blick und wandte sich wieder seinem Essen zu. „Du bist Mad. Dieselbe wie immer."

„Ich bin nicht dieselbe", sagte sie angespannt.

Er seufzte. „Warum bist du auf einmal so angepisst?"

Sie spießte ein Stück Omelett mit ihrer Gabel auf. „Ich bin nicht angepisst."

„Natürlich nicht."

Schweigend aßen sie zu Ende. Er hatte keine Ahnung, was ihr Problem war. Als die Kellnerin die Rechnung brachte, holte er seinen Geldbeutel hervor und legte ein paar Scheine auf den Tisch.

„Danke", sagte sie leise.

„Kein Problem." Er steckte den Geldbeutel wieder in seine Tasche. „Fertig?"

„Parker, ich muss dir was erzählen."

Sein Magen zog sich zusammen, und er fing sofort an, sich mögliche Worst-Case-Szenarien vorzustellen. Was auch immer sie sich eingebrockt hatte, er würde sie da herausholen.

Er beugte sich vor. „Was ist?"

Sie biss sich auf die Lippe.

„Sag es einfach", drängte er. „Ich kümmere mich drum."

Langsam schüttelte sie den Kopf. „Nichts."

„Komm schon, irgendwas ist doch."

Sie stand abrupt auf. „Wir sollten gehen."

Er stand auf, besorgt und ein klein wenig verletzt, dass sie ihm nicht sagen wollte, was das Problem war. Sonst hatte sie das immer getan. Er war viel zu lange weg gewesen.

Auf dem Weg zum Ausgang sagte er: „Mad. Ich bin jetzt wieder zu Hause. Was auch immer das Problem ist–"

„Da ist kein Problem. Vergiss es einfach. Wirklich. Ich habe zu viel Zeit mit den Mädels verbracht." Sie winkte ab. „Weibergeschwätz."

Er runzelte ratlos die Stirn, denn er war sich nicht sicher, was Weibergeschwätz mit ihrem Problem zu tun hatte. „Sicher?"

„Jupp."

Als sie den Flur erreichten, streckte er den Arm aus und zerzauste ihr Haar. „Wenn du deine Meinung ändern solltest, weißt du ja, wo du mich finden kannst."

Sie strich ihre Haare glatt und sah ihn an. „Ich seh dich dann heute Abend", knurrte sie, dann joggte sie davon.

„Bis dann, Mini."

Sie wirbelte herum, öffnete den Mund, schloss ihn wieder und drehte sich wortlos wieder um. Verdammt war sie launisch. Im einen Moment süß, im nächsten sauer. Was war nur mit dem Mädchen passiert, das zu ihm aufgeblickt hatte, als wäre er ihr Held?

KAPITEL SECHS

Mad war stinkwütend, als sie und ihre Freundinnen in einer Limousine vor Claires Blockhütte vorfuhren. Ihr war danach, Parker in den Schwitzkasten zu nehmen und ihm ein bisschen Verstand einzuprügeln. Nicht einmal ihre ältesten Brüder, Jake und Josh, behandelten sie wie einen kleinen Depp, so wie Parker es tat. Ganz im Ernst – Josh hatte ihr geholfen, einen neuen Job zu finden und ihr Studium am Community College aufzunehmen. Er ließ sie in Ruhe und fragte nur ab und zu nach, wie es ihr ging. Sie wusste, dass sie ihn jederzeit um Hilfe bitten konnte, doch das tat sie nicht – denn es ging ihr blendend.

„Ist das Kaschmir?", fragte Charlotte und strich mit der Hand über den Ärmel von Mads weißem V-Ausschnitt-Pullover.

„Ja", sagte Mad. „Hailey hat ihn in einem Secondhand-shop gefunden, doch er war ihr zu kratzig. Keine Ahnung warum. Er ist so weich."

„Ich bin eben einfach hypersensibel", zwitscherte Hailey vom Sitz gegenüber. „Sieht süß aus mit deinen schwarzen Jeans und den Stiefeln."

Die anderen Frauen nickten.

„Danke", murmelte Mad. Nicht, dass es etwas ausmachte, dass sie aufgetakelt war wie eine Möchtegern-

Hailey. Parker hatte sie kaum eines Blickes gewürdigt, als sie in wenig mehr als einem Bikini trainiert hatte.

Sie stiegen aus. Blockhütte war wirklich nicht die richtige Bezeichnung für Claires Haus. Es war ein großzügiges zweigeschossiges Haus mit sechs Schlafzimmern und einer Garage für drei Autos. Nur Jake, Claire, Claires Familie und Claires Bodyguard übernachteten dort. Mad sah sich um und bemerkte die Sicherheitskameras, die diskret an der umlaufenden Veranda angebracht waren. Wahrscheinlich gab es noch mehr, die sie nur noch nicht bemerkt hatte. Auf der privaten Straße hierher waren sie an zwei ‚Betreten verboten‘ Schildern vorbeigekommen.

Hailey klingelte. Ein Mann im Smoking öffnete, begleitete sie hinein und nahm ihnen ihre Jacken ab.

Mad betrat den zweistöckigen Wohnbereich mit einem riesigen Natursteinkamin, einem großen Weihnachtsbaum mit weißen Lichtern in der Ecke und mehreren bordeaux-roten Ledersofas und Sesseln, die vor dem prasselnden Feuer auf sie warteten.

„Da seid ihr ja!“, rief Claire Jordan, glückliche Braut und international gefeierter Filmstar, und kam auf sie zugeeilt. Ihre Haare waren wieder blond und zu einem eleganten Knoten hochgesteckt, ihre makellose Haut strahlte. Sie trug ein Kleid mit Flügelärmeln aus schwarzer Spitze, die die Haut darunter erahnen ließ. Ihr Bodyguard Frank stand nicht weit entfernt mit dem Rücken zur Wand, die Miene wie immer versteinert.

Hailey erreichte Claire als erste und umarmte sie herzlich.

Claire küsste Hailey auf die Wange. „Ich bin so froh, dass ihr alle hier seid!“ Sie hatten sie erst vor ein paar Wochen zur Premiere von Claires Film *Heiße Leidenschaft* in L.A. gesehen. Sie waren alle auf den roten Teppich eingeladen gewesen, weil sie zum einen mit Claire befreundet waren und zum anderen Statistenrollen in einer Partyszene übernommen hatten.

Claire umarmte Mad und drückte ihre Hände. „Bald sind wir Schwestern! Keine vierundzwanzig Stunden mehr."

Mad spürte unerwarteterweise einen Kloß in ihrem Hals. So hatte sie die Hochzeit noch gar nicht gesehen. „Ich habe mir immer eine Schwester gewünscht."

„Ich mir auch!", sagte Claire und sah sie mit ihrem perfekt strahlenden Hollywood-Lächeln an. Wenn sie nicht so bodenständig gewesen wäre, hätte Mad ihre perfekte Schönheit irritierend gefunden. Claire war es gelungen, Jake selbst verkleidet als ‚normales Mädchen' mit einer roten Perücke und grünen Kontaktlinsen, ganz ohne Glamouroutfit, für sich zu gewinnen. Sie war natürlich schön, doch wenn sie zurechtgemacht war, war sie atemberaubend. Die Kameras liebten sie.

Jake kam in einem hellblauen Hemd und grauer Hose auf sie zu. Seine dicken braunen Haare waren für die Hochzeit frisch geschnitten. Als er Mad ansah, tanzten Lachfältchen um seine braunen Augen. „Wie gefällt euch das Resort?", fragte er, umarmte sie mit einem Arm und zerzauste ihr mit der anderen Hand die Haare.

Entnervt strich sie ihre Haare glatt. Herrgott, keinen ihrer Brüder schien es zu interessieren, dass es eine ganze Weile dauerte, ihre Haare einigermaßen gut aussehen zu lassen. Hailey hatte Conditioner und sogar einen Festiger benutzt, um sie zu stylen. „Lass meine Haare in Ruhe. Ich bin keine neun mehr."

„Sorry, kann nicht anders", sagte Jake, nahm sie in den Schwitzkasten und rieb seine Fingerknöchel über ihren Kopf. „Du bist einfach so süß wie ein kleiner Chihuahua."

Sie hätte ihn mit einer Bewegung auf den Rücken befördern können, doch sie wollte den Bräutigam nicht ‚beschädigen'. Stattdessen versetzte sie ihm nur einen wenig sanften Stoß gegen die Niere, und er ließ sie mit einem leisen „Uff" los und rieb sich die Seite.

„Hey, hey", sagte Claire und hob eine Hand. „Er muss morgen bitte noch zum Altar laufen können. Übermorgen könnt ihr euch gerne raufen."

„Das perfekte Weihnachtsgeschenk", grinste Mad.

Während Claire den Rest ihrer Freundinnen begrüßte, ging Mad weiter in den Raum hinein. Ihr Vater stellte ihr Claires Eltern und ihren Bruder vor. Nette Leute. Kurz darauf fand sie ihre Brüder im Esszimmer, wo sie sich über Platten mit kalten Snacks hermachten.

Ein Bogendurchgang zu ihrer Linken führte in ein zweites großes Wohnzimmer mit getäfelten Wänden, mehreren Lehnstühlen und ein paar dunkelblau gemusterten Sofas vor einem Kamin. Sie spähte in die große Küche auf der rechten Seite und sah ein paar Angestellte, die dort Essen kochten. Dann trat Ty aus dem Weg, und ihr Blick fiel auf Parker, der mit einer schwarzen Lederjacke über einem blauen Hemd verdammt heiß aussah. Er begegnete ihrem Blick und wandte sich schnell Ty zu.

Sie wurde nervös. Sie konnte nicht fassen, dass sie es ihm beim Frühstück fast gestanden hätte. All ihre Geständnisse ihren Freundinnen gegenüber hatten sie dazu gebracht, es auch fast bei ihm auszuplaudern. Selbst sie wusste, dass sie ihn nicht mit dem L-Wort überfallen konnte. Die Tatsache, dass er sofort auf Beschützermodus umgeschaltet hatte, sagte ihr, dass sie noch einen langen Weg vor sich hatte von der kleinen Knalltüte zur sexy potentiellen Freundin. Leider jedoch war Geduld nicht gerade ihre Stärke.

Sie ging in die Ecke, in der Josh stand. Er war der entspannteste ihrer Brüder, mit dem man sich am leichtesten unterhalten konnte.

„Hey", sagte sie.

„Selber hey", sagte er, nahm einen Shrimp und tauchte ihn in Cocktailsauce. Josh war die lässige Version seines Zwillingsbruders Jake. Seine dicken braunen Haare waren lang genug, um sich ein bisschen in seinem Nacken zu locken, er hatte fast immer einen Stoppelbart, und anders als Jake mit seinen schicken Designerklamotten bevorzugte Josh Flanellhemden, verwaschene T-Shirts und zerrissene Jeans. An diesem Abend hatte er sich ein bisschen schicker gemacht mit einem weißen Hemd und einer dunklen Jeans.

„Wie sind die Prüfungen gelaufen?", fragte er.

„Gut, glaube ich." Sie nahm sich einen kleinen Teller und lud ihn mit Gemüse voll.

Er hielt inne und sah sie eindringlich an. „Hast du ordentlich dafür gelernt?"

„Natürlich habe ich gelernt", sagte sie angespannt. „Ich zahle die Hälfte der Studiengebühren, das Geld werfe ich schon nicht einfach so zum Fenster raus."

Josh sagte nichts und aß weiter, doch sie wusste, dass sie ihren Ärger Parker gegenüber nicht an ihm auslassen sollte.

„T'schuldigung", sagte sie. „Ich bin immer noch ein bisschen gestresst von den Prüfungen. Du weißt, dass ich dir für deine Hilfe dankbar bin."

Josh hatte den Teil der Studienkosten übernommen, den sie sich nicht hatte leisten können. Ihr Vater hatte kein Geld mehr übrig gehabt, nachdem er all ihren älteren Brüdern geholfen hatte. Die Jüngste zu sein, bedeutete manchmal eben, mit dem zu leben, was übrig blieb. Josh hatte sein Erspartes angezapft und seinen Traum, seine eigene Bar zu eröffnen, verschoben, um ihr zu helfen. Sie hatte ihn nicht einmal darum gebeten. Sie hatten sich gemeinsam hingesetzt, berechnet, was sie brauchte, um den Bachelor-Abschluss machen zu können, und als er gesehen hatte, dass ihr Geld fehlte, hatte er einfach gesagt, dass er dafür aufkommen und ein Nein nicht akzeptieren würde. Sie hatte mit ihm diskutieren wollen und vorgeschlagen, dass sie Jake fragen würde, da er mehr Geld hatte, doch Josh war wütend geworden, darum hatte sie es dabei belassen.

„Ich erwarte eine vollständige Marketingcampagne für meine Bar", sagte Josh und deutete mit einem Shrimp auf sie. „Ein Freifahrschein war das nicht."

„Sollst du kriegen", sagte sie. „Du wirst mein erster Kunde. Sowie ich meinen Abschluss mache, sieh zu, dass du deine Bar einrichtest, und dann legen wir los."

„Ich habe ein Angebot für das Garner's abgegeben", sagte Josh.

„Wirklich?"

„Ja. Clive hat gesagt, dass er darüber nachdenken will. Er ist ein bisschen unentschlossen wegen seiner Rente." Clive Garner, der Eigentümer der Bar, war dreiundsiebzig Jahre alt. Seine Frau und Miteigentümerin Heather war fünfundsechzig und wollte, dass er sich zur Ruhe setzte und mit ihr auf Reisen ging. Vergangenen Mai hatte das Paar Josh zum Manager befördert, als sie sich dazu entschlossen hatten, ihre Stunden in der Bar ein wenig zu reduzieren.

Josh trank einen Schluck Wasser. „Ich dachte mir, es sei günstiger, das Garner's zu übernehmen als was ganz Neues zu bauen."

„Wow, ich wusste nicht, dass du gespart hast, um ein Angebot abzugeben."

„Ich lebe ziemlich sparsam." Er steckte sich einen weiteren Shrimp in den Mund, kaute und schluckte. „Wenn ich mehr spare, kann ich mir leisten, es auszubauen. Einen Nebenraum mit Tanzfläche, Musikbox und ein paar Billardtischen anbauen."

„Cool."

Er lächelte. „Ja, wir werden sehen. Er hat sonst keine Angebote angenommen. Entweder akzeptiert er meins oder er behält den Laden noch ein bisschen."

Sie neigte den Kopf. Sie konnte sich gut vorstellen, dass Josh das Garner's übernahm und zu seinem Baby machte. Er arbeitete jetzt schon seit acht Jahren dort. „Würdest du den Namen ändern?"

Er nickte, und ein kleines Lächeln umspielte seine Lippen.

„Und wie würdest du es nennen?"

„Das wirst du schon sehen."

„Warum die Geheimniskrämerei?"

„Frag einfach nicht", sagte er.

Anstatt weiter nachzubohren, steckte sie ein Stück Paprika in ihren Mund. Sie wusste, dass er nicht mehr ausplaudern würde, als er wollte, denn auch wenn er ein lässiger Typ war, hatte er das Herz und den Verstand eines Kämpfers. Eine bessere Beschreibung fiel ihr nicht ein. In der Army war er bei den Fallschirmjägern gewesen, über feindlichem Gebiet abgesprungen und dabei in Kämpfe Mann gegen Mann verwickelt worden. Basierend auf seinem kühl kalkulierenden Charakter und seiner Körperlichkeit war er für diese Einheit ausgewählt worden. Er war entspannt, ja, charmant und ein echter Gentleman, doch drängen konnte man ihn zu nichts.

Sie aßen ein paar Minuten lang schweigend weiter, umgeben vom Lachen ihrer Brüder. Alex hielt seine Tochter Viv auf dem Arm, die sich wand und unbedingt herumrennen wollte. Er stellte sie ab, und sofort rannte sie in die Küche, dicht gefolgt von Alex.

„Denkst du jemals übers Heiraten nach?", fragte Mad Josh. Sie wusste, dass zwischen ihm und Jake ein enges Zwillingsband bestand, da sie eineiige Zwillinge waren. Da musste sie sich fragen, ob Josh auch bereit war, eine Familie zu gründen, jetzt, da Jake heiratete.

„Nein.“

„Warum nicht?“

„Ich mag es einfach, allein zu leben und niemandem gegenüber Rechenschaft ablegen zu müssen.“

„Ja, das verstehe ich“, sagte sie. Ihr Blick wanderte zu Parker und blieb an seinem kantigen, glattrasierten Kinn hängen. Nun lebte sie mit Parker unter einem Dach, und es war grenzenlos irritierend. „Ich kann verstehen, wie sowas ganz schnell ätzend werden kann.“

Hailey erschien an Mads Seite. „Hallo!“, sagte sie gut gelaunt, dann flüsterte sie in Mads Ohr. „Wo ist Parker?“

„Bei Ty“, sagte sie leise, da sie nicht wollte, dass Josh etwas mitbekam. Doch sie musste sich keine Sorgen machen. Josh starrte Hailey an und verzog seinen Mund langsam zu einem diabolischen Lächeln.

„Und wo ist mein *Hallo*?“, fragte er und imitierte dabei Haileys Ton.

„Scheint verschwunden zu sein“, antwortete Hailey trocken. „Genau wie mein Geld.“

Mad verkniff sich ein Grinsen. In der Vergangenheit hatten Hailey und Josh ein eigenartiges Arrangement gehabt, in dessen Rahmen er sie als ihr Date zu Hochzeiten begleitete und sie ihn dafür bezahlte. Nachdem Hailey die ganze Sache abgeblasen hatte, hatte sie verlangt, dass er ihr das Geld zurückzahlte. Josh bewahrte es in einem Schuhkarton in seinem Kleiderschrank auf, weigerte sich jedoch, es ihr zu geben, es sei denn, sie kam in seine Wohnung und holte es persönlich ab.

„Ich habe dir gesagt, wo es ist, Prinzessin“, sagte er gedehnt. „Alles, was du tun musst, ist kommen und es dir holen.“ Der letzte Teil klang derart nach einer Einladung zu etwas anderem, dass es selbst Mad nicht entgangen war.

Hailey wurde feuerrot und wedelte mit einem Finger in

Joshs Richtung. „Eher friert die Hölle zu, als dass ich in deine Lasterhöhle komme!"

Josh lachte schallend.

Ihre Brüder blickten neugierig zu ihnen herüber.

„Komm hierher, Honey", rief Ty Hailey zu. „Ich behandele dich besser als der Halunke da."

Ihre Brüder lachten.

Mad schnaubte. Das war einer der altmodischen Namen, mit denen Hailey Josh bedachte. Halunke, Schurke und Scheusal waren ihre Top drei Bezeichnungen. Er hingegen nannte sie Prinzessin. Immer. Wahrscheinlich, weil sie dank ihrer Schönheitswettbewerbe so graziös und elegant war.

Hailey nahm Mad am Ellbogen und zog sie mit sich zu Ty und Parker. „Hi, ich bin Hailey", sagte sie zu Parker.

Als Parker Hailey kurz ansah, verschmolz Mad mit dem Hintergrund. Haileys Schönheit hatte diese Wirkung auf Männer. „Parker Shaw, schön, dich kennenzulernen."

Hailey warf einen Arm um Mads Schultern. „Ich habe Mad bei den Vorbereitungen für deine Willkommensparty geholfen. Hast du sie überhaupt noch erkannt nach all der Zeit? Leute verändern sich über die Jahre."

Mad spürte, wie ihre Wangen rot wurden. Hätte Hailey nicht noch ein bisschen direkter sein können?

Parkers Blick wanderte zu ihr. „Mad hat sich überhaupt nicht verändert."

Ihr Herz zerbrach in winzige kleine Scherben, als das letzte bisschen Hoffnung in ihr starb. Sie war so dermaßen am Boden zerstört, dass sie keinen Ton herausbrachte und nur noch dastand wie ein begossener Pudel.

„Natürlich hat sie sich verändert", eilte Hailey sofort zu ihrer Verteidigung. „Du kannst mir nicht erzählen, dass sie immer noch wie eine Fünfzehnjährige aussieht."

Mad befreite sich aus Haileys Arm. Als nächstes würde

Hailey womöglich noch auf ihre Titten hinweisen.

„Sie ist immer noch dieselbe vorlaute Knalltüte", sagte Ty und hob seine Bierflasche an seinen Mund.

Schließlich kam Mad wieder zu sich und blaffte Ty an. „Warum springst du nicht aus dem nächsten Fenster?"

„Siehst du?", sagte Ty, der sich in keiner Weise angegriffen fühlte. Er war Stuntman und sprang regelmäßig aus irgendwelchen Fenstern.

Parkers Augen trieben Mad in den Wahnsinn, weil sie sie nicht mehr lesen konnte.

„Mad mag vielleicht ein bisschen vorlaut sein", sagte Hailey. „Doch sie ist auch smart und lustig und und …"

Mad trat unbehaglich von einem Fuß auf den anderen, geschockt, dass Hailey die positiven Adjektive ausgegangen waren. Ty und Parker hatten auch nichts Gutes hinzuzufügen, sie sahen Hailey nur erwartungsvoll an.

„Eine großartige Sportlerin ist sie auch!", fügte Hailey schließlich triumphierend hinzu.

Mad wandte sich ab und tat so, als hätte sie etwas im Auge. Es war nett, dass Hailey das erwähnte.

„Parker, vielleicht solltest du sie neu kennenlernen, jetzt, da sie eine erwachsene Frau ist", schlug Hailey auf ihre oh-so-subtile Art vor.

„Das ist mir neu", bemerkte Ty mit einem Lächeln in der Stimme.

Mad drehte sich zu den beiden Männern um, die sich köstlich über Hailey zu amüsieren schienen. „Antworte erst gar nicht darauf", warnte Mad, doch natürlich fuhr Hailey stolz fort.

„Erwachsen genug, um Mitglied des Happy End Buchclubs zu sein", verkündete Hailey fröhlich und zog eine Karte aus ihrer Handtasche. Auf der Karte waren pinkfarbene Herzchen abgedruckt und darauf stand ‚Happy End Buchclub' und darunter „Schließ dich dem Club an und finde dein Happy End!' Die Karte, die Mad von Hailey bekommen hatte, hatte sie ganz hinten in der Unterwäscheschublade vergraben zusammen mit der Schachtel Kondome, die sie in der Hoffnung auf ein Ereignis gekauft hatte, das schnell immer unwahrscheinlicher wurde.

Ty betrachtete die Karte und drehte sie um. „Vielleicht tue ich das." Er beugte sich zu Hailey vor und grinste lüstern. „Ich mag Happy Ends."

„Ich würde mich freuen, dir dabei zu helfen, dein Happy End zu finden!", rief Hailey, die sich der Doppeldeutigkeit von Tys Bemerkung nicht bewusst zu sein schien.

Die Brüder lachten, abgesehen von Josh, der sich umdrehte und den Raum verließ.

Ty legte die Hand unter Haileys Ellbogen. „Ach ja?" Er führte sie weg. „Erzähl mir mehr."

Hailey plapperte glücklich weiter. Sie war so sehr auf ihr Geschäft als Hochzeitsplanerin/Heiratsvermittlerin konzentriert, dass sie sich nie Zeit nahm, selbst die Liebe für sich zu finden. Sie hatte mal gesagt, dass sie das tun würde, wenn die richtige Zeit gekommen war. Wäre es nicht lustig, wenn Hailey versuchen würde, Ty mit jemandem zu verkuppeln?

Plötzlich waren nur noch Mad und Parker übrig. Sie schluckte. Auf einmal war sie nervös, was natürlich dumm war. Sie wippte vor und zurück und wollte gerade schon die Flucht ergreifen, als er das Wort ergriff.

„Wie hast du sie kennengelernt?"

Sie schüttelte den Kopf. „Lange Geschichte."

„Sie ist das gerade Gegenteil von dir."

Mad biss die Zähne zusammen. Als ob sie nicht wusste, wie schön Hailey war. „Herzlichen Dank auch."

Er zog eine Braue hoch. „Ich meine nur, dass sie so

aufgebrezelt ist und naja … du nicht."

Sie wandte sich ab, denn sie wusste genau, was er meinte. Hailey war schön, und Mad war eine graue Maus.

Park hielt sie an ihrem Pullover fest. „Hey, das ist nichts Schlechtes."

Sie drehte sich mit angespannter Miene zu ihm um. „Bla, bla."

„Warum bist du so zickig zu mir?"

„Was glaubst du wohl?"

„Keine Ahnung. PMS?"

„Ganz genau", blaffte sie. Männer gaben immer PMS an allem die Schuld. Gott bewahre, wenn eine Frau echte Gefühle hatte, die gehört werden wollten. Wenn sie doch nur die richtigen Worte hätte finden können!

Er kniff die Augen zusammen. „Ich dachte, du würdest dich freuen, mich zu sehen, doch aus irgendeinem Grund brauche ich nur den Mund aufzumachen und schon bist du wütend auf mich." Er wandte sich ab. „Ich werde dich einfach in Ruhe lassen."

Sie wollte *,geh nicht weg, du Idiot'* schreien, doch jemand ließ ein Glöckchen erklingen, um sie zum Schmücken des Weihnachtsbaums in das andere Wohnzimmer zu rufen. Sie ging zu ihren Freundinnen. Hailey war gerade dabei, Ty der supersüßen und wahnsinnig zuvorkommenden Lauren vorzustellen, die Ty zum Nachtisch verspeisen würde.

„Schön, dich kennenzulernen, Lauren", sagte Ty, und sein Lächeln strotzte nur so vor Selbstbewusstsein. „Stehst du auch auf Happy Ends?"

Lauren wurde rot und strich sich ihre langen, hellbraunen Haare hinter die Ohren. „Natürlich, das tun wir doch alle. Magst du Romanzen?"

Ty beugte sich vor. „Manchmal. Hängt ganz vom Mädchen ab."

„Oh", Lauren wedelte mit der Hand in der Luft herum. „Ich habe nicht das wahre Leben gemeint. Ich meinte Bücher." Sie warf Hailey einen flehenden Blick zu; die war jedoch damit beschäftigt, den Blick durch den Raum schweifen zu lassen, wahrscheinlich bereits auf der Suche nach dem nächsten ‚glücklichen' Paar.

„Nehmt euch alle eine Schachtel mit Christbaumkugeln", verkündete Claire. „Hängt sie an den Baum, wo immer ihr wollt. Danach habe ich noch Lametta, und Jake bringt den Stern an, denn er ist mein Star."

Alle Frauen seufzten, abgesehen von Mad, die ein würgendes Geräusch von sich gab und sich einen Finger in den Hals steckte.

Jake schlang einen Arm um Claires Taille, zog sie an sich und drückte ihr einen zärtlichen Kuss auf die Schläfe. „Du bist mein Star."

„Sie ist jedermanns Star!", bemerkte Ty trocken, und alle lachten, weil er recht hatte. Sie gehörte zur Elite Hollywoods, ein Star, der freie Wahl hatte, welche Projekte er annehmen wollte, und immer im Rampenlicht stand.

Alle fingen an, den Baum zu dekorieren. Mad war gerade bei der zweiten Schachtel mit silbernen und goldenen Kugeln, als Hailey ihr zuflüsterte: „Häng deine hoch, dann rutscht dein Pullover hoch und stellt deine schlanke Taille zur Schau. Er wird es bemerken."

Mad zweifelte nicht am Expertenrat ihrer Freundin, folgte ihm aber nur, weil sie wirklich verzweifelt war, nachdem sie bisher nur Scheiße gebaut hatte. Sie wandte sich mit zwei Kugeln in der Hand dem Baum wieder zu und achtete darauf, dass sie so stand, dass Parker sie sehen würde. Dann streckte sie ihre Arme, bis ihr Pullover weit genug hochrutschte, um ein bisschen Haut zu zeigen. Sie hatte eine ansehnliche Taille. Ihr tägliches Core-Workout musste ja für etwas gut sein. Vielleicht würde sein Blick an ihrer nackten Haut hängenbleiben und weiter nach unten wandern. Vielleicht würde ihn das auf Ideen bringen.

Sie tat es gleich zweimal, einmal für jede Kugel und warf einen verstohlenen Blick in seine Richtung, diagonal hinter ihr, doch er starrte nur auf ihre verdammten Stiefel. Sie betrachtete sie, um sicherzugehen, dass sie nicht womöglich einen Streifen Toilettenpapier hinter sich herzog. Nein. Da standen sie also. Sie zeigte ihre Taille und ihren Arsch, und Parker starrte ohne erkennbaren Grund ihre Stiefel an.

Sie unterdrückte ein Seufzen und ging zurück zu Hailey, um ihr zu berichten, dass es nicht funktioniert hatte.

„Oh, es hat funktioniert", sagte Hailey. „Er hat es definitiv gesehen. Mach's noch mal."

„Unsinn. Er hat nur meine Schuhe angestarrt."

„Vertrau mir."

Sie vertraute ihr, darum wiederholte sie das Ganze mit zwei weiteren Kugeln und streckte sich diesmal in die Höhe und nach rechts, um kurviger zu wirken, auch wenn sie sich dabei ziemlich dumm vorkam. Als sie über ihre Schulter blickte, sah sie, dass Parker auf sie zukam. Ihr Herz pochte. Es hatte funktioniert! Er hatte sie bemerkt!

„Sieht aus, als könntest du ein bisschen Hilfe bei den höheren Zweigen gebrauchen, Mini", sagte er und streckte die Hand nach der nächsten Kugel aus.

Sie ließ ihre Schultern sinken und reichte sie ihm. „Danke", murmelte sie. Sie sah, dass Hailey ihr ‚Daumen hoch' zeigte, schüttelte jedoch den Kopf.

Am Ende des Abends ließ sich Mad in die Limousine fallen, vollgefressen und umgeben von ihren besten Freundinnen, und doch fühlte sie sich vollkommen hoffnungslos.

Hailey nahm neben ihr Platz und stieß sie mit der

Schulter an. „Mein Angebot steht noch.“

„Welches Angebot?“, fragte Charlotte und streckte ihre langen Beine. „Willst du sie verkuppeln?“

Hailey strahlte. „Wir werden Mad hier einem solchen Umstyling für die Hochzeit morgen unterziehen, dass Parker gar nicht weiß, was ihn getroffen hat.“

Ally und Carrie kreischten. Lauren sah sie ernst an.

Mad ließ sich in ihrem Sitz herunterrutschen. „Ich weiß nicht wozu.“ Zuvor hatte sie geglaubt, dass es funktionieren würde, doch jetzt, nachdem Parker sie weder nur im Handtuch, in knappen Workout-Klamotten noch mit hochgerutschtem Pullover beachtet hatte, hatte sie ernste Zweifel.

Charlotte beugte sich vor und stieß Mads Bein an. „Hey.“ Ihre braunen Augen waren warm, ihr Ton tröstend. „Hast du Claires Premiere schon vergessen? Du hast so toll ausgesehen, dass sogar Blake Grenier auf der Party danach mit dir geflirtet hat.“ Blake war Claires Co-Star in ihrem Film *Heiße Sehnsucht*.

Mads Miene hellte sich auf. „Das hat er, nicht wahr?“ Nicht dass sie etwas von Mr. Supersexy Blake Grenier gewollt hätte – vor allem nicht, nachdem er sich gegenüber Claire wie ein vollkommener Arsch benommen hatte. Doch er hatte sein Supermodel-Date ignoriert, um mit ihr zu flirten. Wenn sie es geschafft hatte, die Blicke eines Filmstars auf sich zu ziehen, vielleicht gab es dann ja doch noch eine Chance.

„Aber du musst ein knappes Kleid tragen“, sagte Hailey. „Keinen Hosenanzug.“

Mad schnitt eine Grimasse. „Ich würde nackt aufkreuzen, wenn ich davon überzeugt wäre, dass es funktioniert, doch der Idiot hat ja nichtmal mit der Wimper gezuckt, als er mich nur in ein Handtuch gewickelt gesehen hat.“

„Wie bitte?“, fragte Charlotte.

Mad erzählte die Kurzfassung der Geschichte.

Charlotte kicherte und gab Mad ein High Five. „Clever."

„Das klang wie ein Ja zum Aufbrezeln", sagte Hailey mit einem breiten Grinsen.

Mad lachte. „Okay, ja, macht euren Weiberkram mit mir, und wenn es nicht funktioniert, hab ich die Schnauze voll von PMS. Es macht mich so verdammt reizbar."

„Du hast PMS?", fragte Charlotte. „Halt dich von salzigem Essen fern." Ihr Job als Personal Trainerin hatte sie zur Gesundheitsfanatikerin gemacht.

„Ich meine Parker Michael Shaw", sagte Mad, und die Frauen prusteten vor Lachen; sie selbst auch. Fast hatte sie vergessen, wie lustig seine Initialen waren.

„Ich weiß einfach, dass es funktionieren wird!", rief Hailey. „Wir müssen nur seine Augen öffnen, damit er dich auf eine andere Weise sieht." Sie sah Mad streng an. „Aber du musst aufhören, ihm diese bösen Blicke zuzuwerfen. Mir ist egal, wie frustriert du bist. All die bösen Blicke erinnern ihn nur daran, dass du ein vorlautes Gör gewesen bist. Wir wollen elegant, intellektuell und kultiviert."

„Ich fürchte, du willst ein anderes Mädchen", brummte Mad.

„Finde deine innere Elizabeth Bennet", riet Hailey ihr. „Parker beherrscht den dunklen und grüblerischen Mr. Darcy schon perfekt." Das war das jüngste Buch, das sie für den Club gelesen hatten, ein Klassiker für die Feiertage. *Stolz und Vorurteil.* Mad musste zugeben, dass Mr. Darcy mehr in ihr bewirkte, als sie je einem Mann aus einem vergangenen Jahrhundert zugetraut hätte. So grüblerisch und romantisch.

Mad rutschte auf ihrem Sitz umher. Sie war aufgeregt und nervös. Doch zumindest der winzige Funken Hoffnung war wieder da.

Kapitel Sieben

„Nehmt verdammt noch mal das Ding weg!", blaffte Mad, als Hailey ihr fast das Metallmonstrum ins Auge gerammt hätte. „Du hast gesagt, dass es meine Augen groß rausbringt, nicht dass du sie mir damit ausstechen willst!" Sie schlug Hailey das Teufelsgerät aus der Hand.

Hailey seufzte. „Ich hab dir gesagt, dass du dich nicht bewegen sollst. Du hast wunderschöne Augen. Die Wimpernzange hilft, sie zu betonen." Sie hob das Werkzeug auf.

Mad lehnte sich zurück. „Natürlich wird er bemerken, wenn mir ein Auge fehlt."

Hailey schüttelte den Kopf. „Jetzt sei nicht so ein Baby. Wir haben noch eine Menge zu tun, und es würde helfen, wenn du kooperieren würdest." Sie waren in einer großen Zweizimmer-Suite im Resort und bereiteten sich auf die Hochzeit vor.

„Noch mehr von der Sorte?", fragte Mad genervt. Sie hatte bereits unfassbar lange stillgesessen, um ihre Haare föhnen und stylen zu lassen. Okay, sie musste zugeben, dass der Friseur, den Claire angeheuert hatte, wahre Wunder bewirkte. Ihr Haar, das nicht mehr kurz aber auch noch nicht lang war, bot nur begrenzte Stylingmöglichkeiten. Doch jetzt hatte sie niedliche Wellen, die in sanften Stufen fielen. Selbst das Feuermelderrot war einem natürlicheren Farbton gewichen. Sie überlegte sogar, in naher Zukunft zu ihrem natürlichen Braunton zurückzukehren. Nah. Das würde sie tun, sobald sie sich um einen Job bewerben musste. Sie mochte leuchtende Farben. Vielleicht würde sie es als nächstes mit Blau probieren. Oder Grau.

„Welches Kleid gefällt dir besser?", fragte Ally und sah viel zu aufgeregt aus, als sie die beiden Kleider hochhielt. Sie gehörten beide Hailey, die mindestens ein Dutzend Kleider mitgebracht hatte. Das eine war pink mit einem tiefen Wasserfallausschnitt und einem hohen Schlitz. Das Kleid war cool mit dem Schlitz und allem, doch die Farbe war zum Kotzen. Das andere Kleid war schwarz, ärmellos und kurz. Die Entscheidung war leicht.

Sie stand auf, hielt das schwarze Kleid vor sich und versicherte sich, dass es hoch genug reichte, um ihre Tätowierung zu verstecken. Sie war ihr nicht peinlich, sie war nur noch nicht so weit, sie Parker zu zeigen. Nicht, solange sich die Situation zwischen ihnen nicht verändert hatte. Erst wenn ihr Herz nicht mehr exponiert und verletzlich war.

„Perfekt!", rief Hailey. „Es passt mir wie angegossen. Ich kann kaum erwarten, dich darin zu sehen." Sie wandte sich Ally zu. „Kannst du die schwarze Spitzenstola holen?"

Mad verzog das Gesicht. „Warum soll ich ein enges Kleid anziehen, wenn ich dann doch was drüber tragen soll?"

„Weil er sich vorstellen soll, was darunter ist", erklärte Hailey. „Ein bisschen was zu verstecken, ist viel erotischer als alles zur Schau zu stellen. Die Stola wird dir immer wieder von der Schulter rutschen, und er wird danach schmachten, sie dir abzunehmen."

Das klang nicht richtig. Männer sahen sich keine bekleideten Pin-ups an. Aber egal. Das mit dem Handtuch hatte nicht funktioniert. Die Milchglaswand der Dusche hatte nicht funktioniert. Vielleicht hatte Hailey recht. Schließlich waren die Pin-ups zwischen ein paar Alibi-Artikeln versteckt.

Hailey schob Mad in einen Stuhl vor dem Schminktisch. „Halt still und schau nach oben. Wir lassen das mit der Wimpernzange, aber ohne Wimperntusche kommst du hier nicht raus."

„Wie du willst", knurrte Mad, insgeheim glücklich, dass Hailey die Führung übernommen hatte.

Als sie fertig war, betrachtete Mad sich im Spiegel. Ihre Augen sahen größer aus und wirkten dunkler.

Sie begegnete Haileys Blick im Spiegel. „Und was soll ich tun, sobald er mich so sieht?", fragte sie leise. Sie wollte nicht, dass die anderen ihren Senf dazugaben. Es war ihr peinlich genug, dass sie überhaupt fragen musste.

Hailey beugte sich zu ihr herunter, den Kopf direkt neben Mad, und lächelte sie im Spiegel an. „Ganz einfach. Du tanzt mit ihm."

Mad unterdrückte ein Stöhnen. „Ich kann nicht tanzen. Und wir haben keine Zeit für Tanzunterricht. Gott, das kann nur schiefgehen."

Hailey richtete sich auf. „Jeder kann tanzen. Leg einfach deine Arme um seinen Hals. Er macht den Rest."

Mad starrte den Tisch an. „Was, wenn er nicht tanzen will?"

„Dann leg trotzdem deine Arme um seinen Hals und schau, was passiert."

Mad wandte sich Hailey zu. Sie wollte nicht länger über ihre eigene Unbeholfenheit reden. „Hast du jemanden gefunden, damit du nicht allein mit Josh tanzen musst?" Hailey sollte als Trauzeugin mit dem Trauzeugen Josh tanzen, und sie hatte Josh bereits wissen lassen, dass es ihr nichts ausmachen würde, solange sie die anderen Gäste einladen würden, mit ihnen zu tanzen. Wahrscheinlich hoffte sie, sich aus dem Staub machen zu können, sobald andere Paare zu tanzen begannen. Josh hatte sie todernst angesehen und geantwortet: „Natürlich werde ich die Wünsche der Braut respektieren", was Hailey nicht für eine Antwort gehalten hatte.

Hailey versteifte sich. „Nein."

Als Mad kicherte, warf Hailey ihr einen finsteren Blick zu. „Ich weiß, dass du es unglaublich lustig findest, dass mich dein Bruder in den Wahnsinn treibt. Doch er ist ein Halunke. Ich ertrage es ja kaum, mit ihm im selben Raum zu sein. Wusstest du, dass im Garner's in den letzten sechs Monaten immer mindestens eine Zutat für meinen Lieblingsdrink gefehlt hat? Nie bekomme ich einen ordentlichen Mojito."

Mad schüttelte den Kopf. „Dann geh in eine andere Bar."

Hailey warf ihre langen, rotblonden Haare über ihre Schultern. „Warum sollte ich mir eine andere Bar als die in meinem Heimatort suchen, nur weil er als Manager unfähig ist, die richtigen Zutaten zu besorgen?" Ihre Stimme überschlug sich fast beim Wort ‚Manager', als ob sie sich insgeheim über seine Beförderung freute. Diese beiden waren so was von bescheuert.

„Du weißt schon, dass er das absichtlich macht, oder?", fragte Mad.

„Natürlich weiß ich das! Weil er ein Schuft ist. Und seit ihm ausgerechnet immer eine Zutat für meinen Lieblingsdrink fehlt, habe ich den Ladies in der Bar von seiner unangenehmen Erkrankung erzählt." Sie hob zwei Finger und ließ sie sinken.

„Wissen wir, wissen wir", lachte Charlotte. Alle wussten es.

Hailey strahlte. „Am wichtigsten ist, *er* weiß es nicht."

Warte nur, bis er es herausfindet, dachte Mad. In Gedanken rieb sie sich die Hände und stellte sich Joshs teuflische Rache vor.

Die Frauen stylten sich fertig, zementierten ihre Haare mit Haarspray und zogen ihre Kleider an. Hailey trug ein tiefrotes schulterfreies Satinkleid, das ihre Kurven betonte, Charlotte sah umwerfend aus in einem asymmetrischen sonnengelben Kleid, das eine Schulter freiließ und kurz genug war, um ihre langen Beine zu betonen, und Ally, Carrie und Lauren trugen jeweils Versionen eines ‚kleinen Schwarzen'. Sie kam zu dem Schluss, dass sie in ihrem schwarzen Kleid nicht so sehr herausstechen würde, wie sie befürchtet hatte.

Mad zog sich als letzte an und zögerte das unbehagliche Gefühl, ein Kleid zu tragen, bis zur letzten Minute hinaus. Sie kehrte den anderen den Rücken zu, zog ihre Cargoshorts und ihr langärmeliges T-Shirt aus und schlüpfte in das Kleid. Es passte perfekt. Nicht hauteng wie an der kurvigeren Hailey, doch es sah gut aus. Sie rückte ihre Brüste zurecht und zupfte am Ausschnitt herum, um sicherzugehen, dass ihre Tätowierung bedeckt war. Na bitte.

Sie drehte sich vor dem Ganzkörperspiegel, der extra für die Hochzeitsgesellschaft in die Suite gebracht worden war. Der Sport-BH musste verschwinden. Sie zog ihn aus und warf ihn auf den Haufen mit ihren Kleidern am Boden.

Sie wandte sich ihren Freundinnen zu, die sie alle anstarrten. „Was?"

„Bitte fass das jetzt nicht falsch auf", begann Charlotte.

„Weil Boyshorts wirklich super süß sind", fuhr Lauren fort.

„Wenn man auf diese Art von Höschen steht", bemerkte Ally. „Was manche Leute tun." Sie nickte enthusiastisch, und ihr blonder Pony wippte dabei.

Mad kniff ihre Augen zusammen.

„Zieh sie aus", sagte Hailey.

Mad strich sich über die Hüfte. „Was stimmt nicht damit?"

„Sie zeichnen sich ab", erklärte Hailey geduldig. „Sie ruinieren die Linien des Kleides. Viel zu viel Stoff an diesen Boyshorts."

„Das sind Höschen für Mädchen", protestierte Mad.

„Ich habe ein paar niedliche BH- und Panty-Sets in dem Stil gesehen", sagte Ally, und die anderen nickten zustimmend.

Hailey schüttelte den Kopf. „Doch nicht unter diesem Kleid."

„Aber andere hab ich nicht!", protestierte Mad. Und sie würde keinen von Haileys Stringtangas tragen. Unterwäsche verborgte man einfach nicht.

Hailey sah sie erwartungsvoll an.

„Und zum Shoppen habe ich keine Zeit", fügte Mad lahm hinzu, als sie sich der einzigen anderen Lösung bewusst wurde. „Aber das Kleid ist so kurz …" flüsterte sie und zupfte am Saum, als wollte sie es länger machen. Es reichte kaum zehn Zentimeter über ihren Po.

„Du musst nur deine Beine geschlossen halten, wenn du dich setzt", sagte Hailey.

Charlotte grinste. „Und wenn sie beim Empfang ‚New York, New York' spielen, lass die Beine unten." Alle kugelten sich vor Lachen, und Hailey schmunzelte.

„Außerdem ist das eine nette Überraschung für Parker später."

Haileys Vertrauen in ihre Fähigkeit, Parker abzuschleppen, gab Mad den dringend nötigen Schub. Sie zog ihr Höschen aus und schlüpfte in ihre Jimmy Choos mit einem Keilabsatz, der nicht zu hoch für sie war. Sie waren ein Geschenk von Claire, die ihnen letztes Jahr an ihrem letzten Abend in Connecticut nach Abschluss der Dreharbeiten die freie Wahl in ihrem Kleiderschrank gelassen hatte.

Die Frauen klatschten in die Hände und strahlten sie an.

Mads Wangen glühten. „Mädels, bitte!" Sie warf sich die schwarze Spitzenstola über die Schultern. „Okay, dann lasst uns den Laden hochnehmen."

Niemand regte sich.

„Den Laden hochnehmen?", fragte Hailey.

Mad winkte ab. „Seit ich wieder zu Hause eingezogen bin, färbt mein Dad auf mich ab. Lasst uns gehen."

Sie verließen die Suite und fuhren perfekt gestylt und nach dem teuren Parfum duftend, das Claire ihnen auf ihre Zimmer geschickt hatte, nach unten, wo schon die Limousine auf sie wartete. Die Hochzeitszeremonie würde vor dem großen Kamin in Claires Hütte stattfinden, der Empfang dann hier im Hotel, wo der riesige Ballsaal weihnachtlich dekoriert war. Bis zu Parkers oder ihrem Zimmer wäre es nicht weit, wenn das eintreffen sollte, worauf sie hoffte.

Auf der Fahrt zur Hütte plapperten ihre Freundinnen aufgeregt durcheinander und schienen sich vollkommen wohl zu fühlen bei der Gelegenheit, sich für einen Anlass schick zu machen, doch für Mad war das alles nur ein Mittel zum Zweck. Sie wollte Parker von den Socken hauen. *Das ist die Mad, von deren Existenz du bis jetzt noch nichts gewusst hast. Du willst was davon? Komm und hol mich!*

~ ~ ~

Mad folgte ihren Freundinnen zur zweiten Reihe gepolsterter Stühle. Hailey nahm ihren Platz ganz hinten mit der Braut ein. Jake und Josh standen bereits vorne am Kamin und sahen einfach umwerfend aus in ihren Smokings. Sie wusste genau, wann Parker den Raum betrat, denn er kam mit Ty, der selbst heute sein lautes Organ nicht im Zaum halten konnte. Er und Parker standen sich nahe, doch Parker war der ruhige, reservierte von beiden. Er war der Grübler, während Ty sein Herz auf der Zunge trug.

Sie freute sich, dass sie den Platz am Gang hatte, denn so konnte sie Claire beobachten, als die Musik zu spielen begann. Sie war sich sicher, dass sie umwerfend aussehen würde in ihrem Ballkleid.

Jemand zog an ihren Haaren, und sie drehte sich gereizt um. Ihre Brüder mussten immer ihre Haare zerzausen, als wäre sie ihr kleines Haustier.

„Hey, Kurze", sagte Ty mit einem Grinsen. Er stand im Gang direkt hinter ihr. „Hab gehört, dass Santa vom Dach gefallen ist und sich den Hals gebrochen hat, also rechne besser nicht mit Geschenken."

Parker versetzte ihm einen Stoß mit dem Ellbogen und schüttelte den Kopf. Er trug einen dunkelblauen Anzug und seine Haltung wäre einer Ausgehuniform bei der Air Force würdig gewesen. Umwerfend. Ihr Herz pochte ihr in den Ohren. Ob er ihre Veränderung bemerkte?

„Ha-ha", gab sie zurück. Ty hatte ihr als Kind immer eingeredet, dass Santa irgendeinen Unfall gehabt hatte und darum nicht zu Weihnachten kommen konnte. Sie war immer wütend geworden und hatte ihn angeschrien, bevor sie zu ihrem Dad gerannt war, um sich versichern zu lassen, dass Santa kommen würde. Loser.

„Hallo, meine Damen", sagte Ty zu ihren Freundinnen, und Parker hob zum Gruß die Hand.

„Hi, Jungs", antworteten ihre Freundinnen im Chor.

Parker und Ty nahmen hinter ihr Platz. Sie blickte nach vorn, ein wenig enttäuscht, dass Parkers Augen nicht über ihr Gesicht hinaus gewandert waren. Hatte er bemerkt, dass sie ihre Augen mit Wimperntusche betont hatte? Dass sie Rouge trug und rosafarbenen Lippenstift und weiß Gott was Hailey sonst noch alles aufgetragen hatte. In ihrer Erinnerung war es ein Nebel aus Schwämmen, Pinseln, Quasten und Kosmetiktüchern. Sie fluchte innerlich. Wenn sie sich all diese Mühe gemacht hatte und er es nicht einmal bemerkte, würde sie vor Wut explodieren. Sie hörte, wie Ty hinter ihr von seinem letzten Film sprach, in dem er während einer Verfolgungsjagd auf das Dach eines fahrenden Autos gesprungen war und einfach hinuntermarschiert war. Sie machte sich keine Sorgen um ihn. Er war gut ausgebildet und so flink wie eine Katze. Dann sagte er: „Wenn du bei den Fluglinien keinen Job findest, solltest du zu mir nach L.A. kommen. Ich kann dir sicher einen Job als Stuntman besorgen.“

Sie erstarrte. *Nein.* Parker war nicht zum Stuntman geboren. Er war langsam und methodisch, nicht behände und schnell. Davon abgesehen war er gerade erst wieder zu ihr nach Connecticut zurückgekehrt. Er konnte nicht einfach schon wieder verschwinden.

„Vielleicht“, sagte Parker. „Ich sag dir Bescheid.“

„Es macht Spaß, und zahlen tun die auch gut.“

Sie drehte sich um. „Er weiß nicht, wie man Stunts macht.“

„Ich kann ihn trainieren“, sagte Ty. „Kümmer dich um deinen eigenen Scheiß. Das ist eine private Konversation.“

Parker starrte sie an. Endlich schien er zu bemerken, dass sie hübsch zurechtgemacht war. Sein Blick wanderte von ihren Augen zu ihrer Nase über ihre Wange zu ihren Haaren, zurück zu ihrem Mund und dann zu ihrem Hals. Sie hielt den Atem an. Schließlich blickte er ihr wieder in die Augen. „Du siehst gar nicht wie du aus.“

Sie wartete auf ein Kompliment.

Doch es kam keins.

Nur ein kurzes Blinzeln von Parker, dann wandte er sich wieder Ty zu.

Es fühlte sich an, als hätte sich eine Faust um ihr Herz geschlossen und zugedrückt. Schnell drehte sie sich wieder um. Sie holte tief Luft und suchte nach ihrer ruhigen Mitte. Sie wollte ihm keine bösen Blicke zuwerfen. Sie wollte – Uff! Ahnungsloser Idiot! Sie wollte ihn schütteln! All die Arbeit für ein kurzes Blinzeln? Sie konnte sich kaum auf das konzentrieren, was Charlotte über die neuste Trainingsmethode mit einer Schaukel erzählte, auch wenn sie sich normalerweise gerne über Fitness unterhielt. Sie zog den Saum ihres Kleides ein Stück hinunter. Okay, Moment. Er hatte sie noch nicht stehend in ihrem Kleid gesehen. Beim Empfang würde der Zauber seine Wirkung entfalten. Sie schob ihre eiskalten Finger unter ihre Beine.

Die Stühle füllten sich, und als die Musik zu spielen begann, drehten sie sich um, um Hailey den Gang hinunter kommen zu sehen. Sie sah wie eine schöne Prinzessin aus und lächelte, als ob sie es genoss, im Zentrum der Aufmerksamkeit zu stehen. Und dann kam Claire in einem atemberaubenden Kleid mit einem ausladenden Rockteil wie in *Vom Winde Verweht*, der vorletzten Lektüre des Clubs. Nachdem sie das Buch gelesen hatten, hatten sie sich den Film angesehen. Claires Vater führte sie den Gang hinunter. Mad wusste, dass das Kleid von einem berühmten Designer speziell für Claire angefertigt worden war. Claire trug einen Schleier über ihrem Gesicht, doch Mad konnte ihre Miene sehen, lächelnd und selbstbewusst. Jake starrte sie mit vor Liebe glänzenden Augen an.

Vollkommen unerwartet bildete sich ein Kloß in ihrem Hals.

Ein Richter aus dem Ort, der gut bezahlt worden war, um die Trauung diskret zu behandeln, begann mit der

Zeremonie. Er führte sie zu ihren Ehegelübden, und als Jake seinen Teil des Schwurs vorlas, liefen stille Tränen über Claires Wangen. Und aus irgendeinem dummen Grund auch über Mads. Sie schniefte und wischte sie vorsichtig weg in der Hoffnung, nicht ihr Make-up zu ruinieren.

Josh starrte Hailey an, die neben Claire stand. Hailey lächelte Jake mit freundlicher Miene an, denn natürlich wusste sie, dass es Fotos geben würde.

Als Claire ihren Teil des Gelübdes vorlas und Jake sie zärtlich wegwischte, als ihr heiße Tränen über die Wangen liefen, schluchzte Mad und gab den Kampf gegen ihre eigenen Tränen auf. Herrgott noch mal. Sie würde noch Haileys harte Arbeit ruinieren, bevor sie überhaupt zum Empfang kamen. Es war jedoch das erste Mal, dass sie bei der Hochzeit zweier Menschen war, die sie liebte, und gleichzeitig die Liebe zwischen ihnen zu spüren war einfach überwältigend.

Ein weißes Taschentuch wackelte neben ihrer Schulter. „Danke", sagte sie und sah, dass es von Parker war, als sie sich kurz umdrehte.

Er presste seine Lippen aufeinander und sah sie besorgt an. Sie wusste, dass er es nicht mochte, wenn sie weinte, auch wenn sie es kaum tat. Doch als Kind hatte sie gelegentlich geheult wie ein Schlosshund, und Parker war immer für sie dagewesen und hatte sie still getröstet, ihr ein Taschentuch gegeben und sie mitfühlend angesehen. Einmal hatte er sein Taschengeld zusammengekratzt und ihr eine Tafel Schokolade gekauft.

Sie fragte sich kurz, warum Parker ein weißes Taschentuch bei sich hatte, kam dann aber zu dem Schluss, dass es zum Anzug gehören müsste, tupfte vorsichtig ihre Wangen ab, um ihre Wimperntusche nicht zu verschmieren. Sie betrachtete das Taschentuch, doch es war blütenrein. Hailey lächelte sie an. Sie blinzelte ein paarmal, dann erwiderte sie ihr Lächeln. Natürlich hatte sie wasserfeste ‚Tünche' benutzt. Auf sie konnte sie sich immer verlassen.

Sie schniefte und hielt das Taschentuch fest in ihrer Hand. Auf Parker hatte sie sich auch immer verlassen können. Wie konnte sie ihn nicht lieben?

Die Zeremonie endete in Applaus, als Claire und Jake sich zum ersten Mal als Ehemann und Ehefrau küssten. Ihre Freundinnen johlten und pfiffen. Sie selbst jedoch kämpfte gegen einen weiteren Schluchzer an und blickte zur Decke. So sehr sie sich auch bemühte, die Tränen konnte sie nicht zurückhalten. Eine warme Hand fiel auf ihre Schulter und drückte sie kurz. Ohne hinzusehen wusste sie, dass es Parker war. Ty hätte ihr wahrscheinlich eher auf den Rücken geklopft.

Claire und Jake eilten Hand in Hand strahlend den kurzen Gang hinunter.

Sie stand auf und blickte ihnen hinterher und tupfte sich wieder die Tränen ab, bevor sie Parkers mitfühlendem Blick begegnete. „Ich bin okay. Danke für das Taschentuch."

„Es ist von deinem Dad. Er hat es mir gegeben, damit ich es dir geben kann."

„Oh."

Ihr Dad war bereits dem Brautpaar den Gang hinunter gefolgt.

„Dann muss ich mich wohl bei ihm bedanken." Sie fühlte sich wie ein Idiot, da sie so viel in jede von Parkers Bewegungen hineininterpretierte. Sie musste aufhören, sich daran zu erinnern, wie er in der Vergangenheit gewesen war, und ihn als das sehen, was er jetzt war. Es war nur fair, wenn sie das auch von ihm wollte.

Als Hailey und Josh nebeneinander den Gang hinunter

gingen, war ein scharfer Kontrast zwischen Haileys strahlendem Lächeln und Joshs ernstem, finsterem Blick zu erkennen. Josh, ganz Gentleman, hatte ihr natürlich den Arm angeboten. Ihr Vater hatte all ihren Brüdern beigebracht, sich wie ein Gentleman zu benehmen. Bei einigen war mehr hängengeblieben als bei anderen. Hailey sah aus, als würde sie gleich vor die Richter eines Schönheitswettbewerbs treten, elegant und kontrolliert, mit einem Lächeln auf dem Gesicht.

Sie kamen wieder im Wohnzimmer zusammen, wo auf runden Stehtischen mit langen, weißen Tischdecken Gläser mit Champagner auf alle warteten. Sie stießen an und tranken, während sie auf die Limousinen warteten, die sie zum Empfang bringen würden.

Hailey trat neben sie. „Ich habe dich bei der Zeremonie weinen sehen, du Mädchen.“

Mad zog die Spitzenstola fest um sich. „Es war Claire. Sobald sie angefangen hatte, musste ich auch weinen. Es ist ansteckend.“

„Lauren und Carrie haben auch geweint“, sagte Hailey.

Mad beobachtete, wie sie jetzt glücklich Champagner schlurften. „Langsam fühle ich mich wieder besser.“

„Parker hat dir ganz schön geholfen“, sagte Hailey lächelnd.

„Es war ein Taschentuch von meinem Dad“, sagte Mad. „Er hat es mir nur gegeben.“

„Mach dir keine Sorgen“, sagte Hailey mit entschlossener Stimme. „Die Nacht ist noch jung. Noch habe ich nicht mit meinen Bemühungen versagt.“ Sie kniff die Augen zusammen. „Wer bin ich?“

Mad verdrehte die Augen und brummte. „Der Liebesjunkie.“ Das stand auf ihrer Visitenkarte für ihr Hochzeitsplaner-Büro.

„Und was tue ich?“

„Du lässt die Liebe erblühen", murmelte Mad, dankbar, dass Parker mit Ty auf der anderen Seite des Raumes stand.

„Korrekt!"

Mad nahm eine Champagnerflöte und trank einen Schluck, während sie den Blick zu Parker wandern ließ. Er hielt ein volles Glas in der Hand und trank nichts. Ab und an trank er mal mit den Jungs ein Bier, doch betrunken hatte sie ihn kaum je gesehen. Abgesehen von der Nacht, bevor er zur Air Force gegangen war. Was wäre passiert, wenn er in dieser Nacht nicht betrunken gewesen wäre? Wäre ihr Leben anders verlaufen, hätte sie eine Chance gehabt, mit ihm zusammen zu sein? Ihm zu zeigen, was sie wirklich für ihn empfand? Wäre sein Leben dann anders verlaufen? Wahrscheinlich nicht. Er hatte sich ja schließlich für sechs Jahre verpflichtet.

Er begegnete ihrem Blick und wandte sich ab.

„Er kann es nicht lassen, dir Blicke zuzuwerfen", sagte Hailey.

„Unsinn", sagte Mad. „Er hat mich nur angesehen, weil *ich* ihn angesehen habe."

„Was denkst du, Charlie?", fragte Hailey und zog sie näher.

Charlottes braune Augen funkelten. „Hm? Worum geht's?"

„Starrt Parker dieses heiße Weib hier an?", fragte Hailey und neigte den Kopf in Mads Richtung.

Mad schnaubte und kämpfte vergeblich gegen das Rotwerden an.

Charlotte sah sich demonstrativ um, dann neigte sie den Kopf, bis ihre langen, braunen Haare praktisch ihr Gesicht verdeckten. „Jupp."

„Was!", rief Mad, und ihr Blick schoss zu Parker. Er sah Ty an. „Lasst den Blödsinn. Das tut er nicht."

Charlotte strich sich die Haare aus dem Gesicht. „Geh einfach rüber."

Mad war nicht bereit, den ersten Schritt zu machen, wenn Ty als Zeuge daneben stand.

Hailey bereitete dem Gedankengang ein Ende. „Nein. Wir müssen ihn von der Herde trennen. Sie kann nicht mit ihm flirten, wenn ihre Brüder dabei zusehen. Besonders Ty. Er würde sie in den Schwitzkasten nehmen oder sowas. Herrgott. Deine Brüder können die Hände nicht von deinen Haaren lassen. Sag ihnen, sie sollen die Finger weglassen. Es hat Stunden gedauert, diesen Look hinzukriegen."

„Was du nicht sagst", sagte Mad. „Glaubst du, das interessiert sie?"

„Du brauchst einen Helm mit Dornen", sagte Charlotte.

„Ja, das ist attraktiv", sagte Hailey mit einem seltenen Anflug von Sarkasmus, der sie alle zum Lachen brachte.

„Happy End Buchclub Ladies?", rief ein Chauffeur.

„Das sind wir!", antwortete Hailey und winkte den anderen zu, ihr zu folgen. Sie stiegen in die Limousine, wo sie eine weitere Flasche Champagner herumgehen ließen, ohne sich die Mühe zu machen, die Gläser zu benutzen. Mad betrachtete ihre Freundinnen – Hailey, Charlotte, Lauren, Carrie und Ally – und ertappte sich dabei, wie sie trottelig grinste.

„Okay", verkündete sie, nachdem sie einen langen Schluck aus der Flasche getrunken hatte. „Ihr hört es hier zuerst. Ich werde für einen langsamen Tanz mit Parker auf die Tanzfläche gehen. Schritt eins der Verführung."

Die Frauen jubelten.

Mad lachte und hickste. „Ich brauche euch alle da draußen, damit ich nicht auffalle. Ich habe noch nie getanzt."

„Was meinst du mit *du hast noch nie getanzt?*", fragte Charlotte. „Noch nie? Nichtmal auf deinem Abschlussball?"

„Ich bin als Darth Vader zu meinem Abschlussball gegangen", sagte Mad ernst.

Die Frauen starrten sie an, dann brachen sie in Gelächter aus.

„Ich erinnere mich, dass du das mal erzählt hast", nickte Hailey und nahm Mad die Champagnerflasche ab. „Aber das Kostüm hast du schon irgendwann an diesem Abend ausgezogen, oder?"

Mad schnaubte. „Machst du Witze? Die Jungs haben es geliebt! Wir haben Lichtschwerter-Duelle ausgefochten!"

„Ich wette, die Mädels haben es geliebt, dass ihre Dates mit Darth Vader anstatt mit ihnen rumhängen wollten", bemerkte Charlotte trocken.

Mad hatte nie darüber nachgedacht. Sie hatte sich einfach wie ein Loser gefühlt, weil niemand sie zum Abschlussball eingeladen hatte, darum war sie allein gegangen und auf die einzige Art und Weise, in der sie sich sicher fühlte – von Kopf bis Fuß in Schwarz gekleidet.

„Wie auch immer", sagte Mad. „Niemand wollte die dunkle Seite zum Tanzen auffordern."

„Oh, Mad", seufzten ihre Freundinnen mitleidig.

„Ich weiß", sagte Mad. „Ziemlich erbärmlich, nicht wahr? Darum brauche ich euch alle um mich rum, damit niemand meine unbeholfenen Bewegungen sieht."

„Unsinn", sagte Hailey. „Das schaffst du schon. Du legst einfach deine Arme um seinen Hals und lässt ihn die Führung übernehmen."

„Und was, wenn er das nicht tut?"

Hailey verdrehte die Augen. „Dann steht ihr einfach da und umarmt euch. Das ist doch auch nicht so schlecht, oder?"

Mad lächelte. „Das klingt ziemlich gut."

„Das ist der erste Schritt", sagte Hailey. „Schritt zwei ist Flirt und Rückzug."

„Bitte was?", fragte Mad.

„Du wirst ihn so viel berühren wie möglich", erklärte Hailey. „Seinen Arm, seine Schulter, seine Hand. Und stell ihm Fragen."

„Ist das nicht arg offensichtlich?", fragte Mad.

Hailey legte ihre Hand auf Mads Arm. „Was meinst du?" Sie blickte auf ihre Hand auf Mads Arm.

„Okay, verstanden", sagte Mad. „Stell einen Haufen dummer Fragen und fass seinen Arm an."

„Keine dummen Fragen", sagte Charlotte. „Sag einfach irgendwas."

„Was zum Beispiel?", fragte Mad.

Charlotte wedelte mit der Hand in der Luft. „Zum Beispiel *schöne Hochzeit … gute Musik*, was immer dir einfällt."

Hailey nickte. „Und dann kommst du zurück zu uns und gibst ihm Zeit, dich zu vermissen. Das ist der Rückzug."

Mad wollte Hailey die Champagnerflasche abnehmen, doch die reichte sie an Charlotte weiter. Mad atmete tief durch. „Ich hatte keine Ahnung, dass diese Verführungs-scheiße so kompliziert ist."

„Was machst du sonst?", fragte Charlotte und trank einen Schluck.

„Ganz ehrlich?" Mad schmunzelte, als sich die anderen vorbeugten. „Nach einem Softballspiel oder dem Sparring im Dojo sage ich einem Typen einfach, dass ich gerne mit ihm zwischen den Laken schwitzen würde."

Lauren keuchte. Ally und Carrie starrten sie fassungslos an.

„Wenn's funktioniert", bemerkte Charlotte.

„Und danach?", fragte Hailey.

Mad zuckte mit den Schultern. „Ich bedanke mich, sage ihm, dass es nicht noch mal passieren wird, und gehe."

Die Frauen starrten sie an, als wäre das seltsam.

„Aber Parker ist anders", sagte Mad. „Besonders – wenn ihr wisst, was ich meine."

Die Frauen nickten ernst.

Hailey drückte ihr die Hand. „Wissen wir. Du wirst das ganz wunderbar machen." Sie tippte mit ihrem pinkfarbenen Fingernagel an ihre Lippen. „Und mit wem solltet ihr alle tanzen?" Sie musterte ihre Freundinnen, und Mad wusste, dass sie über eine Langzeitstrategie für die Paare nachdachte, die sie verkuppeln wollte. Ob ihr es wollt oder nicht, hier kommt die Liebe! Oder zumindest Sex. So, wie die Dinge standen, hätte sich Mad mit beidem zufriedengegeben. Sie musste nur Parker aus ihrem Kopf bekommen, damit sie aufhören konnte, sich zwanghaft mit ihm zu beschäftigen, und wenn das zu mehr führte, dann wunderbar. Wenn nicht, würde sie es auch überleben und gestärkt aus der Sache hervorgehen, weil sie den Mut aufgebracht hatte, es zu versuchen.

Zufrieden mit ihrer neuen philosophischen Einstellung freute sie sich auf den Empfang.

Kapitel Acht

Parker stand mit Ty an der Bar und wartete auf seinen Drink, beide beobachteten eine Gruppe von Frauen, die zusammenstanden, sich unterhielten und lachten. Jede einzelne von ihnen war schön, doch Mad ganz besonders. Er konnte den Blick nicht von ihr abwenden. Ihre Haare waren sanft gewellt und sahen weich aus, eher so, wie er sie in Erinnerung gehabt hatte. Ihr Gesicht strahlte – und dieser Körper erst! Er hatte sie in ihren Workout-Klamotten gesehen, hatte ihre zierlichen Kurven gesehen. Doch dieses Kleid! Figur umspielend betonte es genau die richtigen Stellen. Ein schwarzes Spitzen-Ding rutschte immer wieder von ihrer Schulter, und sie zog es immer wieder hoch. Es machte ihn verrückt. Er wollte ihr das Ding vom Leib reißen. Er wollte seine Hände um ihre winzige Taille legen und sie über die sanfte Kurve ihrer Hüfte gleiten lassen.

Sein Magen rebellierte, und er wandte sich ab. Die Campbells waren seine Familie. Die einzige echte Familie, die er je gehabt hatte. Er verdankte Joe Campbell sein Leben. Er hatte Parker in sein ohnehin schon volles Haus aufgenommen. Mr. Campbell hatte angeboten, die Pflegschaft für ihn zu übernehmen, doch Parkers Mutter weigerte sich, die Papiere zu unterzeichnen. Sechs Monate, nachdem er Parker aus dem Höllenloch gerettet hatte, das sein Zuhause gewesen war, war sie schließlich ganz unten angekommen und hatte sich endlich in eine Entzugsklinik einweisen lassen, um ihre Heroinsucht loszuwerden. Als sie wieder herauskam, hatte sie ihn nicht zurückverlangt. Nicht, dass er zu ihr zurück gewollt hätte. Ab und zu tauchte sie bei einem seiner Baseballspiele oder in der Schule auf, um sich zu versichern, dass er noch am Leben war. Doch ihre Besuche hatten jedes Mal nur seine Wut wieder aufwallen lassen. Das Gefühl, von ihr verlassen worden zu sein, und die Scham machten ihn so wütend, dass er Streit gesucht hatte, meist mit jemandem, der größer und älter war als er, damit er alles rauslassen konnte. Mr. Campbell hatte dem schließlich an Parkers zwölftem Geburtstag ein Ende gesetzt.

„Du bist jetzt zwölf. Das ist eine große Sache", hatte Mr. Campbell gesagt und sich mit ihm nach einer kleinen Familiengeburtstagsfeier, die ihn vollkommen überwältigt hatte, auf das Sofa im Wohnzimmer gesetzt. Seine Geburtstage mit seiner drogenabhängigen alleinerziehenden Mutter waren für sie immer nur eine schmerzhafte Erinnerung gewesen, dass sie älter wurde, und für ihn, dass er nichts Besonderes für sie war. Mr. Campbell hatte die anderen nach draußen geschickt, auch wenn Parker vermutete, dass Mad sich irgendwo versteckt hatte, um zu lauschen. Die neunjährige kleine Knalltüte hing immer mit den älteren Jungs herum.

Parker hatte seine Schultern zurückgenommen und ihn ernst angesehen. „Ja, Sir."

Mr. Campbell hatte sich vorgebeugt und die Ellbogen auf die Knie gestützt. „Das ist eine kritische Zeit für dich, in der du den Pfad wählen musst, den du in deinem Leben einschlagen willst. Willst du ein Mann sein, der seine Fäuste benutzt, wenn er nicht mit einer Situation umgehen kann, oder ein Mann, der zuerst nachdenkt und dann einen guten Weg einschlägt?"

Parker hatte nicht geantwortet. Es war eine offensichtliche Antwort mit einer nicht ganz leichten Lösung.

Mr. Campbell hatte fortgefahren. „Ich mag diese Kämpfe nicht, auf die du dich einlässt. Sie sind destruktiv, und ich möchte, dass das aufhört." Er hatte Parker mit seinen liebevollen braunen Augen angesehen. „Doch du musst es auch wollen."

Parker hatte schwer geschluckt. Er hatte Mr. Campbell nie enttäuschen wollen. Er hatte immer das Gefühl gehabt, vorsichtig sein zu müssen, damit Mr. Campbell nicht seine Meinung über ihn änderte und ihn zu seiner Mutter zurückschickte. „Ja, Sir. Ich werde versuchen, es besser zu machen."

Mr. Campbell hatte ihn lange angesehen, und Park hatte seine Schultern gestrafft, um der Mann zu sein, den sein Pflegevater offensichtlich sehen wollte.

Dann hatte der ältere Mann leise gesagt: „Du musst deiner Mom vergeben. Sie ist nun einmal die Person, die sie ist, und du kannst das leider nicht ändern. Wir sind jetzt deine Familie. Und damit meine ich nicht nur die Campbells. Ich meine auch Ethan, Zach, Marcus, Ben und Nick. Wir sind alle eine Familie." Das waren die Jungs aus der Police Athletic League, mit denen sie viel Zeit verbrachten und die dauernd im Campbell'schen Haus herumhingen.

Parker hatte genickt.

„Deine Mom wird immer ein Teil von dir sein, doch sie ist nicht alles. Sie bestimmt nicht, wer oder was du bist."

„Yeah!", hatte sich eine piepsige Stimme zu Wort gemeldet, und beide hatten sich umgedreht und Mad gesehen, die durch die Streben der Brüstung oben an der Treppe gespäht hatte – ihre dunklen Haare zu einem schiefen Pferdeschwanz gebunden, ihre Augen groß wie die eines Rehkitzes. Unschuldig. Zerbrechlich. „Deine Mom ist doof.“

Ehrlich.

„Madison Campbell!“, hatte Mr. Campbell gebellt. „Wir unterhalten uns, sobald ich hier mit Parker fertig bin.“

Mad war aufgestanden und hatte sich über den Handlauf der Treppe gelehnt, dass Parkers Herz vor Angst angefangen hatte zu pochen. Wo sie gestanden hatte, ging es gut drei Meter senkrecht runter. Er musste auf sie aufpassen.

„Runter vom Handlauf!“, hatte Park geschrien, doch sie hatte sich nur weiter darüber gelehnt und ihn mit ihrer Zahnlücke angelächelt. „Meine Mom ist auch doof. Keine Sorge, Parker, du hast uns.“ Wegen der Zahnlücke hatte sie gelispelt und Parker damit daran erinnert, wie klein sie noch war, und doch hatte sie solidarisch die Fäuste gehoben – eine Geste, die er natürlich erwidert hatte.

Sie hatte ihr Bein über den Handlauf geschwungen, und sein Herz hatte zunächst ausgesetzt und dann vor Angst einen Sprung gemacht, als sie daran heruntergerutscht war. Dann war sie zu ihm gekommen, um ihm ein High Five zu geben.

„Geh raus zu deinen Brüdern“, hatte Mr. Campbell geknurrt. „Du bist in Schwierigkeiten, junge Dame.“

Mad hatte ihre rote Jacke vom Haken im Flur genommen, sich jedoch nicht die Mühe gemacht, sie anzuziehen, auch wenn es Februar gewesen war. Bevor sich die Tür hinter ihr schloss, hatte sie ihren Brüdern zugekräht: „Dad sagt, dass ihr mich mitspielen lassen müsst!“

Parker hatte grinsen müssen. Seine Brüder konnten es nicht leiden, sie in ihrem Team zu haben, weil sie klein war und langsam im Vergleich zu ihnen. Parker war derjenige, der immer dafür gesorgt hatte, dass sie miteinbezogen wurde. Er wusste, wie beschissen es sich anfühlte, allein zu sein und zuzusehen, wenn alle anderen Spaß hatten.

Mr. Campbell hatte tief Luft geholt und sich wieder Parker zugewandt. „Verstehst du, was ich sagen will? Ich möchte, dass du tief in dir nach der Stärke suchst, von der ich weiß, dass sie da ist, und einen anderen Pfad wählst. Keine Schlägereien mehr."

„Ja, Sir." Er hatte stark sein wollen wie Mr. Campbell. Sein eigener Dad war schwach gewesen, ein Alkoholiker, der sie verlassen hatte, nachdem Parkers kleine Schwester gestorben war.

Mr. Campbell hatte gelächelt. „Wann willst du anfangen, mich Dad zu nennen? Du lebst jetzt schon zwei Jahre hier. Ich hab dir doch gesagt, dass du einer von uns bist."

„Ja, Sir. Dad."

Mr. Campbell, sein Dad ehrenhalber, war aufgestanden, hatte die Hand nach ihm ausgestreckt und ihn auf die Beine gezogen. Dann hatte er ihn fest umarmt. Bis zu diesem Zeitpunkt hatte Parker an einer Hand abzählen können, wie oft er umarmt worden war. Er hatte sich von Stärke und Liebe umgeben gefühlt. Die meisten anderen Umarmungen bis zu diesem Zeitpunkt waren von seinem älteren Bruder Ty gekommen, der ihn in den Arm genommen und ihm auf den Rücken geklopft hatte, wenn er ein Tor geschossen oder einen Korb geworfen hatte. Doch das hatte sich anders angefühlt. Wichtig.

Sein Dad hatte ihn wieder losgelassen und seine Haare zerzaust. „Also gut, geh nach draußen und spiel mit den anderen, während ich mich mit Miss Vorlaut unterhalte."

~ ~ ~

„Jede Menge Schönheiten auf dieser Party", bemerkte Ty

und riss Parker damit aus seinen Erinnerungen.

„Ja, schon", murmelte Parker.

„Hochzeiten sind perfekt, um eine abzuschleppen", sagte Ty. „Sie sind in romantischer Stimmung und fühlen sich einsam. Dann muss man nur noch die Hand ausstrecken."

Parker schnaubte. „Ja? Und nach welcher wirst du *die Hand ausstrecken?*"

„Mir gefällt die in dem gelben Kleid."

Parker musterte sie verstohlen. „Ganz okay."

„Ganz okay? Du solltest dringend deine Augen untersuchen lassen. Ich glaube, sie ist Personal Trainerin. Oder vielleicht hat sie nur einen. Wen interessiert das schon. Schau dir diese Beine an."

„Schau dir ihr Gesicht an", bemerkte Parker. „Dieses Gesicht zeigt ganz klar eine niedrige Toleranzgrenze für Idioten."

Ty zuckte mit den Schultern. „Schau zu und lerne, mein Freund."

Der Barkeeper stellte zwei eiskalte Gläser Bier vor ihnen ab, und sie gingen hinüber, wo ihre anderen Brüder Jake und Claire gratulierten, die gerade vom Fotoshooting zurückgekommen waren. Hailey löste sich aus der Gruppe und ging zu ihrer Buchclub-Clique.

„Hailey!", rief Ty.

Sie blieb stehen und drehte sich auf dem Absatz um. „Ja?"

„Wer ist das Mädchen in dem gelben Kleid?"

Sie blickte hinüber zu ihren Freundinnen, dann kam sie auf Ty zu. „Charlotte. Soll ich sie dir vorstellen?"

Ty musterte Charlotte erneut von Kopf bis Fuß. „Nah. War reine Neugier."

Sie legte den Kopf schräg. „Sicher?"

„Nicht alle wissen einen kuppelnden Hochzeitsplaner

zu schätzen, Prinzessin", sagte Josh gedehnt, während er neben Hailey trat. Er warf ihr ein teuflisches Lächeln zu, als könnte er nicht abwarten, ihr wieder einen Streich zu spielen.

Hailey schnaubte. „Ich sorge für Happy Ends. Diese Hochzeit ist der beste Beweis dafür!"

Josh sah sie lüstern an. „Also, ich habe sicher kein Problem mit einem Happy End."

Hailey wurde rot. „Diese Art von Happy End habe ich nicht gemeint."

Josh beugte sich zu ihr vor, doch die anderen konnten ihn immer noch laut und klar hören. „Vielleicht sollte es aber *diese* Art sein. Vielleicht würden sich dann mehr Männer für deinen Singlebuchclub interessieren und nicht nur all diese Frauen."

Hailey gestikulierte wild. „Ich habe kein Problem damit, das Interesse eines Mannes zu wecken."

Josh lachte schallend, und Ty und Parker tauschten amüsierte Blicke aus. Diese beiden waren immer für eine Show gut.

„Si-cher", sagte Josh und nickte langsam. „Darum musstest du mich dafür bezahlen, dass ich als dein Date mit dir zu diesen Hochzeiten gehe."

Hailey starrte ihn entrüstet an. „Das war rein geschäftlich und kein Date!"

Josh schmunzelte.

„Halt die Klappe!" Hailey stakste davon.

Ty rempelte Josh an. „Warum bringt ihr es nicht hinter euch und fickt endlich?"

„Fick *dich*", sagte Josh, ohne den Blick von Haileys kurvigem Po abzuwenden.

„Sie hat dich für Hochzeitsdates bezahlt?", fragte Parker. Er konnte sich nicht vorstellen, warum. Diese Frau war so schön, wie man sie sonst nur in Filmen oder im

Fernsehen sah.

„Jupp", sagte Ty. „Hat Josh hier im Rahmen ihres Businessplans bezahlt. Wie du sehen kannst, ist das richtig gut ausgegangen."

Parker schüttelte den Kopf und Josh grinste.

Ihr Dad kam hinzu und lächelte sie an. „Das war eine schöne Hochzeit, findet ihr nicht?"

Sein Dad war immer noch ein Romantiker, auch wenn er so viele Jahre als Single zugebracht hatte. Seine Frau hatte ihn verlassen, als Mad erst ein Jahr alt gewesen war, und dennoch sprach er liebevoll von ihr. Sogar das Hochzeitsfoto hing noch an der Wand in seinem Schlafzimmer, auch wenn Parker der Meinung war, dass er darum nicht dazu in der Lage war, sich eine neue Frau zu suchen. Doch sein Dad schien zufrieden zu sein, glücklich, so vielen ein Vater sein zu können, darum sprachen sie nie davon.

„Ja", sagte Ty. „Jake ist ein glücklicher Hund. Hätte Josh sein können, wenn sie für das Blind Date nicht ihre Rollentauschnummer abgezogen hätten."

Josh schüttelte den Kopf. „Nah. Claire hat schon den richtigen Zwilling bekommen. Ich könnte es nicht ausstehen, wenn all diese Reporter in meinem Privatleben rumstochern, von den Paparazzi ganz zu schweigen." Er erschauderte.

„Hier habe ich noch gar keine gesehen", bemerkte Parker.

„Das liegt daran, dass Claire es geheim gehalten hat und dass nur eine kleine Gruppe von Gästen eingeladen war", erklärte sein Dad. „Ihr Bodyguard hat einen Sicherheitsdienst für den Empfang engagiert. Sie sind vor dem Ballsaal und um das Resort herum postiert. Selbst wenn jemand auf das Gelände käme, hier herein kommt er nicht."

Parker konnte sich gut vorstellen, dass es schnell anstrengend werden konnte, wenn man immer das Gefühl haben musste, beobachtet zu werden.

Kurz darauf nahmen alle zum Abendessen an den großen runden Tischen Platz. Die Frauen vom Buchclub saßen natürlich zusammen. Die Brüder saßen an einem weiteren Tisch, und Claires Familie und ein paar von Jakes Freunden an einem weiteren. Es war ein ziemlich großer Raum für eine so kleine Hochzeitsgesellschaft, doch die Aussicht war spektakulär. Der Ballsaal lag auf einer Klippe und hatte raumhohe Fenster mit Blick auf den Atlantik.

Nach einem Menü, das Filet Mignon und Hummer mit einschloss, spielte eine Liveband eine langsame Ballade an, zu der das frisch vermählte Paar auf die Tanzfläche gerufen wurde.

Parker beobachtete Claire und Jake, die so glücklich und verliebt aussahen. Sie tanzten eng aneinandergeschmiegt und sahen einander dabei in die Augen. Es war das erste Mal, dass Parker die Hochzeit von jemandem besuchte, der ihm so nahestand, und genau wie bei der Trauung fühlte er einen seltsamen Schmerz in der Brust. Er wusste, dass es nicht nur ihm so ging. Selbst Mad waren bei der Zeremonie die Tränen gekommen. Wenn sie in derselben Reihe gesessen hätten, hätte er sie umarmt. Er hatte es kaum ertragen können, sie weinen zu sehen, ohne ihr Trost anbieten zu können, darum hatte er getan, was er konnte.

Der Leadsänger der Band sprach mit seiner tiefen Stimme ins Mikrofon. „Der nächste Tanz ist für die Trauzeugen."

Jake und Claire gingen an den Rand der Tanzfläche, um zuzusehen. Josh winkte Hailey mit dem Finger zu sich, und sie ging hoch erhobenen Hauptes zu ihm hinüber. Als er ihr den Arm anbot, nahm sie ihn und ging mit ihm in die Mitte der Tanzfläche. Dort angekommen ergriff er ihre Hand und legte seine linke Hand auf ihren unteren Rücken. Mit mehr als genug Platz zwischen ihnen begannen sie, einen langsamen Walzer zu tanzen. Parker hatte nicht gewusst, dass Josh so gut tanzen konnte. Das Paar schwebte praktisch über die Tanzfläche und schien überraschend gut aufeinander abgestimmt, wenn man die Feindseligkeit zwischen ihnen in Betracht zog.

„Frag Charlotte beim nächsten Lied, ob sie mit dir tanzen will", sagte Ty zu Parker.

Parker blinzelte. „Warum? Ich dachte du willst sie."

„Will ich auch. Aber ich bitte Hailey um den nächsten Tanz."

„Was? Warum?"

„Tu's einfach."

„Ich will nicht tanzen."

„Du musst aber", sagte Ty. „Sind jede Menge Frauen hier. Du musst deinen Beitrag leisten."

„Sind genug andere Männer da", sagte er und nickte in Richtung ihres Tischs. „Hier herrscht sowieso Männerüberschuss."

„Ich dachte, du wärst mein Wingman", brummte Ty.

„Hol dir Alex, wenn du einen Wingman brauchst." Ty und Alex hatten als Teenager viel Zeit damit verbracht, gemeinsam Mädchen abzuschleppen.

„Der ist zu beschäftigt mit Viv."

Parker blickte hinüber zu Alex, der Vivian gerade aus dem Ballsaal trug.

„Die kleine Kröte ist müde", erklärte Ty. „Hat heute Mittag nicht geschlafen."

„Kommt er zurück?"

„Wahrscheinlich. Er wird sie ein bisschen rumtragen, und wenn sie eingeschlafen ist, kommt er wieder mit ihr rein. Die Musik macht ihr nichts aus, sie ist es gewohnt, überall dabeizusein.“

„Kein Babysitter?“

Ty reckte ein wenig den Hals, um Charlotte zu beobachten. „Der Babysitter hat das Weite gesucht, weil Viv zu viel Arbeit gemacht hat. Aber ist schon okay. Unsere Familie ist ja groß genug, dass immer jemand da ist, der helfen kann.“

Doch Parker sah niemanden, der half. Nur Alex auf sich allein gestellt.

Als der nächste Song anfing, wurden alle auf die Tanzfläche gebeten. Einer nach dem anderen standen die Brüder auf, um eine Frau zum Tanzen aufzufordern. Parker jedoch blieb sitzen und holte sein Handy aus der Tasche, um ein paar Fotos zu machen.

Jemand tippte ihm auf die Schulter. Er drehte sich um, und sein Herz begann schneller zu schlagen, als er Mad aus nächster Nähe in ihrem engen schwarzen Kleid sah. Das schwarze Spitzen-Ding rutschte ihr wieder von der Schulter und gab den Blick auf ihre makellose Haut frei. Sein Blick wanderte über ihre Schulter zu ihrem zarten Schlüsselbein und dann hinunter zur sanften Rundung ihrer – er hielt inne und schluckte. Die dunkle Linie eines Tattoos lugte direkt oberhalb ihres Herzens aus ihrem Ausschnitt hervor. Spontan wollte er sie nachfahren und es natürlich ganz sehen.

„Hey, PMS“, sagte sie. Das war ihr alter Spitzname für ihn, wenn er schlecht gelaunt und grüblerisch war.

„Du hast ein Tattoo“, bemerkte er, unfähig, den Blick abzuwenden.

Sie blickte an sich hinunter und zupfte den Ausschnitt zurecht, um es abzudecken. Dann zog sie das Spitzen-Ding über ihre Schultern. Am liebsten hätte er es ihr abgenommen und das Kleid heruntergezogen. Er wollte sehen–

„Willst du die ganze Nacht hier rumsitzen?", fragte sie.

Er stand automatisch auf, sein Zustand irgendwo zwischen Schock angesichts ihrer atemberaubenden Schönheit und Argwohn. Als wollte ein ferner Sirenengesang in sein benebeltes Gehirn vordringen. Sie auf der anderen Seite des Raumes zu beobachten, war eine Sache. Direkt vor ihr zu stehen, eine ganz andere. Sie duftete nach Blumen. Mad duftete niemals nach Blumen.

„Mach ein Foto, das hält länger", feixte sie.

Er hob sein Handy und tat genau das. Sie zog einen Schmollmund, und er strich mit dem Daumen über ihre vollere Unterlippe, bevor er überhaupt bemerkte, was er tat. Das Pochen seines Herzens donnerte in seinen Ohren. Er hielt in der Bewegung inne, genau in der Mitte. So weich. Sie öffnete ihre Lippen.

„Du siehst so anders aus." Seine Stimme klang heiser.

Ihre tiefbraunen Augen wurden weicher.

Er ließ seine Hand sinken.

„Danke", sagte sie leise, bevor sie das Spitzen-Ding abnahm und über die Rückenlehne seines Stuhls hängte. Angesichts ihres kurvigen kleinen Körpers in einem engen schwarzen Kleid, seinen Blicken und Händen exponiert, fühlte er sich mit einem Mal hellwach. Der Sirenengesang hallte laut und klar in seinem Kopf. Sie war zu nah.

Er versetzte ihr einen sanften Stoß mit dem Ellbogen und gewann ein wenig Distanz. „Was zum Henker haben diese Frauen mit dir gemacht?" Er ging davon aus, dass ihre Freundinnen etwas mit ihrem neuen Look zu tun hatten. Er hatte sie noch nie so gesehen, so gestylt und sexy. Gott sei Dank.

Sie sah ihn verletzt an. „Entschuldige bitte, dass ich zu einer Hochzeit ein Kleid angezogen habe."

Er hatte ihre Gefühle nicht verletzen wollen. Es hatte ihn einfach nur umgehauen, sie so verändert zu sehen.

Sie verschränkte die Arme und schob damit ihren Ausschnitt hoch. Er riskierte einen zweiten Blick auf ihr Tattoo, als er es jedoch nicht sehen konnte, zwang er sich, ihr wieder ins Gesicht zu blicken.

Ihre Lippen umspielte ein streitlustiges Lächeln. „Nachdem wir beide schon aufgetakelt sind, sollten wir tanzen oder sowas."

„Ich kann nicht tanzen", sagte er, doch was er eigentlich meinte war *ich kann nicht mit dir tanzen*. Er konnte sie nicht in seinen Armen halten und diese zierlichen Kurven an sich gepresst spüren. Die Tatsache, dass sie als Campbell-Mädchen quasi unberührbar war, wich schnell in den Hintergrund, als alles in ihm drängte, sie zu berühren, zu kosten, für sich zu beanspruchen. Sein Herz pochte. Es schrie: *Gefahr! Gefahr! Gefahr!*

„Als ob dich das stören würde", sagte sie, nahm seine Hand und zerrte ihn zur Tanzfläche. „Ich tanze nicht mit meinen Brüdern."

„Dann frag Claires Bruder", sagte er lahm und sträubte sich.

„Du bist noch dümmer als du aussiehst", sagte sie, legte die Arme um seinen Hals und presste sich an ihn.

Seine Hände wanderten automatisch zu ihrer schmalen Taille, und er spreizte seine Finger weiter, um mehr von ihr berühren zu können. Der Raum um sie wurde dunkler, die Musik fern, nichts außer dem süßen Duft von Blumen, ihrer Hitze und seinem Kopf, der von einem seltsamen Cocktail aus Lust und Gefahr schwirrte.

Als sie anfing, sich gegen ihn zu wiegen, wurde ihm bewusst, dass er sich bewegen sollte. Er wiegte sich ein wenig mit ihr zur Musik, und irgendwie gelang es ihr, sich noch näher an ihn zu schmiegen. Es gab keinen Teil von ihm, der sich ihrer nicht zu hundert Prozent bewusst war. Ihre Brüste pressten gegen seine Brust, ihr Bauch gegen seinen lechzenden Schritt, ihre Oberschenkel gegen seine. Seine Hand fand die seidige Haut ihres nackten Rückens.

„Hey, Kurze", sagte Ty, der nur ein paar Schritte weiter mit Hailey tanzte.

„Hi, ihr zwei", sagte Hailey mit einem strahlenden Lächeln.

Parker nickte nur und versuchte, ein wenig Abstand zwischen sich und Mad zu bringen, doch Mad hatte ihn so fest im Griff, dass das unmöglich war.

„Hi", sagte Mad und wandte sich von Tyler und Hailey ab.

Parker versuchte, sich nicht auf Mad in seinen Armen zu konzentrieren. Er reckte den Hals und sah sich nach dem Mädchen im gelben Kleid um. Sie tanzte mit Ethan. *Toller Plan, Ty.* Ethan war ein Charmeur, und es dürfte ihm nicht schwerfallen, sie abzuschleppen.

Mad stellte sich auf Zehenspitzen und schmiegte sich an ihn, um sich seine ungeteilte Aufmerksamkeit zu sichern. Dann flüsterte sie ihm mit sexy schnurrender Stimme ins Ohr: „Du siehst heiß aus in dem Anzug."

Er schluckte schwer, denn er war sich ohne jeden Zweifel sicher, dass die Anziehung auf Gegenseitigkeit beruhte. Sie hatte ihn schon einmal begehrt, als sie noch zu jung gewesen war, und er hatte gehofft, dass sie nach seiner Rückkehr darüber hinweg sein würde. Er war beschädigte Ware.

„Danke", war alles, was er herausbrachte.

Als sie sich erneut an ihn schmiegte, diesmal nicht mehr auf Zehenspitzen, begann sein Schwanz vor Verlangen zu pochen, und sein Verstand schrie ihn an, schnell das Weite zu suchen. *Gefahr. Verboten. Nicht sie.*

Sie begegnete seinem Blick, und ein kleines Lächeln in ihrem Gesicht ließ ihn ahnen, dass sie vielleicht bemerkt hatte, welche Wirkung sie auf ihn hatte. „Für mich war es wie in einem Horror-Schönheitssalon mit meinen Freundinnen vor der Hochzeit.

„Horror?"

„Du willst nicht wissen, was Frauen hinter verschlossenen Türen tun." Ihre Brüste streiften über seine Brust als sie sich in die entgegengesetzte Richtung wiegte. Trug sie einen BH? *Sieh nicht hin!*

Sie fuhr fort. „Doch hoffentlich war es die Mühe wert." Wieder wiegte sie sich in entgegengesetzter Richtung und streifte ihn mit ihren Brüsten. Er übernahm die Führung, eine Hand auf ihrem unteren Rücken sorgte dafür, dass sie sich *mit* ihm zur Musik wiegte, um weiteres Reiben zu vermeiden. „Wer schön sein will, muss leiden. Zumindest sagt Hailey das. Ich bin mir da allerdings nicht so sicher."

Er begegnete ihrem Blick und wollte ihr sagen, wie schön sie aussah, wie unglaublich sexy. Doch es war Mad. Seine kleine Maus, die er unter allen Umständen beschützen musste. Selbst wenn das hieß, dass er sie vor sich selbst beschützen müsste.

Doch im Augenblick fühlte sie sich nicht wie eine kleine Maus an.

Sie fühlte sich heiß und *richtig* in seinen Armen an. Doch sie durfte niemals ihm gehören, ermahnte er sich. Sie verdiente so viel mehr, als er ihr geben konnte. Er war einfach nicht für so etwas geschaffen.

„Du musst es nicht sagen", sagte sie, als könnte sie seine Gedanken lesen.

„Was meinst du?", fragte er vorsichtig.

Sie sah ihn mit einem wissenden Lächeln an. „Das Kleid gefällt dir." Natürlich hatte sie den Beweis dafür beim Tanzen gespürt, und er sah keinen Grund, es zu leugnen.

Er beugte sich zu ihrem Ohr hinunter und flüsterte: „Ich hätte mich fast verschluckt, als ich dich gesehen habe."

Sie sah ihn mit großen Augen an.

Er erwiderte ihren Blick und ließ sie die Wahrheit sehen, auch wenn er wusste, dass es noch hier auf der Tanzfläche enden musste. Er wusste nicht, wie lange sie einfach nur dagestanden und einander angestarrt hatten. Plötzlich bemerkte er, dass die anderen die Tanzfläche verließen. Der Song war vorbei.

Er trat einen Schritt zurück. „Danke für den Tanz, Mini."

Dann drehte er sich um, verließ schnurstracks den Saal und ging weiter durch die lange Lobby des Hotels nach draußen. Er brauchte die eisige Winterluft zum Abkühlen.

KAPITEL NEUN

Mad ging, so schnell sie in ihren High Heels konnte, zu ihren Freundinnen hinüber, nachdem Parker sie wie einen Idioten auf der Tanzfläche stehengelassen hatte.

Hailey knuffte Mad in die Seite. „Und, wie ist es gelaufen?"

„Er ist praktisch weggerannt, sobald der Song vorbei war", sagte Mad mit finsterer Miene.

„Er hat dich ziemlich festgehalten", bemerkte Hailey.

„Hat er nicht", widersprach Mad. „Ich hab mich quasi an ihn gepresst."

„Hat er irgendwas Nettes über deinen neuen Look gesagt?", fragte Charlotte.

Mad seufzte. „Er hat gesagt, dass er sich fast verschluckt hätte, als er mich gesehen hat."

Die Frauen reagierten mit Begeisterung. „Das ist toll!", zwitscherte Ally.

„Ein sehr gutes Zeichen", sagte Carrie.

„Auf zur nächsten Runde", lächelte Hailey.

„Er ist gegangen."

„Er kommt zurück", sagte Charlotte. „Es ist noch nicht spät."

„Mach einfach so weiter und sei nett", ermahnte Hailey sie. „Und hör um Himmels Willen auf, deinen Mund zu verziehen.“

„Nett, nett, nett“, murmelte Mad. „Vielleicht sollten wir Lauren da rüber schicken.“

„Ach ja. Wo ist Lauren?“, fragte Hailey und sah sich um. „Ohhh, schau, sie hält deine kleine Nichte!“

Mad drehte sich dorthin um, wo Lauren auf einem Stuhl saß, Vivian friedlich schlafend auf ihrem Schoß zusammengerollt, den Kopf an ihre Schulter gelehnt. Sie fragte sich, wo Alex war.

„Welcher deiner Brüder ist ein guter Tänzer?“, fragte Charlotte. „Mir ist nach Tanzen zumute.“

„Langsam oder schnell?“, fragte Mad.

„Schnell.“

„Keiner von ihnen.“

„Dann langsam.“

„Wahrscheinlich Jake oder Josh. Die trampeln dir nicht auf die Füße.“

„Hallo, Schönheit“, schnurrte Ty und streckte Ally seine Hand entgegen. „Möchtest du tanzen?“

Ally kicherte und ergriff seine Hand.

Mad stand bei ihren Freundinnen und beobachtete die Tanzfläche. Sie wusste es sofort, als Parker wieder den Raum betrat. Er ging zu ihrem Dad, der am anderen Ende des Saals aufs Meer hinausblickte. Ihr Dad drehte sich um und klopfte ihm auf die Schulter. Sie hatten eine enge Bindung, und sie war froh darüber. Parker brauchte das. Sie entschied, dass sie ihn nicht noch einmal zum Tanzen auffordern würde. Er würde *sie* fragen müssen. Doch das tat er nicht. Und so stand sie Tanz um Tanz herum, während Ty nacheinander mit jeder ihrer Freundinnen tanzte. Allen außer Charlotte. Genau genommen schien er Charlotte jedes Mal anzustarren und dann eine andere aufzufordern. Trottel.

Charlotte ignorierte Ty und konzentrierte sich

stattdessen darauf, Mad zu coachen, sehr zu Haileys Freude. „Lass uns den nächsten Gang einlegen, was das Flirten angeht", sagte Charlotte. „Berühr dich. Wenn er es sieht, wird er sich vorstellen, dich zu berühren."

„Ich soll …?", fragte Mad.

Charlotte demonstrierte es, indem sie ihre Brüste zurechtrückte, ihr Kleid über ihrer Hüfte glattstrich und sich an den Hals fasste.

„Sie hat recht", sagte Hailey.

„Du solltest auch zu ihm aufblicken", sagte Charlotte. „Männer stehen darauf."

„Ich muss zu ihm aufblicken", erwiderte Mad. „Er ist größer als ich." Sie erinnerte sich daran, dass Parker immer zierliche Frauen bevorzugt hatte. Sie waren immer so zart und mädchenhaft gewesen. Sie war sich nicht sicher, ob sie jemals mädchenhaft genug für seinen Geschmack sein konnte.

„Geh jetzt", drängte Hailey, als sie sah, dass Parker sich zu Josh setzen wollte.

„Nein, nicht jetzt", sagte Mad. „Josh wird es nur ruinieren."

„Ich lenke ihn ab", sagte Hailey und winkte ihm zu, doch Josh ignorierte sie.

„Vergiss es", sagte Mad. „Ich bin noch nicht bereit. Ich brauche noch einen Drink."

„Keinen Alkohol mehr", sagte Hailey. „Du willst doch nicht schlampig aussehen, oder?"

„Ich hatte bis jetzt nur zwei Gläser Champagner", protestierte Mad. „Das ist gar nichts."

„Also gut", seufzte Hailey. „Ich hole dir ein Glas Wein, aber das war's dann." Mit diesen Worten brauste sie davon.

Ty kehrte zurück und blickte zwischen Mad und Charlotte hin und her, bevor er Mad zum Tanzen aufforderte. Charlotte neben ihr kochte vor Wut.

„Rutsch mir den Buckel runter", sagte Mad. Ty forderte absichtlich alle außer Charlotte zum Tanzen auf, was bedeutete, dass er wahrscheinlich von allen am liebsten mit Charlotte tanzen würde. Mad weigerte sich jedoch, sein Spielchen mitzuspielen.

Ty sah Charlotte an, die zu Josh gegangen war, um ihn zu fragen, ob er Lust hatte, mit ihr zu tanzen.

Danach tanzte Charlotte nacheinander mit jedem Mann außer mit Ty. Sie war eine wunderbare Tänzerin, langsam oder schnell. Mad nippte an ihrem Weißwein, den Hailey ihr gebracht hatte. Ty stand immer noch neben ihr und beobachtete Charlotte beim Tanzen, und Mad fragte sich, wann er sie endlich fragen würde. Charlotte hatte diese selbstbewusste Art, mit der sie ihre langen, braunen Haare über ihre Schultern warf, die ausgezeichnet funktionierte (wenn Mad doch nur lange Haare gehabt hätte!) und eine sinnliche Art, sich zu bewegen, die Mad sicher nicht so hinbekommen hätte.

Schließlich kehrte Charlotte dorthin zurück, wo Ty und Mad standen. Sie nahm ihr Wasser vom Tisch und trank einen langen Schluck. Als sie das Glas wieder senkte, sah Ty sie erwartungsvoll an.

Charlotte lächelte jedoch Mad an. „Hey, Mädel, du musst mit mir da raus kommen."

„Vielleicht", antwortete Mad.

„Du siehst aus, als hättest du Spaß", bemerkte Ty.

Charlotte kniff ihre Augen zusammen. „Den hatte ich auch." Sie setzte das Glas erneut an und trank es in einem Zug aus, bevor sie es wieder auf dem Tisch abstellte.

„Mit jedem Typen hier", sagte Ty. „Außer einem."

Charlotte wandte sich ihm zu. „Und wie kommt das?", sie verschränkte ihre Arme. „Warum hast du demonstrativ jede zum Tanzen aufgefordert, nur nicht mich?"

Ty verschränkte ebenfalls die Arme. „Das habe ich

nicht.“

„Lügner“, hustete Mad, doch sie schienen sie gar nicht zu bemerken.

„Dann tanz eben jetzt mit mir“, sagte Charlotte.

Ty lachte laut auf. „Du bittest mich um einen Tanz?“

„Oh, dann spielst du schwer zu kriegen!“ Charlotte nickte weise. „Das ist das Spielchen, das du spielst.“

Er grinste. „Es hat funktioniert, oder nicht? Du hast mich schließlich gerade zum Tanzen aufgefordert.“

Charlotte hob ihr Kinn. „Ich spiele keine Spielchen.“

„Und ob du das tust, Sweetheart.“ Ty ergriff ihre Hand. „Wollen wir?“

Charlotte zog ihre Hand weg. „Ich bin auch nicht leicht zu kriegen.“ Sie drehte sich um und ging wieder zu Ethan, um ihn zum Tanzen aufzufordern. Er ließ sich nicht zweimal bitten und zog sie sofort in seine Arme. Auf der Tanzfläche blickte Charlotte mit einem selbstgefälligen Lächeln über Ethans Schulter.

Ty murmelte etwas vor sich hin. Ihre Brüder waren Idioten. Und Mad war ihre Gesellschaft leid. Sie ging hinüber zu Parker, der endlich seine Unterhaltung mit Josh beendet zu haben schien und wieder in ihre Richtung kam. Sie imitierte Charlottes Hüftschwung ein wenig und blieb vor ihm stehen, bevor sie zu ihm aufblickte wie Charlotte empfohlen hatte.

Er sah sie an. „Macht dein Knie dir Probleme? Dein Gang ist ein bisschen komisch.“

Sie legte die Hand auf seinen Arm. „Mein Knie ist okay. Ich kann nichts dafür, wenn meine Hüften beim Gehen schwingen.“ Sie legte ihre Hände auf ihre Taille und strich über ihre Hüften. *Ich betatsche mich selbst. Nein, wie heiß.*

Sein Blick folgte ihren Händen und schnappte dann wieder zurück zu ihren Augen. „Es sah nicht aus, als würden deine Hüften – vergiss es. Was geht?“

„Nicht viel. Ich stehe nur auf der Hochzeit meines Bruders herum und beobachte andere Leute beim Tanzen.“ Sie wiegte sich ein bisschen zur Musik, den Blick auf die langsam tanzenden Paare gerichtet. Sie würde ihn nicht noch einmal um einen Tanz bitten.

„Mad?“

Volltreffer! Sie drehte sich um und schenkte ihm ein verführerisches, einladendes Lächeln. „Ja?“

Sein Blick fiel auf ihre Brust.

Sie spähte an sich hinunter. Immer noch bedeckt. „Was für ein Tattoo hast du dir stechen lassen?“

„Willst du's sehen?“

Er schluckte.

„Du weißt, dass du es willst“, sagte sie mit einer Herausforderung in ihrer Stimme.

Seine Antwort klang barsch. „Sag mir einfach, was es ist.“

„Ich würde es dir lieber zeigen.“

„Das ist keine gute Idee.“ Doch sein lodernder Blick sagte etwas anderes.

„Natürlich ist es das“, sagte sie in spielerischem Ton. Als wäre alles Spaß. Als würde ihr das Herz nicht bis zum Hals pochen.

„Mad“, sagte er sanft. Er räusperte sich und blickte auf die Tanzfläche. „Du bist etwas Besonderes. Ich würde dich nie so behandeln.“

„Wie?“

Er sah sie mit einem gequälten Blick an. „Du hast Besseres verdient als mich.“

„Was meinst du?“

Er schüttelte langsam den Kopf. „Eines Tages wirst du einem Klassetypen begegnen, der dir alles geben kann, was du verdienst.“

Sie legte erneut die Hand auf seinen Arm, denn sie wollte zu ihm durchdringen. „Ich weiß, was ich will."

Er biss die Zähne zusammen. „Ich will dir nicht wehtun."

„So zerbrechlich bin ich nicht", sagte sie leise.

Er starrte sie so lange an, dass ihr Herz vor Hoffnung anschwoll. Sie spürte, dass er ihre Worte auf sich wirken ließ, und überlegte, was sie bedeuteten. Dass sie mit ihm umgehen konnte.

Jemand klopfte mit einem Löffel gegen ein Glas. „Alle herkommen. Zeit für den Kuchen."

Parker neigte den Kopf. „Du solltest zum Kuchen gehen, bevor deine Brüder ihn wegputzen."

Mad stand einen Augenblick lang da, hin- und hergerissen zwischen herzzerreißender Enttäuschung und überaus motivierendem Ärger. Sie sah ihm direkt in die Augen. „Sei auf der Hut, Parker."

~ ~ ~

Parker stand weit vorne im Kreis, der sich um Claire und Jake beim Anschneiden des Kuchens versammelt hatte. Nicht, dass ihn der Kuchen interessiert hätte. Er hatte einfach nur das Bedürfnis gehabt, Mad zu entkommen, die sich verdammt große Mühe gab, ihn zu bezirzen. Der Fotograf drängte sich nach vorn, als Jake und Claire das Messer ansetzten und gemeinsam das Messer führten. Er versuchte, sich darauf zu konzentrieren, doch seine Gedanken kehrten zu Mad zurück.

Mad, die sich in diesem knappen schwarzen Kleidchen an ihn gepresst hatte.

Mad, mit Bewunderung in ihren Augen, die ihn für einen besseren Mann hielt, als er jemals sein könnte.

Mad, die ihm gesagt hatte, dass er auf der Hut sein sollte.

Das traf ihn wie ein doppelter Schlag – Herz und Lenden –, während sein Verstand verarbeitete, was sie damit gemeint hatte. Es war eine Sache, die Anziehung, die er verspürte, zu leugnen, doch es war die Hölle, sie abzuweisen. Die Versuchung, die Grenze zu überschreiten, stritt mit seinem Bedürfnis, sie davor zu bewahren, verletzt zu werden.

Sein Blick wanderte auf die andere Seite des Kreises zu Mad und ihren Freundinnen. Es fiel ihm schwer, sie *nicht* zu bemerken. Er hatte einen Großteil seines Lebens damit verbracht, dafür zu sorgen, dass sie okay war. Selbst, als er fortgewesen war, hatte er sich bei ihr gemeldet und auch mit Josh über sie gesprochen, da der die meiste Zeit mit ihr verbrachte.

Er bemühte sich den Rest der Nacht, Abstand zu halten. Das war der einzige Weg, die Hände von ihr zu lassen. Sobald sich die Feier dem Ende zuneigte, ging er nach oben in sein Zimmer.

Als er sicher in seinem Zimmer war, zog er sich bis auf T-Shirt und Boxershorts aus und ließ sich aufs Bett fallen. Er schaltete das Licht aus und legte seinen Arm über seine Augen, als könnte er damit Mad aus seinen Gedanken aussperren. Doch dann drängte sich eine jüngere Version von Mad in seinen Kopf. In der Nacht seiner Abschiedsparty.

Die Nacht, in der sie sein blaues Flanellhemd mit dem tief eingerissenen Shirt darunter getragen hatte.

Die Nacht, in der ihm zum ersten Mal bewusst geworden war, dass Mad ihn in Schwierigkeiten bringen könnte.

Alle hatten sich verabschiedet und waren zu Bett gegangen. Er hatte sich aufs Sofa schlafen gelegt und sich unruhig herumgewälzt. Er hatte nicht schlafen können, da er wusste, dass er im Begriff war, den einzigen Ort zu verlassen, der sich für ihn jemals wie sein Zuhause angefühlt hatte. Er war achtzehn, und es war an der Zeit, dass er sich als Mann bewies. Seinen Dad stolz machte. Eine Stunde lang hatte er an die Decke gestarrt, dann hatte er ihre leisen Schritte gehört, als sie die Treppe hinuntergekommen war. Das Haus war voll, doch sie war die einzige, die sich leise bewegte. Ihre Brüder und Dad waren alle Trampel verglichen mit ihr.

Er hatte die Augen geschlossen und so getan, als schliefe er.

„Parker", flüsterte sie.

Er reagierte nicht. Er wollte sie nicht zur Kenntnis nehmen, sie nicht berühren.

Sie stieß ihn an. „Parker!"

Er ignorierte sie.

Sie setzte sich aufs Sofa neben ihn und stieß ihn an. „Parker, ich bin's, Mad. Wach auf."

Er stöhnte und drehte sich um, doch sie stieß ihm erneut den Finger zwischen die Rippen.

Er riss die Augen auf. „Was ist?"

Sie beugte sich zu ihm hinunter. So nah. In ihrem vertrauten Duft lag noch etwas anderes, etwas, das gefährlich an sexy erinnerte. „Ich werde dich vermissen", flüsterte sie, die Lippen nur Millimeter von seinen entfernt.

Er schloss die Augen und sperrte die Versuchung aus. „Oh Mann, alles dreht sich. Ich hab zu viel getrunken."

Er spürte, wie sie sich wegbewegte.

„Wieviel hast du getrunken?", fragte sie argwöhnisch.

Er wedelte mit der Hand und tat so, als wäre er betrunken. Er wusste, wie es aussah, auch wenn er selbst kaum jemals Alkohol anfasste. „Keine Ahnung. Acht Bier. Ty und ich haben noch mal so richtig gefeiert. Sooo besoffen."

Die Lampe auf dem Beistelltisch wurde eingeschaltet. Er blinzelte gegen das grelle Licht an. Sie blickte ihm in die Augen. „Deine Augen sehen nicht betrunken aus."

„Ich spüre es, das kannst du mir glauben." Er schaltete das Licht aus und ließ sich wieder aufs Sofa fallen. „Geh schlafen, Mini."

Ihre warmen Finger strichen ihm über die Haare und hinterließen eine prickelnde Spur. „Deine Haare fühlen sich anders an." Ihre Finger wanderten zu seinem Nacken. „Ich bin nicht mehr Mini. Ich bin erwachsen."

Er wusste, was sie meinte. Er versuchte, es nicht zur Kenntnis zu nehmen. Sie war viel zu jung und ihr war Besseres bestimmt als er.

Er drehte sich auf den Rücken und legte den Arm über seine Augen. „Lass mich den Rausch ausschlafen. Im Ernst. Vieeeel zu viel getrunken." Er atmete tief und langsam, um den schlafenden Betrunkenen zu spielen, in der Hoffnung, dass sie gehen würde. In der Hoffnung, dass sie ihn eines Tages vergessen und er sie bei seiner Rückkehr in den Armen eines Familienmenschen finden würde. Einem, der ihr alles geben konnte, was sie verdient hatte.

Er drehte sich um und stieß sie dabei absichtlich vom Sofa. Sie musste neben dem Sofa stehengeblieben sein, denn er konnte keine Schritte hören und immer noch ihren Duft riechen.

Er hörte eine Bewegung und hielt den Atem an, in der Hoffnung, dass sie sich zum Gehen wandte, als weiche Lippen seine streiften und ihn hellwach werden ließen. Er regte sich nicht. Er war vor Schreck zu Eis erstarrt und dennoch stand er in Flammen. Beim zweiten Kuss presste sie ihre Lippen ein wenig fester auf seine. Eine Welle fleischlicher Begierde schoss durch ihn hindurch, und er reagierte instinktiv. Er erwiderte ihren Kuss, musste sie kosten. Seine Zunge strich über ihre Lippen, und in dem Moment, in dem sie sie öffnete, glitt sie hinein in ihren heißen Mund. Seine Hände wollten sie auf ihn ziehen, doch als sie leise stöhnte, wurde er wieder in die Realität katapultiert. Er ließ die Hände sinken, brach den Kuss ab und kehrte ihr den Rücken zu.

„Parker?", flüsterte sie eindringlich. „Ich möchte, dass mein erstes Mal mit dir ist."

Beinahe hätte er gestöhnt. Er fühlte sich geehrt von ihrem Vertrauen in ihn und wollte, was niemals sein konnte. Ty würde ihn umbringen. Ihr Vater würde ihn aus der einzigen Familie ausstoßen, zu der er wirklich gehörte. Er wünschte sich inbrünstig, sie auf andere Weise kennengelernt zu haben. Oder dass er sich nie zu ihr hingezogen gefühlt hätte.

Er konnte spüren, dass sie sich über ihn beugte. Sie war gerade mal fünfzehn. Er tat so, als schliefe er, auch wenn ein Teil von ihm rebellierte, wütend, dass ihr erstes Mal nicht mit ihm sein würde. Sie würde jemand anderen finden, während er fort war. Irgendeinen Wichser, der sie nicht verdient hatte.

Ein paar Sekunden vergingen, dann streichelte sie ihm übers Haar. „Bitte komm heil zurück, okay?"

Parker seufzte. Er wusste, dass er damals das Richtige getan hatte. Er hatte sie als unschuldiges Mädchen zurückgelassen. Was auch immer sie in den letzten Jahren getan hatte, ging ihn nichts an. Doch nun musste er zugeben, dass sie erwachsen war. Sie war kein unschuldiges Mädchen mehr, sondern eine erwachsene, sexy Frau. Doch das hieß immer noch nicht, dass er sie haben konnte.

Er war zu rastlos, um zu schlafen. Er türmte ein paar Kissen hinter seinem Rücken auf, schaltete den Fernseher ein und starrte, ohne den Film wirklich zu registrieren, auf den Bildschirm, während Bilder von Mad sich vor sein inneres Auge schoben. Mad in einem Handtuch. Mad, die in kaum mehr als einem BH trainierte. Mad in einem sexy Kleid, mit einem Tattoo, das Kuckuck spielte und ihn zu verführen versuchte. Da geht nichts, ermahnte er sich streng. Tabu. Und dann sah er sie wieder vor sich, schlank und trainiert, ein Körper, der stark und feminin war, und sexy, oh so sexy. Er rieb sich mit der Hand über das Gesicht.

Es klopfte an der Tür.

Er schoss hoch. War sie das? Sie hatte gesagt, dass er auf der Hut sein sollte.

Noch ein Klopfen, lauter und drängender.

Er ging zur Tür, schaltete das Licht an und blickte durch den Spion. Sein Herz pochte schneller, auch wenn er wusste, dass er die Sache hier und jetzt beenden musste.

Er öffnete die Tür einen Spalt weit. „Mad", begann er, verstummte jedoch, als er sah, dass sie nicht mehr als ein blaues Flanellhemd trug – sein Flanellhemd. Das Hemd aus seinen bittersüßen Erinnerungen. Sie hatte es all die Jahre behalten.

Plötzlich hatte er das Gefühl, eine zweite Chance zu bekommen. Eine Chance, den Ausgang der Nacht vor so langer Zeit zu verändern, in der er ihr Angebot zu gerne angenommen hätte, wäre es die rechte Zeit und der rechte Ort gewesen.

Als sie die Tür aufschob und eintrat, ließen ihre tiefbraunen Augen seinen Blick nicht einen einzigen Moment los. Er öffnete den Mund und schloss ihn wieder, während sie langsam vom Kragen her das Hemd aufknöpfte. Sein Blick folgte ihren Fingern, fasziniert von jedem Zentimeter entblößter Haut. Er wusste, was sie ihm endlich zeigen würde. Dann glitt das Hemd auf, und er sah es. Sein Herzschlag donnerte in seinen Ohren, und alles um ihn herum verschwamm, als sein Blick auf das kleine Falkentattoo über ihrem Herzen fiel. Ein Geschenk, das ihn zutiefst berührte.

Wie in Zeitlupe streckte er seine Hand aus und berührte das Tattoo. Ihr Herz raste unter seiner Hand.

Und dann verlor er das letzte bisschen Kontrolle.

KAPITEL ZEHN

„Dein Herz rast", sagte Parker zu ihr mit heiserer Stimme, während er den Arm um ihre Taille legte und sie an sich zog.

Sie brachte keinen Ton heraus. Das war der Moment, auf den sie ihr ganzes Erwachsenenleben gewartet hatte. Parker berührte sie. Parker wollte sie.

Er folgte mit dem Finger den Linien des Tattoos und starrte es an. „Was bedeutet das für dich?" Seine haselnussbraunen Augen begegneten ihren.

Ihr Mund war trocken. Als sie ihre Lippen benetzte, folgte ihr sein Blick. „Es bedeutet: Sei stark, sei leidenschaftlich." *Und es bedeutet, dass Parker mir das Herz gestohlen hat.*

Wieder legte er die Hand auf den Falken. „Ich fühle mich geehrt." Er lehnte seine Stirn an ihre. „So geehrt."

Der Kloß in ihrem Hals verhinderte jedes weitere Wort. Er trat einen Schritt zurück und zog sein T-Shirt aus, bevor er sich umdrehte, um ihr seinen linken Oberarm mit dem passenden Falkentattoo zu zeigen. Er hatte es sich stechen lassen, als er sich verpflichtet hatte. „Für mich ist es eine Warnung, zuerst zu denken, bevor ich handele. Der Falke beobachtet zuerst, dann stößt er zu."

Sie lächelte ihn mit glasigen Augen an und entschloss

sich, endlich die Karten auf den Tisch zu legen. „Für mich bedeutet es auch, dass Park mein Herz gestohlen hat."

Er streckte seine Finger. „Mad, das–"

Sie nahm sein Gesicht in beide Hände. „Ich bin erwachsen. Ich kann mit dir umgehen."

„Ich weiß", sagte er mit vor Emotion rauer Stimme. Er ergriff ihre Handgelenke und zog ihre Hände von seinem Gesicht weg. „Ich will dir nicht wehtun. Ich bin nicht für Beziehungen gemacht."

Unbeirrt sah sie ihm in die Augen. Sie hatte immer gewusst, dass sie nicht Frau genug für einen Mann wie Parker war. Er bevorzugte zierliche, mädchenhafte Frauen. „Nur ein einziges Mal", sagte sie. „Niemand muss davon erfahren."

Er ließ ihre Handgelenke los und suchte in ihren Augen, bevor sein Blick zu ihren Lippen wanderte und dann zum Falken über ihrem Herzen. Sie wartete mit angehaltenem Atem. Er musste den nächsten Schritt machen, und sie flehte ihn im Geiste an, sie zu berühren. Endlich legte er seine große Hand in ihren Nacken, zog sie an sich und küsste sie mit dem gleichen elektrischen Prickeln, an das sie sich von seinem ersten Kuss erinnerte. Sie schlang ihre Arme um seinen Hals und presste sich an ihn. Sie rechnete mit einer schnellen Nummer, mit wild fordernden Händen und harten Stößen gegen die Wand wie bei den meisten ihrer sexuellen Begegnungen, doch Parker überraschte sie. Seine Hand wanderte zu ihrem Hinterkopf und hielt sie, während er sie tief und zärtlich küsste, als betete er sie an. So hatte sie ihr ganzes Leben lang noch niemand geküsst. Er rammte sie nicht gegen die Wand und grabschte nicht wild mit den Händen, sondern hielt sie nur, eine Hand an ihrem Kopf, der andere Arm um ihre Taille geschlungen. Der Kuss machte sie schwindelig und ihre Gliedmaßen schwer. Er küsste sie, als hätte er die ganze Nacht lang Zeit, weiter und immer weiter, bis sich ihre Lippen geschwollen anfühlten und ihr ganzer Körper nurmehr flüssige, heiße Lava war.

Sein Mund wanderte über ihre Wange zu der sensiblen Stelle unter ihrem Ohr. Beide Hände lagen nun um ihre Taille, während sie ihre Hände über seinen muskulösen Rücken wandern ließ. Sie brauchte mehr von ihm. Mehr Hitze, mehr Haut an Haut.

Sein Atem fühlte sich heiß an ihrem Ohr an, als er flüsterte: „Gott, Mad, ich will dich mehr, als anständig ist."

„Dann sei unanständig", drängte sie.

Er atmete langsam aus. „Nicht mit dir."

„Doch, ich bin es gewöhnt."

Er ließ seine Hände sinken.

„Ich kann damit umgehen." Sie schob eine Hand in den Bund seiner Boxershorts, um sie hinunterzuziehen, doch er hielt ihr Handgelenk fest.

Als seine haselnussbraunen Augen in ihre blickten, war der Konflikt in ihnen klar zu sehen – Leidenschaft und Zurückhaltung. Er zog sie in eine feste Umarmung, seine Worte heiser in ihren Ohren, als wäre er gerade einen Marathon gelaufen. „Du wirst mich nie wieder mit denselben Augen sehen." Er ließ sie los. „Ich bitte dich, dreh dich um und renn so schnell–"

Sie packte seinen Kopf und küsste ihn leidenschaftlich. Sie rannte nie vor Ärger weg; sie zog ihn an. Der Kuss wurde drängend, unverhohlen gierig und ließ ihre Flammen höher schlagen. Seine Finger gruben sich in ihre Haare, seine andere Hand wanderte zu ihrem unteren Rücken, um sie fest an seinen harten Körper, seine köstliche Erregung zu pressen. Unter all der heißen Leidenschaft spürte sie die Anspannung in ihm. Er hielt sich zurück. Vielleicht, weil er wusste, dass es eine einmalige Sache war. Vielleicht war das das erste Mal, von dem sie immer geträumt hatte. Ihr gemeinsames erstes Mal.

Er senkte den Kopf und ließ heiße Küsse auf ihren Hals herabregnen bis hinunter zu ihrem Schlüsselbein und spielte mit der Zunge in ihrer Drosselgrube. Doch sie wollte mehr. Viel mehr.

„Niemand muss es wissen", erinnerte sie ihn und drückte seinen Po mit beiden Händen. „Tu, was du willst."

Er legte seinerseits seine Hände auf ihren Po über dem viel zu großen Hemd, doch dann schob er sie darunter und fand nackte Haut. Er hob den Kopf gerade so weit, dass er sie ansehen konnte, und die intensive Hitze in seinen Augen versprach so viel mehr, wenn sie doch nur seine Zurückhaltung durchbrechen konnte. „Du hast dein Höschen vergessen."

„Das hätte sich unter dem Kleid abgezeichnet."

„Du trägst kein Kleid."

Sie trat zurück und knöpfte die letzten paar Knöpfe des Hemds auf, bevor sie es zu Boden fallen ließ. Als Parker einfach nur dastand und sie ansah, hoffte sie, dass er sie nicht für zu jungenhaft hielt. Alles an ihr war klein, und ihre Hüfte war schmal. Nicht superkurvig, wie die Männer es zu bevorzugen schienen.

Sie reagierte gereizt, als er sie weiter nur anstarrte und nicht berührte. „Ich weiß, an mir ist nichts dran."

„Du bist perfekt", sagte er und zog sie in seine Arme. Einen Moment lang küsste er sie heiß und leidenschaftlich, dann ließ er wieder von ihr ab, und ihre Frustration wuchs, bis er seine Hand auf ihr Herz legte und alles in ihr den Atem anhielt.

Er begegnete ihrem Blick mit einer Mischung aus Leidenschaft und Zärtlichkeit. Sie schluckte, da sie es nicht gewohnt war, etwas anderes beim Sex zu empfinden als Lust.

„Ich werde es schön für dich machen." Seine Worte

waren wie ein Versprechen.

Ihr Herz pochte, und ausnahmsweise einmal wusste sie nicht, was sie erwidern sollte. Sie konnte nichts tun außer dastehen und ihn anstarren. Er legte die Hand an ihre Wange und beugte sich langsam zu ihr hinunter, um sie zu küssen. Mit einem leisen Seufzen sank sie an ihn und in einen schwindelerregenden Wirbel leidenschaftlicher Küsse, die sie schmelzen ließen. Er machte langsam und schien sie zu genießen. Er ging auf die Knie und legte die Hand um eine Brust, bevor er seine Zunge mit ihrem erigierten Nippel spielen ließ. Sie bog sich ihm entgegen, gierig nach mehr, und er saugte an ihr. Sie stöhnte. Leidenschaft breitete sich in ihr aus und machte sie schwach vor Verlangen.

„Parker", flüsterte sie, während sie die Finger in die weichen Haare in seinem Nacken grub.

Er wandte sich ihrer anderen Brust zu, doch sie wollte mehr. Sein Mund wanderte hinunter zu ihrem Bauch und als er ihre Weiblichkeit küsste, atmete sie scharf ein. Seine Hände hielten ihren Po, während er sie zärtlich küsste und seine Zunge zwischen ihre Schamlippen schob. Dabei hätte sie fast den Verstand verloren. Es war so … heiß. Seine dunklen Haare, sein heißer Mund, seine Hände. Nicht lange, und sie rieb sich an ihm, erfüllt von purer Lust, die sie in ein hilfloses, gieriges Bündel aus Verlangen verwandelte. Sie keuchte, während ihre Finger mit seinen Haaren spielten, und dann schrie sie auf, als er sie über die Klippe trieb, und bebte unter den Wellen ihres Orgasmus. Sie ließ den Kopf in den Nacken sinken und schloss die Augen.

Er stand auf und hob sie an der Taille hoch. „Komm her, süßes Ding."

Sie schlang Arme und Beine um ihn und biss verspielt in seinen Hals. „Ich bin nicht süß."

„Du schmeckst süß. Das muss ich später unbedingt noch mal kosten." Bei diesen Worten wäre sie fast ein zweites Mal gekommen.

Er setzte sie aufs Bett, schob ihre Beine auseinander und senkte die Lippen erneut auf ihre Weiblichkeit, bis sie sich unter ihm wand. „Fick mich", stöhnte sie.

Als er sie erneut leckte, reckte sie ihm die Hüften entgegen. „So süß."

„Okay, ich bin süß. Und jetzt fick mich."

Er lachte leise und vergrub sein Gesicht zwischen ihren Beinen. Sie schrie auf, wand sich hierhin und dorthin, doch er hob nur ihre Hüfte an und drängte ihre Beine mit den Schultern auseinander. Ihre Lust war tief, intensiv, glühend heiß. Der Orgasmus traf sie unangekündigt und mit voller Wucht, intensiver noch als zuvor.

Sie krallte mit ihren Händen nach den Laken unter ihr. Sie hatte gewusst, dass er gut sein würde. Er war immer so gut zu ihr gewesen. Sie spürte, wie er sich aufrichtete, und als sie ihre Augen öffnete, sah sie ihn nackt neben dem Nachttisch stehen, wo er ein Kondom aus seinem Geldbeutel holte. Es war das erste Mal, dass sie ihn vollkommen nackt sah, und er war atemberaubend – wie eine Skulptur, kantige, definierte Muskeln von seinen breiten Schultern über die Brust und den flachen Bauch. Und am allerbesten: ein dicker Schwanz.

„Wow, du bist gut ausgestattet", sagte sie bewundernd.

„Danke." Er riss die Folienverpackung auf und stieß beim Umdrehen vor Eile den Geldbeutel vom Nachttisch.

„Schätze, ich hätte für die nächste Runde eine Schachtel Kondome mitbringen sollen."

„Nur einmal", sagte er und kletterte zu ihr aufs Bett.

Sie ignorierte den Schmerz in ihrem Herzen, als er ihre eigenen Worte wiederholte. Es war egal. Sie wäre lieber gestorben, als ihn nicht zu haben.

Er ließ sich zwischen ihren Beinen nieder und stützte sich auf seine Unterarme ab. Er sah ihr in die Augen, als er langsam in sie eindrang und sie ausfüllte. Zitternd atmete sie aus. Er küsste sie und strich ihr die Haare aus dem Gesicht.

„Bist du okay?"

„Ich habe dir gesagt, dass ich nicht zerbrechlich bin." Sie hob ihre Hüften, und er stöhnte. „Mach es gut."

Er stieß zu und drang langsam tiefer ein. „Habe ich es denn bisher nicht gut für dich gemacht?"

„Es war okay", frotzelte sie. „Aber du hältst dich zurück" – sie lächelte ihn an – „und ich will, dass du es mir hart machst."

Seine Augen glitzerten und begegneten ihrem Blick einen weiteren, elektrisierenden Moment lang. Dann senkte er den Kopf und streifte ihre Lippen mit seinen. „Immer noch dasselbe vorlaute Mundwerk", sagte er und knabberte an ihrer Unterlippe.

Sie kratzte mit ihren Fingernägeln seinen Rücken hinunter und wurde mit einem harten Stoß belohnt. Sie schlang ihre Beine um ihn und nahm ihn tiefer in sich auf.

Seine Hände gruben sich in ihre Haare, während er an ihrem Hals saugte und langsam weiter in sie hinein stieß.

„Härter. Schneller", drängte sie.

„Langsamer, tiefer", antwortete er mit angestrengter Stimme und tat genau das, während er eine Hand unter ihren Po schob und sie fest an sich gepresst hielt, um sich unglaublich langsam an ihr zu reiben.

Er blickte ihr in die Augen, und sie war gefangen, ertrank in allem, was sie für ihn empfand. Sie war offen, viel zu weit offen, und sie würde die unvermeidliche kalte Schulter nicht überleben. Den schroffen Abschied.

Sie packte seinen Arsch und zog ihn grob an sich.

Und dann klammerte sie sich an ihn, als er schließlich

die Kontrolle verlor und in sie hinein rammte, nahm, nahm, nahm, sein Atem keuchend und heiß neben ihrem Ohr. Sie versuchte, sich jedes Detail dieses Augenblicks einzuprägen, den tiefen Druck gegen ihr Innerstes, seine Hitze und seine Stärke, seinen Duft, und dann verlor auch sie die Kontrolle und stürzte in den tiefsten Genuss. Der Orgasmus ließ sie erzittern, während keuchende Laute der Ekstase ihrem Hals entfleuchten. Sein letzter, tiefer Stoß war begleitet von einem heiseren Stöhnen. Ein weiterer Funke der Lust schoss durch sie hindurch und raubte ihr den Atem. Dann erstarrte er.

Schweißnass ließ er sich auf sie sinken. Sie hätte sich nicht wegbewegen können, selbst wenn sie gewollt hätte. Sie war zutiefst befriedigt, schlaff und erschöpft.

Einen Augenblick später rollte er von ihr herunter und ging ins Bad, wahrscheinlich, um das Kondom zu entsorgen. Als er zurückkehrte, hatte sie ihre letzten Energiereserven zusammengekratzt und sich aufgerappelt. Sie musste gehen, bevor er sie zum Gehen aufforderte. Sie rutschte an den Rand des Betts und erstarrte, als ihr Blick auf seinen Geldbeutel fiel, der offen auf dem Boden lag. Obenauf war ein Plastikfach für Fotos – das erste Bild war von ihr. Es war von der Nacht seiner Abschiedsparty. Sie erkannte das zerrissene T-Shirt und sein Flanellhemd. Ihre langen Haare waren zu einem hohen Pferdeschwanz gebunden, doch was ihr am stärksten auffiel, war die Liebe in ihren Augen. Er musste die ganze Zeit gewusst haben, wie sehr sie ihn anbetete. Mit zitternden Händen hob sie es auf, als Parker von hinten seine Arme um sie legte und sie wieder an sich zog.

„Bleib", sagte er und strich ihr die Haare aus dem Gesicht. Er nahm sie fester in seine Arme. „Ist dir kalt? Du zitterst ja."

Sie konnte nicht anders – sie war so überrascht, dass er

all die Jahre ihr Foto mit sich herumgetragen hatte.

Er deckte sie zu, den Arm weiter um ihre Taille geschlungen, seine Beine an ihren. Der Kloß in ihrem Hals wuchs, während sie überlegte, ob sie das Bild erwähnen sollte. Was bedeutete es? Sie wollte seinen Geldbeutel untersuchen und sehen, ob da noch andere Fotos waren. Vielleicht trug er jede Menge Bilder mit sich herum. Vielleicht war es nur Zufall, dass ihr Foto obenauf lag.

Sie wartete, bis sich seine Arme entspannten, bevor sie langsam an den Rand des Betts rutschte, um den Geldbeutel aufzuheben.

Parker zog sie zurück und legte seine Hand auf ihren Kopf. „Schlaf, Mini.“

„Nenn mich nicht mehr so“, sagte sie schläfrig, da sein fester Halt und die Wärme seines Körpers sie entspannten. Mini war ein Spitzname für ein Kind, und das war sie nicht mehr.

Er strich ihr über die Haare und küsste ihre Schläfe. „Schlaf, kesse Maus.“

Sie sträubte sich, doch er streichelte beruhigend ihr Haar. Sein Arm lag wieder auf ihrer Taille, schwer und sicher. Sie fühlte sich so gut, dass sie schließlich jeden Widerstand aufgab, die Augen schloss und in einen tiefen Schlaf fiel.

~ ~ ~

Als Parker erwachte, war er ein wenig desorientiert. Er öffnete die Augen und sah sich um. Hotel. Hochzeit. Er schoss hoch. Mad.

Sie saß auf dem Rand seines Betts, seinen Geldbeutel in ihren Händen.

„Was tust du da?“, bellte er.

Sie erschrak und starrte ihn mit glühenden Wangen an. „Ich hab mir nur deine Bilder angesehen.“

„Wer hat dir erlaubt, in meinem Geldbeutel herumzuschnüffeln?"

„Er hat am Boden gelegen", sagte sie. „Ich hab ihn aufgehoben. Parker, was bedeutet das?" Sie hielt ihn offen und zeigte ihm das Bild. Es war von der Nacht, bevor er gegangen war. Er hatte es mit seinem Handy aufgenommen und es bei der ersten Gelegenheit, die sich ihm geboten hatte, ausdrucken lassen. Das Foto hatte ihn durch so manch einsame Nacht in Übersee gebracht.

Er nahm ihr den Geldbeutel ab und klappte ihn zu. „Nichts." Er beugte sich vor und legte ihn auf den Nachttisch. Im nächsten Moment war Mad auf seinem Schoß, ihr zierlicher Körper nackt und heiß an seinem. Sofort wurde er hart. Fuck. Er hatte keine Kondome mehr, und es hätte sowieso eine einmalige Sache sein sollen. Er versuchte, sie von sich zu schieben, doch sie klammerte sich fester. Sie war stark und presste ihre Wange an seine Brust. Er war sich sicher, dass sie das Pochen seines Herzens spüren konnte.

Mit ihren braunen Rehaugen blickte sie suchend zu ihm auf. Er hatte sich ihre zarten Züge eingeprägt – den Schwung ihrer Wange, ihre zarte Stupsnase, ihr spitzes kleines Kinn. „Warum hast du ein Foto von mir in deinem Geldbeutel?"

Er blinzelte. Er wollte ihr nicht wehtun, doch gleichzeitig musste er ihr klarmachen, dass es Grenzen zwischen ihnen gab, die er zu ihrem Wohl ziehen musste.

Ihre Hände wanderten über seinen Rücken, ihr heißer Mund glitt seinen Hals entlang.

Er zog sie an den Haaren zurück und küsste sie leidenschaftlich, unfähig ihr zu widerstehen. Sie erwiderte den Kuss und presste sich an ihn, Hüfte an Hüfte. Sein Instinkt, sie hochzuheben und in ihr zu versinken, war überwältigend. Seine Finger krallten sich in ihr Haar, und die andere Hand lag auf ihrer Hüfte, während er gegen den Drang ankämpfte. Doch dann ergriff sie seine Schultern, zog sich daran hoch, und er musste sie mit beiden Händen an der Hüfte halten, um sie daran zu hindern, sich auf ihn zu senken.

„Mad, das war ein Fehler." Wie sollte er seiner Familie unter die Augen treten? Wie konnte er ihr unter die Augen treten und die Enttäuschung in ihren Augen ertragen, dass er niemals der Mann sein konnte, den sie brauchte?

„Fuck. Von wegen Fehler", knurrte sie und grub die Nägel tief in seine Schultern.

Dunkles Verlangen brauste durch seine Adern. Wild und roh. Nicht, was sie verdiente.

Er schloss die Augen. „Doch, das war es."

Sie schoss vor, biss in sein Ohrläppchen und zog daran. Er spürte, wie er härter und dicker wurde, und das Verlangen zerrte an seiner Kontrolle. Ihre Worte drangen heiß an sein Ohr. „Mach die Augen auf und sieh dir an, wen du gleich ficken wirst."

Er öffnete die Augen und sah, wie sie ihn finster anstarrte, ihre Miene trotzig, herausfordernd und stark zugleich.

Er konnte nicht anders. Er strich mit dem Daumen über ihre Unterlippe, und als sie den Mund öffnete, schob er ihn hinein. Ihre Zunge wirbelte um seinen Daumen, und er beobachtete, wie sie daran saugte. Er ließ seine Finger über ihr scharfes Kinn wandern, das sie anhob und damit ihren Hals seinen hastigen Liebkosungen preisgab.

Als er sie unter seinen Fingern schlucken spürte, ließ er die Hand sinken.

Sie starrten einander einen langen Augenblick lang an, in dem sein Körper ihn drängte zu nehmen, was sie ihm bot, während sein Verstand die Bremse durchtrat. Der sinnliche Duft von Erregung ließ ihn ihre Oberschenkel packen, unsicher, ob er in sie hineinstoßen oder von sich schieben würde.

Ihre sanfte Stimme drang durch den Nebel seines Verstandes. „Ich will wissen, warum du ein Foto in deinem Geldbeutel hast und warum es ein Foto von mir ist.“

Er entspannte seine Hände und suchte nach Worten, die der Wahrheit nahe kamen und doch nicht zu viel verrieten. Schließlich sagte er: „Dein Foto zu sehen, hat mich daran erinnert, dass zu Hause Menschen auf mich warten, die mich lieben.“

„Das waren nicht *Menschen*“, sagte sie und ging auf die Knie, während sie ihn mit ihrem Blick hypnotisierte. „Das war nur –“ Plötzlich ließ sie sich auf ihn hinab und nahm ihn tief in sich auf. Er atmete scharf ein. „– ich.“

„Mad“, stöhnte er. Er hielt sie an der Hüfte fest und wusste, dass er sie von sich hätte schieben sollen, doch er wusste auch, dass es dafür viel zu spät war.

Sie stemmte sich hoch und senkte sich wieder auf ihn, um ihn noch tiefer in sich aufzunehmen. Er verdrehte die Augen. Sie machte weiter, hob und senkte sich immer wieder, trieb ihn in den Wahnsinn und an den Rand des Kontrollverlusts.

„Warum?“, keuchte sie heiser und ließ sich erneut auf ihn sinken. Sie machte weiter, redete weiter, und er klammerte sich an seine Kontrolle.

„Warum ich?“ *Enger Samt.*

„*Mein* Foto?“ *Perfekt.*

„Nur ich?“

Immer du. Die Stimme tief aus seinem Bewusstsein ließ alles andere in ihm verstummen.

Sie bewegte sich schneller, sein Verstand im Nebel. Das Gefühl und das enge Band, das er immer zu ihr empfunden hatte, überwältigten ihn. Er übernahm die Kontrolle und zwang sie, langsamer zu machen, bevor er in ihr kam.

„Nimmst du die Pille?", fragte er.

Sie lächelte, als hätte sie gewonnen. „Ja. Ich will dich in mir kommen spüren. Ich will dich ganz."

Diese Worte lösten etwas tief in ihm aus, ein animalisches Bedürfnis zu besitzen, und er folgte seinem Ruf. Erregung schoss durch seine Adern, während er zustieß und sie ihm entgegen kam. Alles fokussierte sich auf sie, das Gefühl ihres zierlichen Körpers, der um ihn herum zuckte, ihr keuchender Atem, ihre Nägel, die sich in seine Schultern gruben. Er packte ihren süßen Arsch und kam, presste sie fest an sich, während er sich tief in sie ergoss, wie er es noch nie mit einer anderen Frau getan hatte. Sie war sein.

Sie blieben einen langen Augenblick lang so, ihre zierliche Gestalt an ihn gepresst.

Sie strich mit ihren Fingern durch seine Haare und flüsterte in sein Ohr. „Ich weiß, warum du mein Foto in deinem Geldbeutel hast."

Er betrachtete ihr Gesicht, ihre Haare, so sinnlich zerzaust. Und glücklich. Er liebte es, sie glücklich zu sehen. „Ja? Warum?" Das sollte gut sein.

„Weil du wusstest, dass ich dich angebetet habe."

Er konnte nicht leugnen, dass er liebte, wie sie ihn ansah. „Vielleicht", sagte er.

„Und, weißt du was?" Sie erhob sich und stand vom Bett auf. Das Fehlen ihrer Hitze, ihrer Nähe machte ihn plötzlich sprachlos.

„Was?"

Sie drehte sich um und lächelte ihn spitzbübisch über ihre Schulter an. „Jetzt bist du dran, mich anzubeten."

Und damit ging sie ins Bad, ließ die Tür jedoch weit offen. Eine Einladung.

Dann hörte er die Dusche.

Er stand auf. Jetzt war er an der Reihe.

KAPITEL ELF

Die Weihnachtsfeierlichkeiten fingen erst am Mittag an. Alle schliefen nach der langen Partynacht bei Claires und Jakes Hochzeitsfeier aus. Mad kam mit Hailey am späten Vormittag zu Claires Hütte – beide hellwach und gut gelaunt. Mad, weil sie endlich mit dem Mann ihrer Träume geschlafen hatte, und Hailey, weil sie ein Morgenmensch war. Parker war am Morgen nach ihrer gemeinsamen Dusche gegangen. Er hatte erklärt, dass er mit Ty und Alex verabredet war, um ein paar Weihnachtsgeschenke für Viv zu verpacken, während sie mit ihrem Großvater und Claires Eltern eine Schlittenfahrt unternahm. Viv war fast zwei und bekam dieses Jahr schon etwas mehr von Weihnachten mit.

Wie es Tradition war, hatte jeder in der Campbell-Familie – Blutsbrüder eingeschlossen – einen Namen zum Wichteln gezogen und nicht mehr als zwanzig Dollar für ein Geschenk ausgeben dürfen. Es waren einfach zu viele, als dass jeder jedem ein cooles Geschenk hätte machen können. Dieses Jahr hatte Mad Josh gezogen. Leichtes Spiel. Sie hatte ihm einen kleinen Handmixer gekauft, für alle Drinks, bei denen er keinen großen Mixer benutzen konnte. Er hatte mehr als zwanzig Dollar gekostet, doch das war ihr egal, denn sie war ihm so viel schuldig, wenn man überlegte, was er alles für sie geopfert hatte.

Claires Koch bereitete gerade einen köstlichen Brunch mit Waffeln, Eiern, Frühstückswurst, Speck, Mimosas, Obstsalat und einer Auswahl an Bagels zu. Mad saß am Kamin neben dem Weihnachtsbaum, trank ihre zweite Tasse Kaffee und wartete ungeduldig darauf, dass Parker kam. Wie würde er sich ihr gegenüber vor der Familie verhalten? Zumindest was sie anging, hatten sie die Schwelle einer einmaligen Sache überschritten. Dreimal – zweimal im Bett und einmal in der Dusche – sagte ihr, dass sie jeden Widerstand überwunden hatte, den er gegen sie und ihn angestrengt hatte. Allein schon ein Blick von der anderen Seite des Raumes würde sie zufriedenstellen. Oder würde er so tun, als wäre sie nicht mehr als die vorlaute Knalltüte, die sie immer für ihn gewesen war?

Die Frischverheirateten kamen Hand in Hand verliebt lächelnd die Treppe hinunter. Morgen würden sie auf ihre Hochzeitsreise in die Schweizer Alpen zum Skifahren aufbrechen, während ein Großteil der Familie morgen nach Hause fahren würde. Ein paar der Jungs wollten ihren kostenlosen Urlaub allerdings noch ein paar Tage länger auskosten.

„Da bist du ja", rief Mad Jake zu. „Wie fühlt es sich an, Mr. Claire Jordan zu sein?"

„Fantastisch", sagte Jake und hob Claires Hand an seine Lippen. Claire strahlte.

Claire ging mit Jake im Schlepptau zu Mad und Hailey hinüber. „Ihr habt den Congatanz verpasst. Bei der letzten Runde waren es nur noch durchgeknallte Karnickelhüpfer."

„Dank Viv", bemerkte Jake lachend. „Sie ist aufgewacht und wollte mitmachen."

„Mad hat ihren eigenen Conga getanzt", kicherte Hailey und versetzte ihr einen Stoß mit der Hüfte.

Mad wurde rot. Sie war sich nicht sicher, wo sie mit Parker stand, und wollte nicht, dass es herauskam, bis sie wusste, was er über letzte Nacht dachte.

Würde er darauf bestehen, dass es eine einmalige Sache war, wie sie in ihrer Verzweiflung, ihn endlich haben zu wollen, vorgeschlagen hatte?

Ein Mann mit Fliege und Tweedjackett meldete, dass das Essen bereit war. Vom Speck gerettet! „Lasst uns essen", sagte Mad und ging ins Esszimmer.

„Mit wem?", fragte Claire in dem Moment, als sie zum Tisch kam. Sie beugte sich vor. „War es PMS?" Claire hatte ihren Spitznamen für Parker gestern Nacht beim Empfang gehört. Mad benutzte ihn jedoch nie vor ihren Brüdern. Sie würden ihn gnadenlos damit aufziehen, und er würde ihn nie wieder loswerden.

„PMS?", fragte Jake und schob sich ein Stück Speck in den Mund.

Mad nickte und Claire nahm sie strahlend in die Arme. Wieder spürte sie, wie sie rot wurde. „Okay, beruhige dich."

Jake schüttelte den Kopf. „Ich habe noch nie gesehen, dass sich jemand so über PMS freut."

Claire kicherte und wandte sich Mad mit der Frage im Blick zu, ob sie es Jake erzählen durfte.

Mad schüttelte den Kopf. *Noch nicht.*

Claire lächelte verständnisvoll. „Ich freue mich so für dich."

Sie beluden ihre Teller mit Essen und gingen zurück ins Wohnzimmer, um vor dem prasselnden Kamin zu essen. Ein paar Minuten später kamen Parker, Ty und Alex herein. Mad wartete auf die Aufmerksamkeit, nach der sie sich sehnte. Selbst ein Glitzern in seinen Augen würde genügen. Ganz gleich, wie sehr sie sich wünschte, locker mit der Angelegenheit umgehen zu können, es gelang ihr einfach nicht. Ihre Welt war aus den Angeln gehoben worden und balancierte nun unsicher über dem Abgrund. Endlich mit Parker zu schlafen, hatte ihr etwas bedeutet, und sie hoffte, dass das auch auf ihn zutraf. Man tat nicht einfach so, als wäre so etwas nie passiert. Nicht, dass sie eine öffentliche Liebeserklärung erwartet hätte, doch sie erwartete *etwas*. Irgendetwas. Ein bisschen Zärtlichkeit vielleicht? Ein heißer Blick von der anderen Seite des Raumes. Es war ihr egal, dass sie gesagt hatte, dass es eine einmalige Sache war. Sie wollte mehr. Und wenn der Sex in der Dusche – wild und rau und heiß – irgendein Hinweis war, dann war er auch nicht fertig mit ihr.

Ein Gedanke begann an ihr zu nagen. Okay, sie war in der Dusche aggressiv mit ihm umgegangen und hatte nicht gewollt, dass er sich zurückhielt. Und sie hatte endlich hart genug gedrängt, dass er reagieren musste und ihr auf mehr als halbem Weg entgegengekommen war. Sobald diese Art von Leidenschaft einmal erwacht war, konnte man sie nicht einfach wieder abschalten. Dessen war sie ziemlich sicher, und doch drehte sich ihr Magen vor Nervosität.

„Fröhliche Weihnachten", rief Ty und ging hinüber, um sie alle auf seine energische Art zu begrüßen.

Parker wünschte ebenfalls allen fröhliche Weihnachten, wenn auch nur begleitet von einem Lächeln anstatt überbordender Umarmungen. Er trug einen schwarzen Müllsack, wahrscheinlich gefüllt mit Vivians Geschenken. Sein Blick begegnete ihrem nicht.

Alex begrüßte sie und gab ihr und ihren Freundinnen Küsse auf die Wangen. Dann sah er sich um. „Ist Viv schon wieder da?"

„Noch nicht", sagte Mad.

Sie trat zu Parker, der jetzt vor dem glitzernden Weihnachtsbaum stand. Sie ging auf Zehenspitzen und küsste seine glattrasierte Wange. Eine unschuldige Geste, auch wenn sie nie zuvor gewagt hatte, das zu tun. „Fröhliche Weihnachten. War aber auch Zeit, dass ich es wieder mit dir feiern kann."

„Schön, wieder zu Hause zu sein", murmelte Parker, immer noch ohne ihr in die Augen zu sehen, bevor er das erste Geschenk aus dem Sack holte und es unter den Baum legte.

Sie griff nach dem Sack. „Ich helfe dir."

Er wandte sich ab. „Ich mach das schon. Geh und iss dein Frühstück."

Verletzt kehrte sie zu ihren Freundinnen zurück, ohne ihm zu erklären, dass sie bereits aufgegessen hatte. Offensichtlich wollte er sie nicht in seiner Nähe haben. *Ruhe bewahren.* Sie ermahnte sich nicht zu vergessen, dass das brandneu für ihn war. Ihrer Gefühle für ihn war sie sich schon seit Jahren bewusst. Sie konnte nicht erwarten, dass er schon soweit war wie sie.

In diesem Moment trafen auch ihre übrigen Freundinnen ein und eilten gut gelaunt aus der Kälte an den Kamin. Als hätten sie einander nicht gerade erst letzte Nacht gesehen, umarmten sie sich überschwänglich und begannen glücklich zu schnattern. So nahe standen sich die Mitglieder des Happy End Buchclubs zwischenzeitlich. Sie waren so viel mehr als nur ein Buchclub geworden.

Gegenseitig bewunderten sie ihre Feiertagsoutfits. Die meisten ihrer Freundinnen trugen Rot, entweder als Kleid oder als Pullover. Mad trug ihre engen Jeans, schwarze Stiefel und ein rotes Longsleeve Shirt, auf dem stand: *Ich war ein böses Mädchen, und es war die Sache wert.* Dieses Jahr traf dieses Geständnis noch viel mehr zu als sonst. Sie warf einen verstohlenen Blick in Richtung Parker, der vor dem Baum hockte und die Geschenke für Vivian arrangierte. Ihr Herz zog sich bei seinem Anblick zusammen. Für einen Typen mit derart schlechten Eltern hatte er ein gutes Gespür dafür, wie man sich um jüngere Kinder kümmerte. Zuerst sie und nun Viv. Sie wusste ohne jeden Zweifel, dass er einen großartigen Vater abgeben würde. *Scheiße.*

Ihre Gedanken liefen ihr davon. Sie riss den Blick von Parker los und zwang sich, sich wieder auf ihre Freundinnen zu konzentrieren.

„Ich kann kaum erwarten zu sehen, wer mein Wichtel ist", sagte Charlotte.

„Ja, was das angeht …", begann Mad.

„Ah-ah", unterbrach Claire sie. Denn Claire hatte darauf bestanden, den Wichtel für alle Mitglieder des Happy End Buchclubs zu spielen, als sie von Mads Familientradition gehört hatte.

Mad lächelte. „Das wird ganz toll."

Alle schlugen sich den Bauch voll und verteilten sich in den beiden Wohnzimmern, um zu essen. Mad beobachtete Parker von einem Sessel aus. Wie üblich hing er mit Ty herum und tat, als wäre alles ganz normal. Sie wusste, dass ihre Frustration bald einen Punkt erreichen würde, an dem sie aktiv werden müsste, wenn er nichts unternahm. Wahrscheinlich etwas Leichtsinniges, das sie danach bereuen würde. Das war ziemlich typisch für sie. Sie unterdrückte ein Seufzen.

Ihr Vater kehrte mit Vivian und Claires Eltern zurück. Ihr Vater half Viv, ihren Schneeanzug und die Stiefel auszuziehen. Ihre Nichte riss sich die rote Mütze mit der flauschigen weißen Bommel vom Kopf und rannte zum Weihnachtsbaum. Ihre dunkelbraunen Haare waren zu Zöpfen geflochten, und sie trug einen roten Fleecepyjama mit weißem Schneeflockendruck. „Santa!", rief sie.

Alex fing sie ein. „Ja, Santa war da, Honey, aber lass uns auf den Rest der Familie warten. Nicht alle Geschenke sind für dich."

Vivian gab sich größte Mühe, sich zu befreien, doch als Alex sie hochhob und „fliegen" ließ, um sie abzulenken, quietschte sie vergnügt. „Lass uns erst frühstücken, dann gibt's Geschenke." Sie schob ihren Finger in den Mund und ließ sich ins Esszimmer tragen.

Nur fünf Minuten später jagte Alex Viv mit einer Scheibe Toast in der Hand ins Wohnzimmer hinterher und flehte sie an, aufzuessen.

Alle sahen zu, wie Viv vor dem Weihnachtsbaum auf und ab sprang und vor Aufregung fast platzte, die Geschenke jedoch dabei nicht anfasste. Sie sah Alex hilfesuchend an, und als er nicht schnell genug reagierte, kreischte sie: „Daddy!"

Mads Vater blieb neben Mad stehen und legte den Arm um ihre Schultern. „Erinnert mich an dich."

„Charmant und anbetungswürdig?", fragte Mad.

„Selbstverständlich", sagte ihr Vater schmunzelnd. Sie wusste, dass sie ein Teufelsbraten gewesen war, und Viv war nicht anders.

Alex zog eine große Schachtel unterm Baum hervor und las das Namensschild. „Das ist für dich." Er hatte es kaum vor ihr abgestellt, da stürzte Viv sich schon darauf und zerriss aufgeregt mit beiden Händen das Papier.

„Oh!", staunte sie, als sie ein Fisher Price Flugzeug sah.

Parker kniete sich neben sie. „Soll ich es für dich zusammenbauen?" Es musste ein Geschenk von Parker gewesen sein, da er schon immer Flugzeuge über alles geliebt hatte.

Mad blinzelte gegen die Tränen in ihren Augen an. Sie war geradezu lächerlich emotional. *Reiß dich zusammen!*

Vivian nickte und sah zu, wie Parker die Verpackung öffnete und alles herausholte. Viv griff sofort nach der Mädchenfigur und setzte sie ans Steuer, auch wenn eine männliche Pilotenfigur direkt daneben gelegen hatte.

„Das ist mein Mädchen!", lachte Mad und trat zu ihrer Nichte, um ihr ein High Five zu geben, das sie kichernd erwiderte, ohne zu wissen, dass sie reflexartig alte

Geschlechterbilder durchbrochen hatte.

Parker sah Mad an und wandte sich schnell wieder Vivian zu. „Es braucht Batterien. Lass mich sehen, ob Claire welche hat." Damit verließ er das Zimmer.

Mad zog sich in den Hintergrund zurück, da sie befürchtete, dass die anderen ihr ihren Zustand ansehen könnten. Alex reichte Viv ein weiteres Geschenk, dann hob er ein anderes auf und streckte es Josh entgegen. „Von deinem Wichtel."

„Oh ja?", Josh nahm sein Geschenk, schüttelte es und hielt es sich ans Ohr.

„Hör auf, du machst es noch kaputt!", protestierte Mad.

„Sie verrät sich jedes Mal", lachte Ty, und ihre Brüder stimmten mit ein. Sie wussten immer, wessen Wichtel sie war. Jeder von ihnen hatte seine eigene Art, sie dazu zu bringen, sich zu verraten. Idioten.

Josh lächelte sie an und packte das Geschenk aus. „Cool, danke Mad. Das kann ich gut gebrauchen."

„Das Teil ist wirklich gut", sagte Hailey. „Wir benutzen es manchmal im Kochkurs." Hailey half Shane O'Hare, einem Spitzenkoch aus dem Ort, zu Weihnachten bei seinen Kochkursen im Ludbury House, wo sie als Hochzeitsplanerin arbeitete.

„Ich hab es im Ausverkauf gefunden", erklärte Mad. „Mit Steuer war es ein ganz klein bisschen über dem Limit. Aber ich schulde Josh sowieso eine Menge für alles, was er für mich getan hat."

Hailey blickte neugierig zwischen Josh und Mad her. „Was hat er getan?"

„Seit Jahren ihre große Klappe ertragen", bemerkte Josh und warf Mad einen Blick zu, der deutlich sagte: *Bis hierhin und nicht weiter.*

Alle sahen sie neugierig an. Mad öffnete den Mund, um

zumindest den Anschein einer Erklärung abzugeben, ohne zu viel zu verraten, da sie wusste, dass Josh nicht wollte, dass sein Zwilling die Kosten übernahm, und ganz besonders, weil sie nicht wollten, dass sich ihr Dad Vorwürfe machte, weil er ihr nicht finanziell unter die Arme greifen konnte. Doch bevor sie auch nur ein einziges Wort herausbrachte, zog Josh sie in seine Arme, drückte ihr Gesicht an seine Brust und zerzauste ihr die Haare. „Danke."

Claire klatschte in die Hände. „Zeit für meine Geschenke!" Sie ging um den Baum herum und kam mit einem Stapel kunstvoll verpackter Geschenke wieder hervor, jedes davon rechteckig, wie ein Buch. Jake trug eine große Geschenktüte.

„Hm", sagte Mad, während sie versuchte, ihre Haare wieder zu bändigen. „Ich kann mir gar nicht vorstellen, was das sein könnte."

„Warte einfach nur ab", sagte Claire, die glücklich klang. Sie reichte jedem Mitglied des Buchclubs ein Geschenk. „Ihr müsst es alle gleichzeitig aufmachen!"

Brav packten alle gleichzeitig ihre Bücher aus. *Die Brautprinzessin* von William Goldman.

Claire strahlte. „Nächsten Oktober, wenn ich zurück nach Connecticut komme, um den letzten Teil der *Fierce*-Trilogie zu filmen, schauen wir uns dann den Film an."

„Oh, den hab ich schon gesehen!", rief Hailey. Sie hatte ein geradezu enzyklopädisches Wissen, was romantische Filme anging, bis weit zurück zu den ersten Schwarzweiß-Liebeskomödien. Vielleicht hatte sie daher ihre altmodischen Beleidigungen für Josh.

„Aber erst müssen wir das Buch lesen", sagte Claire. „Vergleichen und es in Bezug setzen, wie wir es mit *Vom Winde Verweht* gemacht haben." Die Frauen seufzten beim Gedanken an das wunderbar romantische Buch. Mad war bis über beide Ohren in den finsteren und grüblerischen Rhett Butler verknallt gewesen, dem alles egal gewesen war.

Nacheinander zeigte Claire mit dem Finger auf jede einzelne von ihnen. „Und kein Schummeln. Ihr müsst mir versprechen, den Film nicht ohne mich anzusehen."

Gehorsam nickten alle. Es war ein wenig traurig, dass sie Claire nur sehen konnten, wenn ihr Kalender es zuließ.

„Und …", sagte Claire dramatisch und deutete auf die Geschenktüte. Jake öffnete sie, und sie begann, schwarze T-Shirts mit der Totenkopfflagge darauf zu verteilen. Unter den gekreuzten Knochen stand ‚Ich bin der echte grausame Pirat Roberts.'

Hailey lachte. „Klasse!"

„Das verstehe ich nicht", sagte Mad.

„Du musst das Buch lesen", sagte Claire. „Wir tragen es alle, wenn wir den Film ansehen, oder auch schon davor, wenn du Lust dazu hast."

„Das ist alles so wunderbar!", sagte Hailey. „Mir ist ganz unangenehm, dass du uns allen Geschenke besorgt hast und wir nichts für dich. Ich dachte, ich sollte nur das Geschenk für meinen Wichtel besorgen."

Die anderen nickten.

„Aww!", sagte Claire. „Dass ihr bei meiner Hochzeit dabei wart und Weihnachten mit mir verbringt, ist das schönste Geschenk für mich." Sie winkte sie alle zu sich. „Gruppenumarmung."

Sie drängten sich um sie und umarmten sich gegenseitig. Mad störte sich nicht einmal daran, dass Ally ihr vor Begeisterung die Rippen quetschte.

„Sieht aus wie beim Football", bemerkte Jake. „Wer ruft die Spielzüge aus?"

„Was glaubst du?", antwortete Josh trocken.

Hailey hob den Kopf und warf Josh einen vernichtenden Blick zu. Kurz darauf brachten die Frauen ihre Geschenke vor dem zweijährigen Tornado in Sicherheit, der vor Begeisterung quietschte und fröhlich sang. Viv legte eine Bruchlandung mit ihrem Flugzeug hin und wandte sich dann den anderen Geschenken zu. Parker überließ sie dem Auspacken und ging zu Ty.

Mad gesellte sich schnell zu ihnen, darauf versessen, Parker wiederzusehen – vor allem, weil es ihr auf die Nerven ging, dass er sich ihre gemeinsame Nacht (und den Morgen) nicht im geringsten anmerken ließ, während sie an nichts anderes denken konnte. „Ich hätte so gerne ein Flugzeug gehabt, als ich in ihrem Alter gewesen bin. Stattdessen hab ich einen Football bekommen." Sie erinnerte sich an das Foto von sich als Zweijährige am Weihnachtsmorgen mit einem viel zu großen Football-Helm auf dem Kopf und einem Football in den Händen.

„Nein, Jake hat einen Football bekommen, und du hast ihn geklaut", sagte Ty. „Du hast eine Babypuppe bekommen, die du in den Müll geworfen hast."

Parker lachte. „Das klingt ganz nach dir."

Mad blickte auf, erstaunt, dass sie jemals etwas so Mädchenhaftes bekommen hatte. Sie konnte sich nicht daran erinnern, irgendwelche Puppen besessen zu haben. Vielleicht, weil sie sie *alle* in den Müll geworfen hatte? „Das habe ich gar nicht gewusst. Gott! War Dad wütend, dass ich mein Geschenk weggeworfen habe?"

Ty zuckte mit den Schultern. „Ich weiß nicht. Ich erinnere mich nur daran, dass es unglaublich lustig war. Aber ich war ja auch erst sieben. Damals habe ich so ziemlich alles unglaublich lustig gefunden."

Mad wandte sich Parker zu, in der Hoffnung, einen Funken der Hitze zu sehen, die sie geteilt hatten. Schnell wandte er den Blick ab, kühl und distanziert. Sie biss die Zähne zusammen. Ihre Frustration wuchs schnell. Der distanzierte Parker war derjenige an dessen seltene Besuche zu Hause sie sich nur ungern erinnerte. Es war einfach beschissen. Ihre Liebesnacht war doch erst wenige Stunden her!

Alle beobachteten Viv, als sie Alex dabei half, die Geschenke zu verteilen. Mad biss sich auf die Unterlippe, verwirrt und unsicher, was sie wegen Parker unternehmen sollte. Das musste der unbehaglichste Morgen danach ihres Lebens gewesen sein. Eine warme Hand schloss sich kurz um ihre. Sie drehte sich um, und Parker warf ihr ein leises Lächeln zu, bevor er sich wieder Viv zuwandte.

Sie konnte das dümmlich-glückliche Lächeln nicht verhindern, das sich auf ihrem Gesicht ausbreitete. Vor Freude wäre sie ihm am liebsten um den Hals gefallen und hätte ihn geküsst. Dann hatte sie eine Idee.

Unauffällig wandte sie sich an Parker. „Ich habe noch ein Geschenk im anderen Wohnzimmer. Kannst du mir helfen, es rüberzuholen?"

„Sicher", sagte Park und folgte ihr wie ein ahnungsloser Zuchthengst. Nicht, dass sie vorhatte, sich mit ihm fortzupflanzen. Zumindest noch nicht.

Sie wartete, bis sie den Bogendurchgang erreichte, der das Esszimmer mit dem Wohnzimmer verband, und blieb unter dem Mistelzweig stehen. „Da ist es."

„Wo?"

Sie deutete nach oben.

Er blickte auf und dann begegnete sein Blick einen angespannten Moment lang ihrem. Sie benetzte sich die Lippen. Sein Blick fiel auf ihren Mund.

Ihr Puls hämmerte in ihren Ohren.

Er blickte über seine Schulter, um zu sehen, ob sie jemand beobachtete. Alle waren mit ihren Geschenken beschäftigt. Als er sich wieder umdrehte, schlang sie die Arme um seinen Hals und küsste ihn, wie sie es hatte tun wollen, seit er hereingekommen war. Seine Finger strichen durch ihre Haare, und er küsste sie rau und leidenschaftlich. Das Feuer war zurück, und sie genoss es.

„Parker?", rief eine Männerstimme.

Parker zuckte zurück, wirbelte herum und schob Mad hinter sich. Sie spähte an ihm vorbei. Es war Ty, der auf sie zukam. Sie schluckte. Ty war aufbrausend und hatte einen übermäßig ausgeprägten Beschützerinstinkt, was sie anging. Parker war sein bester Freund.

„Mad?", fragte Ty während er schnell näherkam.

Sie trat hinter Parker hervor. „Hey, was geht?"

Ty wandte sich Parker zu. „Was zum Teufel tust du mit meiner Schwester?"

Parker hob die Hände. „Nichts."

„Wir sind zusammen", platzte Mad heraus.

„Wir–", begann Parker, bevor Ty ihn am Kragen packte und vor sein Gesicht zerrte.

„Du hast nicht mit Mad herumzumachen", knurrte Ty.

„Ty, lass ihn los", sagte Mad. „Ich *will* mit ihm rummachen."

Ty ließ los und stieß Parker von sich. „Du kennst den Deal."

„Welchen Deal?", fragte Mad und blickte zwischen den beiden Männern hin und her.

Parker richtete seinen Kragen und biss die Zähne aufeinander.

„Nicht sie", sagte Ty.

Parkers Lippen waren eine dünne Linie. Sie wartete darauf, dass er Ty sagte, dass er sich zum Teufel scheren sollte und einen Arm um sie legte, doch das tat er nicht. Stattdessen nickte er. „Ich weiß." Er ließ sie stehen und ging steifen Schrittes zurück zu den glücklichen Feierlichkeiten der Familie.

Ty drehte sich um, um ihm zu folgen, doch Mad schlug ihm auf die Schulter. „Was sollte das, Ty? Das geht dich verdammt noch mal nichts an.“

„Parker weiß, was Sache ist“, sagte Ty und ging.

Am liebsten hätte sie beiden in den Arsch getreten. Ihre Köpfe zusammengekracht. Doch sie waren fort. Sie waren zu irgendeiner Übereinkunft gekommen, die sie betraf und dennoch ausschloss.

Wütend riss sie den Mistelzweig von der Decke und schleuderte ihn in die nächste Ecke.

KAPITEL ZWÖLF

Mad fuhr am zweiten Weihnachtsfeiertag mit Hailey, Charlotte und Lauren zurück nach Clover Park. Hailey war am Steuer ihres orangefarbenen Mini Cooper Cabriolets, Mad auf dem Beifahrersitz, Charlotte und Lauren auf dem Rücksitz. Das Auto roch nach Pfefferminz, da alle an ihren Zuckerstangen lutschten. Sie hatten Haileys Wagen genommen, weil es der neuste und darum derjenige war, bei dem die Wahrscheinlichkeit einer Panne auf der langen Fahrt nach Maine und zurück am geringsten war.

Carrie und Ally fuhren zusammen in Carries altem Toyota, den sie Ollie nannte und in den sie unglaubliches Vertrauen hatte, dabei war das Auto zehn Jahre alt.

„Jetzt, da wir unter uns sind – raus mit der Sprache", sagte Charlotte über die Musik von Haileys Harry Connick Jr. Weihnachtsplaylist.

Sofort stellte Hailey das Radio leiser. Die Atmosphäre im Wagen war zum Zerreißen angespannt. Weibertratschzeit. Alle sahen Mad erwartungsvoll an, denn Mad war die einzige von ihnen gewesen, die mit einem Plan auf die Hochzeitsfeier gegangen war.

„Da gibt's nicht viel zu erzählen", sagte Mad, und schon kassierte sie einen Stoß gegen die Schulter. Als sie sich umdrehte, lächelte Lauren sie mit von der

Zuckerstange rosa verfärbten Zähnen an.

„Das kannst du uns nicht weismachen", bemerkte Lauren und klang dabei sehr nach der Grundschullehrerin, die sie tatsächlich war. „Ich habe euch zwei beim Tanzen gesehen. Man hat die Funken förmlich fliegen sehen!"

„Und ich habe gesehen, dass du auf Viv aufgepasst hast, anstatt Party zu machen", gab Mad zurück.

„Sie ist so was von süß", sagte Lauren lächelnd. „Du weißt, ich liebe Kinder. Darum bin ich Lehrerin geworden."

„Sie ist nicht süß", widersprach Mad. „Ich liebe sie, aber süß ist sie sicher nicht."

„Alle kleinen Kinder sind süß", beharrte Lauren. „Mit ihren speckigen kleinen Wangen und ihrem Windelwatschelgang. Und diese Löckchen!"

„Du hast ihr nur beim Schlafen zugesehen", sagte Mad. „Du hast sie noch nicht unter Volldampf erlebt."

Lauren winkte ab. „Ich finde sie wunderbar. Als sie aufgewacht ist, hat sie mir die Wange gestreichelt und erklärt, dass ich *chieb* bin. Ich nehme an, sie meinte, ich bin lieb."

„Oder, dass du ein Schaf bist", schmunzelte Mad. „Sorry, ich mein ja nur."

Charlotte zog die Zuckerstange aus ihrem Mund. „Hör auf zu versuchen, das Thema zu wechseln, Mad. Was geht mit deinem Liebesleben?"

Mad wurde ernst. „Ich weiß nicht. Es schien gut zu laufen. Wir haben die Nacht miteinander verbracht, es war toll, doch ein Wort von Ty und Parker hat sich komplett zurückgezogen."

Charlottes Augen blitzten. „Dann sag Ty, dass er sich da raushalten soll." Sie verzog das Gesicht. „Der Typ bildet sich ein, Gottes Geschenk an die Frauenwelt zu sein." Sie saugte energisch an ihrer Zuckerstange.

Mad blickte nach vorn. Ihr war ein wenig flau im Magen, doch sie war sich nicht sicher, ob es von der Autofahrt kam oder von der Art, wie Parker sich zurückgezogen hatte.

„Oh Charlotte", schnaubte Hailey und wedelte mit dem Finger in der Luft. „Zwischen euch sind die Funken auch nur so geflogen!"

„Denk nicht einmal dran", blaffte Charlotte, um Hailey davon abzuhalten, die Kupplerin zu spielen. „Weißt du, was Ty bei der Party gemacht hat?"

„Was denn?", fragte Hailey neugierig und sah Charlotte durch den Rückspiegel an.

„Er hat jede anwesende Frau zum Tanzen aufgefordert außer mich", sagte Charlotte. „Sogar Mad."

„Das stimmt", sagte Mad. „Ich hab ihm gesagt, dass er sich verziehen soll, aber natürlich in weniger salonfähigen Worten."

„Natürlich", sagte Hailey trocken.

„Glaubst du wirklich, er hat es mit Absicht getan?", fragte Lauren. „Vielleicht war es ein Zufall. Vielleicht hat es einfach nicht genug Tänze gegeben. Waren schon viele Frauen da."

Mad drehte sich um, um Lauren einen empörten Blick zuzuwerfen. Diese Frau sah immer das Gute in allen, und Ty hatte wirklich versucht, eine ziemlich billige Nummer mit Charlotte abzuziehen. Doch sie musste nichts sagen.

Charlotte wirbelte herum und wandte sich Lauren zu. „Oh nein. Das war ein ganz dämliches Spiel. Er wusste genau, was er tat."

„Aber warum sollte er das tun?", fragte Lauren. „Du bist von uns allen die beste Tänzerin."

„Wie gesagt, er hat ein Spielchen gespielt", wiederholte Charlotte geduldig. „Er hat versucht, *mich* dazu zu bringen, zu *ihm* zu gehen."

„Sie hat recht", sagte Mad. „Er wollte *schwer zu kriegen* spielen. Meine Brüder sind Arschlöcher."

„Nicht alle", widersprach Lauren leise. „Es hätte mich nicht gestört, wenn ein älterer Bruder auf mich aufgepasst hätte. Ich hatte nur meine kleine Schwester. Ich war mehr Mutter für sie als Schwester, weil wir zehn Jahre auseinander waren."

„Brüder sind toll, bis sie anfangen, dir auf den Geist zu gehen", sagte Mad. „Dann willst du ihnen einfach nur eine reinhauen."

„Oh, das könnte ich nie tun", sagte Lauren ernst. „Aber du musst zugeben, dass Josh und Jake wirklich süß sind."

Hailey schnaubte. „Jake vielleicht."

„Und Alex und Logan waren auch nett", fügte Lauren hinzu, bevor sie sich wieder ihre Zuckerstange in den Mund steckte. Irgendwie blieben jedoch ihre langen, braunen Haare an der klebrigen Leckerei hängen. Vorsichtig zupfte sie sie weg.

„Sie haben alle ihre lichten Momente", gab Mad zu und drehte sich seufzend wieder in ihrem Sitz um.

„Okay. Zurück zu Mad", sagte Hailey. „Ich denke, ihr Umstyling war der Hit. Sie hat seine Aufmerksamkeit auf sich gezogen, ihn angelockt und mit ihm getanzt."

„Und nicht zu vergessen, die Nacht mit ihm verbracht", sagte Charlotte und klopfte Mad auf die Schulter. „Gut gemacht, Mädel!"

„Ja", murmelte Mad. „Schwer zu vergessen."

„Aber jetzt müssen wir über die nächsten Schritte nachdenken", sagte Hailey. „Wir müssen dir Ty vom Hals schaffen, der sich wahrscheinlich einbildet, nur seinen Pflichten als großer Bruder nachzukommen. Und dann müssen wir einen Weg finden, aus der einen Nacht eine ernsthafte Beziehung zu machen. Du könntest ihn zur Silvesterparty ins Garner's einladen."

„Sicher, oder ich könnte ihn einfach in mein Bett einladen“, sagte Mad. „Bis er einen Job hat, wohnen wir zusammen in Dads Haus.“

„Ich wusste ja gar nicht, dass ihr zusammenlebt“, rief Hailey. „Ich dachte, er wäre nur übers Wochenende dagewesen. Er zieht nicht bei einem deiner Brüder ein?“

„Ty lebt normalerweise in Kalifornien“, sagte Mad. „Im Augenblick ist er in einem Hotel in der Stadt. Josh hat eine Ein-Zimmer-Wohnung. Alex hat Vivian, und Logan und Ethan teilen sich ein Apartment. Marcus wohnt in der Innenstadt, und Parker hasst die Innenstadt. Wie auch immer. Ich glaube, er möchte Zeit mit meinem Dad verbringen. Sie stehen sich nahe.“

„Du kannst nicht erwarten, dass er irgendwas versucht, wenn dein Dad in der Nähe ist“, bemerkte Charlotte.

„Das wäre extrem unangenehm für alle“, sagte Lauren. „Hast du einen Müllbeutel im Auto? Ich kriege meine Haare nicht von meiner Zuckerstange.“

„Nein, tut mir leid“, sagte Hailey.

„Warte“, sagte Mad und holte ein paar Servietten aus ihrer Botentasche. Sie drehte sich um, nahm die Zuckerstange damit und stopfte sie in das Fach in der Tür.

„Hey!“, protestierte Hailey.

„Mit meinem Dad komme ich schon klar. Er arbeitet Nachtschicht und schläft am Tag. Er ist das geringste Problem. Doch Parker ist auf einmal so distanziert.“

„Das wird schon“, sagte Hailey zuversichtlich, den Blick immer noch auf die klebrige Sauerei in der Beifahrertür gerichtet. Ihre Begeisterung für die Kuppelei war unübersehbar. „Das ist Neuland für Parker. Er muss sich immer noch an den Gedanken gewöhnen, dass du eine umwerfende, schöne, intelligente, erwachsene Frau bist.“

Mad blinzelte. Hailey hatte ein Talent dafür, sie plötzlich mitten ins Herz zu treffen. „Mach dir keine

Sorgen“, murmelte Mad. „Ich werde das klebrige Zeug schon entsorgen, wenn wir zu Hause sind.“

„Danke“, sagte Hailey gut gelaunt. „Aber wir wollen nicht, dass Parker nur deshalb weiter mit dir rummacht, weil es bequem ist. Er muss schon intimer mit dir werden.“

„Wir waren ziemlich intim“, protestierte Mad halbherzig, doch sie wusste, dass Hailey recht hatte. Sie wollte mehr mit Parker. Niemand hatte ihm jemals das Wasser reichen können. Die Wahrheit war nun einmal, dass sie ihn liebte. Sie hatte ihn immer geliebt und würde ihn immer lieben. Sie hatte nie eine Beziehung mit einem anderen versucht. Parker war der einzige, mit dem sie das wollte.

„Jetzt versteh mich bitte nicht falsch“, begann Charlotte.

Mad stöhnte. „Auf die Einleitung folgt selten was Gutes.“

Doch dann überraschte Charlotte sie, als Hailey das Ziel ihrer Bemerkung war. „Woher weißt du so viel über Beziehungen, Hailey? Erzähl uns von deinen.“

„Ich weiß eine Menge aus Erfahrung durch meine Arbeit mit verlobten Paaren“, erklärte Hailey.

„Hattest du je selbst eine Beziehung?“, hakte Charlotte nach.

„Ich bin immer noch sehr jung“, sagte Hailey.

„Du findest, dass sechsundzwanzig sehr jung ist?“, fragte Charlotte in einem Ton der schrie: *Realitätscheck!*

Hailey lächelte angespannt. „Ich muss zuerst mein Unternehmen etablieren, ein Fundament für eine sichere Zukunft schaffen. Glaub mir, wenn die Zeit reif ist, werde ich ernsthaft anfangen, nach dem Richtigen zu suchen.“

Die Frauen verstummten.

„Das finde ich beunruhigend“, sagte Mad schließlich. „Wie kann ich auf deine Beziehungstipps hören, wenn du selbst nie eine Beziehung hattest?"

Hailey schnaubte. „Ich habe dir doch gesagt –"

„Ich bin das Gegenteil", sagte Charlotte mit der Stimme harter Erfahrung. „Ich hatte eine furchtbare Beziehung nach der anderen, bis ich vor drei Jahren die Männer aufgegeben habe."

„Erzähle mir nicht, dass du seit drei Jahren mit keinem Mann zusammen warst!", entfuhr es Mad.

„Das schon, allerdings zu meinen Bedingungen", sagte Charlotte.

„Oh, wie ich", sagte Mad.

„Ich habe mich sonst immer vollgestopft, wenn ich Herzschmerzen hatte", sagte Charlotte. „Und dann habe ich mich irgendwann gefragt, was die Scheiße soll. Warum ich mir wegen einem dahergelaufenen Arschloch zig Kilo Übergewicht anfresse. Ich habe mir einen Personal Trainer engagiert, meine Ernährung umgestellt, und so bin ich letzten Endes selbst Personal Trainerin geworden."

„Wow, das ist so cool", sagte Mad und streckte die Hand für ein High Five aus. „Das hätte ich nie gedacht. Du bist so fit und stark."

„Verdammt richtig", nickte Charlotte.

„Siehst du, ist das nicht eine wunderbare Gelegenheit, einander näherzukommen?", bemerkte Hailey. „Niemand stört sich an meinem kleinen Auto, oder?"

„Als nächstes fangen wir noch an, uns gegenseitig die Haare zu flechten", bemerkte Lauren, und alle lachten.

„Alles, was ich sagen kann, ist: Mach es Parker nicht zu leicht", sagte Charlotte. „Du solltest dich zu Hause rar machen, damit er dich auch wirklich bemerkt, wenn du heiß wie die Hölle aufmarschierst."

„Die ist gut", sagte Hailey. „Aber vergiss nicht, du musst dich hübsch anziehen und dir die Haare machen. Du willst nicht, dass er wieder dieselbe alte Mad in dir sieht."

„Und sag Ty, dass er sich raushalten soll", fügte Charlotte hinzu.

„Niemand kann Ty sagen, dass er sich raushalten soll", sagte Mad. „Er ist ein Schwarzgurt. Der Junge hat ernsthaft Muskeln. Du hast ihn doch gesehen, oder?"

„Was will er schon tun?", schnaubte Charlotte. „Parker in den Arsch treten?"

„Wäre nicht auszuschließen", sagte Mad.

„Wann geht er wieder zurück nach Kalifornien?", fragte Charlotte.

Mad zuckte mit den Schultern. „Keine Ahnung. Nach Neujahr, nehme ich an."

„Dann mach dir keine Sorgen um ihn", sagte Charlotte. „Wenn er dir und Parker Schwierigkeiten macht, kommst du zu mir."

Ein harter Ton lag in Charlottes Stimme, und Mad drehte sich zu ihr um. „Und was willst du tun?"

„Ich werde für faire Rahmenbedingungen sorgen", sagte Charlotte finster.

Mad lief ein kalter Schauer über den Rücken. Das Mädchen hatte Feuer.

Der Rest der Fahrt verging wie im Flug, während sie sich über die Hochzeit und Claires und Jakes Hochzeitsreise unterhielten und diskutierten, wohin jede von ihnen gerne auf Hochzeitsreise gehen würde. Kurz bevor sie bei Laurens Wohnung ankamen, gestand sie, dass sie die ganze Nacht wach gelegen und bereits *Die Brautprinzessin* gelesen hatte.

„Lauren!", empörte Hailey sich. „Du weißt, dass wir das erste Kapitel immer zusammen lesen." Das war zwischenzeitlich Tradition. Hailey mochte es, wenn sie die Geschichte von Anfang an als Gruppe erlebten.

„Tut mir leid", sagte Lauren, sah dabei allerdings nicht so aus. „Aber es war so schön geschrieben!"

„Okay", sagte Hailey. „Aber warte wenigstens mit dem

Film, bis Claire ihn sich mit uns ansehen kann.“

„Das dürfte schwer werden, doch ich gebe mir Mühe“, sagte Lauren.

„Schwöre es“, forderte Hailey.

„Fein“, nickte Lauren zerknirscht. „Ich schwöre es.“ Es war offensichtlich, dass sie ihn gerne jetzt schon gesehen hätte, doch alle wussten, dass sie nie ein Versprechen brechen würde.

Nachdem Hailey Lauren und dann Charlotte bei ihrem Haus am Rand von Clover Park abgesetzt hatte, fuhr sie in Richtung Innenstadt.

„Ähm, du musst mich noch irgendwo rauslassen“, sagte Mad. Sie lebte in Eastman in der entgegengesetzten Richtung.

„Würde es dir was ausmachen, mit mir beim Ludbury House vorbeizuschauen?“ Hailey schloss ihre Finger so fest um das Lenkrad, dass ihre Fingerknöchel weiß hervortraten. „Ich habe heute Morgen einen Anruf bekommen, dass jemand an Heiligabend eingebrochen ist. Ich muss mich umsehen und zu Protokoll geben, ob was fehlt.“

Mad blieb der Mund offen stehen. „Und das erwähnst du erst jetzt?“

Haileys Finger entspannten sich ein wenig, und sie seufzte. „Ich habe es für eine Weile aus meinen Gedanken verbannen müssen. Wenn ich ehrlich bin, habe ich eine Scheißangst. Clover Park ist immer ein sicherer Ort gewesen.“

„Wir müssen dir eine Alarmanlage besorgen.“

„Ja, absolut. Früher habe ich keinen Gedanken an sowas verschwendet. Die Polizei sagt, dass der Einbrecher das Glas an der Hintertür eingeschlagen hat und so ins Haus gekommen ist.“

Mad seufzte. „Okay, kein Thema. Ich komme mit.“

Hailey sah sie an. „Ich habe Angst, nach Neujahr

wieder zur Arbeit zu gehen. Ich meine, ich verbringe eine Menge Zeit allein dort. Natürlich gibt es gelegentlich Kochkurse, Hochzeiten und Kundentermine, doch ansonsten bin ich allein da."

„Die Alarmanlage hilft schon mal. Und wenn du willst, bringe ich dir Selbstverteidigung bei."

„Du weißt, dass ich nicht sonderlich sportlich bin", sagte Hailey leise. Sie zwang sich zu lachen, auch wenn ihre Hände am Lenkrad zu zittern begannen. „Du hast mich Basketball spielen gesehen."

Es machte Mad fertig, die sonst so selbstbewusste Hailey so verängstigt zu sehen. „Weißt du noch, wie du mir beigebracht hast, hübsch zu sein?"

„Du bist schon hübsch. Ich helfe dir nur, es zu zeigen."

„Und ich werde dir zeigen, wie man jemandem in den Arsch tritt."

Hailey straffte ihre Schultern. „Glaubst du wirklich, dass ich das kann?"

„Ja", nickte Mad.

Hailey hielt an einer roten Ampel auf der Hauptstraße an und starrte Mad teils hoffnungsvoll, teils unsicher an.

Mad fuhr selbstbewusst fort. „Es ist ganz anders als das Training, das du für deine Schönheitswettbewerbe hast absolvieren müssen. Da ist kein Platz für Manieren, Höflichkeit oder Anmut, wenn du dich selbst verteidigen musst. Du musst ihre Schwachstellen hart treffen. Keine Gnade."

Haileys Hand wanderte an ihren Hals. „Du machst mir Angst."

„Deine Wimpernzange macht mir Angst, doch ich habe dich immer noch an meine Augen rangelassen."

Hailey verdrehte die Augen. „Du hast sie mir aus der Hand geschlagen."

„Komm, lass mich im Dojo in deine Nähe, dann

kannst du mich wegschlagen."

„Im Dojo?", krächzte Hailey. „Ich habe keine Ahnung, wie Karate funktioniert!" Sie wandte den Blick wieder der Straße zu, sah, dass die Ampel auf Grün umgesprungen war, und trat aufs Gas. „O Gott, das ist alles zu viel."

„Okay, okay. Wir fangen langsam an. Wie wäre es mit einem Selbstverteidigungskurs mit dem Buchclub? Wir könnten das mit ein paar Matten in der Turnhalle der Highschool machen. Ich zeige euch die Grundlagen. Alles ganz simpel."

„Du meinst mit allen?", Haileys Miene hellte sich auf. „Als Singlemixer? Sollten wir ein paar Singlemänner dazu einladen?"

„Wenn sie Lust haben, den Boden zu küssen, dann ja."

„Oh. Vielleicht bleiben wir dann doch lieber unter uns."

„Lass mich sehen, ob ich einen Typen aus dem Dojo überreden kann, Polster anzulegen und einen Helm aufzusetzen, damit wir an ihm üben können. Je größer, desto besser. Abgesehen davon sind nur Mädels gut."

Hailey begann sofort, Pläne zu schmieden, und Mad musste lächeln. Das war schon wieder eher die Hailey, die sie kannte. „Ich schalte eine Anzeige, damit noch mehr Singlefrauen kommen. Vielleicht können wir sie nach dem Kurs zu unserem Buchclub einladen."

„Sicher."

„Das könnte gut werden", sagte Hailey, und die Begeisterung in ihrer Stimme wuchs.

„Das wird es. Ich mache schon noch einen Kämpfer aus dir."

Hailey nickte. „Okay, ja." Sie biss sich auf die Unterlippe.

Ein paar Minuten später bog Hailey auf den Parkplatz hinter Ludbury House ein und stellte den Wagen ab.

„Soll ich die Polizei anrufen, damit sie mit uns reingehen?", fragte Mad, nicht, dass sie sich wegen des Einbruchs Sorgen gemacht hätte. Sie hatte mehrere erlebt, als sie in ihrem heruntergekommenen Apartment in Manhattan gewohnt hatte. Normalerweise war sie zurückgekommen, wenn die Einbrecher schon weg gewesen waren, und hatte die Polizei angerufen, um den Einbruch zu melden. Ein paarmal aber war noch jemand in der Wohnung gewesen, auf der Suche nach etwas Wertvollem, doch sie hatte nichts, was von Wert war. Nur einen Fernseher. In diesem Fall war sie immer schnell wieder abgehauen. Als Tochter eines Polizisten hatte sie jedoch immer brav Meldung gemacht. Man konnte nie wissen, ob es eine Serie war, von der mehr Leute in der Nachbarschaft betroffen waren. Doch die Typen kamen nie ein zweites Mal. Sie kamen schließlich nicht ihretwegen, und sie bezweifelte, dass ein Einbruch an Heiligabend in einem leeren Herrenhaus auf Hailey abgezielt war.

Hailey starrte geradeaus, die Fingerknöchel wieder weiß am Lenkrad. „Nein, die brauchen wir nicht. Sie haben heute Morgen für mich nachgesehen, und niemand war da. Ich … ich hab einfach nur ein bisschen Angst."

Mad zog Haileys Hände vom Lenkrad und drückte sie. „Sprich mir nach. Badass Babe. Badass Babe." Manchmal musste man zu einer Person durchdringen, wo sie gerade war. Sie hätte sich nie selbst als Babe bezeichnet. Sie war stark, kraftvoll, willensstark, und sie hatte sich das durch hartes Training erarbeitet. Irgendwann würde sie Hailey auch dazu bringen, so über sich zu denken. Es war die einzige Art zu leben.

Hailey lachte. „Okay, lass uns gehen."

Sie ging die Stufen zur Veranda hinter dem Haus hinauf. Die Polizei hatte die eingeschlagene Scheibe mit Folie und Klebeband abgeklebt, damit das Haus nicht auskühlte. Hailey schloss die Tür auf und betrat eine große Küche mit glänzenden Edelstahl-Einbaugeräten und einer Edelstahl-Kücheninsel in der Mitte.

Hailey ergriff Mads Arm. „Bleib bei mir", flüsterte sie.

„Jupp."

Hailey schluckte hörbar.

Mad schaltete das Licht ein. Langsam kamen sie von der Küche im Erdgeschoss des Herrenhauses zur Speisekammer und den Einbauschränken. Überall, wo sie hingingen, schaltete Mad sofort das Licht ein, doch jedes Mal sah Hailey sich hektisch nach Einbrechern um. Sie hätte darüber gelacht, wenn sie nicht gespürt hätte, wie viel Angst Hailey wirklich hatte. Vom Foyer beim Haupteingang gingen sie als nächstes in den Salon.

Hailey blieb vor dem Kamin stehen. „Die Kerzenleuchter sind weg!", flüsterte sie laut. „Sie waren aus Silber und haben zur Originalausstattung des Hauses gehört." Ludbury House war über hundert Jahre alt.

Mad antwortete in normaler Lautstärke. „Vielleicht solltest du aufschreiben, was fehlt. Hast du irgendwo Fotos von den Dingern?"

Hailey starrte die Stelle an, wo sie gestanden hatten, bevor sie sich wieder zu Mad umdrehte. „Wahrscheinlich auf den Bildern von den kleineren Trauungen, die hier drin stattgefunden haben. Die größeren sind im vorderen Foyer mit der Prunktreppe oder draußen. Ich muss welche in meinem Büro haben."

Hailey verließ selbstbewusst den Raum und ging durch das Foyer zu ihrem Büro auf der anderen Seite. Mad folgte ihr, während Hailey auf dem Block aus ihrer Handtasche eine Notiz machte.

„Dein Laptop und der Drucker sind noch da", bemerkte Mad.

Hailey blieb stehen und starrte ihren Schreibtisch an.

„Das ist gut. Aber würden sie nicht mehr Geld machen, wenn sie meine Geräte verkauften als ein paar antike Kerzenleuchter?“

„Vielleicht sind sie nicht bis in dein Büro gekommen, bevor sie fliehen mussten. Niemand hat jemals behauptet, Kriminelle wären smart.“

Hailey biss sich auf die Lippe, und ihren blassblauen Augen war die Sorge wieder anzusehen.

„Wir müssen oben nachsehen.“ Als Hailey sich nicht rührte, ging Mad voraus. „Okay, ich gehe.“

„Nein, warte. Ich komme mit.“

Sie gingen über die Prunktreppe hinauf in die ehemaligen Schlafzimmer, die jetzt Umkleiden für die Hochzeitsgesellschaft waren. Ein paar Räume standen leer. Nichts schien zu fehlen. Mad schaltete wieder das Licht aus, und sie kehrten nach unten zurück.

Im Foyer runzelte Hailey die Stirn. „Alles, was sie mitgenommen haben, sind die Kerzenleuchter. Ich finde das besorgniserregender als wenn sie das ganze Haus auf den Kopf gestellt hätten.“ Sie erschauderte und rieb sich die Oberarme. „Das ist seltsam. Findest du das nicht seltsam?“

„Vielleicht war es ein Obdachloser, der ein trockenes Plätzchen zum Übernachten gesucht hat. Und die Kerzenleuchter hat derjenige vielleicht mitgenommen, um schnell ein bisschen Geld für die nächste Mahlzeit zu machen.“

„Eine Mahlzeit“, nickte Hailey. „Lass uns den Kühlschrank kontrollieren.“

Sie gingen zurück in die Küche, wo Hailey den Kühlschrank öffnete. Sechs Joghurts, Ketchup, Mayonnaise, Senf und diverse Salatsaucen standen in den Glasregalen. Hailey stand da und starrte nur in den Kühlschrank.

„Und?“, fragte Mad. „Fehlt irgendwas?“

Hailey schloss die Tür und drehte sich um. „Derjenige hat meinen Salat und ein gegrilltes Hühnchen gegessen. Ich wollte es Morgen rauswerfen, bevor die Müllabfuhr nach den Feiertagen wieder kommt. Ich wollte es nicht draußen in der Tonne lassen, damit die Waschbären sie nicht umwerfen und eine Sauerei veranstalten." Sie rang sich die Hände. „Oh, das ist so traurig. Wir sollten demjenigen helfen."

„Wir sollten denjenigen *melden*."

„Mad!"

„Nein", sagte Mad streng. „Du musst es melden. Was, wenn er oder sie noch mal hier auftaucht? Was, wenn der Einbrecher psychisch labil ist und sich durch deine Anwesenheit bedroht fühlt? Wir wissen nicht, mit wem du es zu tun hast. Wir müssen alles genau zu Protokoll geben und dafür sorgen, dass es nicht noch einmal passiert."

Hailey biss sich auf die Lippe. „Hast ja recht."

„Und dann haben wir eine Woche, um dich in Badass Babe zu verwandeln."

„Eine Woche!"

Mad nickte. „Nach Neujahr fängst du wieder an zu arbeiten, oder? Bis dahin ist es nicht mehr ganz eine Woche."

„Ich kann unmöglich so schnell lernen, mich selbst zu verteidigen."

Mad fuhr sich mit den Fingern durchs Haar und schüttelte den Kopf. „Ich habe in einer Woche gelernt, hübsch zu sein, oder?"

Hailey sah nicht überzeugt aus, doch als Mad die Augen zusammenkniff, beeilte sich Hailey zuzustimmen. „Absolut!", rief sie, wenn auch nicht sonderlich enthusiastisch.

Mad stemmte ihre Hände in die Hüften, zufrieden, dass das geklärt war. „Also gut dann. Du sagst den Mädels vom Buchclub Bescheid und wer sonst noch an Selbstverteidigung interessiert sein könnte, und ich reserviere die Turnhalle. Ich denke, Donnerstagnachmittag wäre gut, da fast alle von uns diese Woche frei haben. Samstagmorgen ginge auch. Und am Sonntag feiern wir ins neue Jahr. Klingt gut?"

Hailey fuhr mit der Spitze ihres Samtstiefels den Umriss einer Fliese nach. „Glaubst du, du kriegst die Turnhalle so kurzfristig reserviert?"

„Ich habe da meine Kontakte. Wir können Chief O'Hare fragen, wenn wir deinen Bericht abgeben. Er hat die Schlüssel zur Highschool. Vielleicht hat er ja sogar Lust, den Kurs zu unterrichten."

Hailey kaute auf ihrem Fingernagel herum. Das war beunruhigend, denn Mad wusste, dass Hailey sich immer große Mühe gab, ihren Nagellack nicht zu ruinieren.

„Babe Power!", sagte Mad und hob die Hand zum High Five.

Nur zögernd ließ Hailey von ihrem Fingernagel ab. „Babe Power", sagte sie deutlich weniger energisch, und ihr High Five glich einem toten Fisch.

Mad ergriff Haileys Hand, um mit mehr Schwung einzuschlagen.

„Au!", protestierte Hailey.

Mad seufzte. „Daran müssen wir auch arbeiten."

KAPITEL DREIZEHN

Parker fuhr am Freitag mit Ty zurück, nachdem sie ein paar Extratage in Claires Hütte verbracht hatten in der Hoffnung, dass ein wenig Abstand von Mad ihm dabei helfen würde, sich abzukühlen. Er wünschte sich, er hätte schon Zeit gehabt, sich ein Auto zu kaufen, denn mit Ty zu fahren, trieb ihn in den Wahnsinn. Parker konnte eine Menge verkraften, bevor er wütend wurde, doch Ty hatte ihn fast soweit gebracht.

„Ich sage nur, dass du mit Mad keine Spielchen zu spielen hast", sagte Ty zum fünften Mal, seit sie Maine verlassen hatten. Parker zählte mit.

„Niemand spielt Spielchen mit Mad", sagte Parker angespannt. „Sie kann gut auf sich selbst aufpassen."

„Wenn dir unsere Freundschaft …" Ty hielt inne. „Wenn dir unsere Familie irgendetwas bedeutet –"

„Sie bedeutet mir alles!" Parker schlug mit der Hand auf das Armaturenbrett des Mietwagens. „Warum muss ich immer noch beweisen, dass ich würdig bin? Als könntet ihr es euch jeden Moment anders überlegen und mich rausschmeißen!"

Ty ignorierte diese Bemerkung. „Ich weiß, dass du immer viel für sie übrig gehabt hast, und darum habe ich dir damals schon gesagt und wiederhole es jetzt auch, dass sie tabu ist." Das erste Mal, als Mad als Teenager im Schwimmbad Parkers Aufmerksamkeit auf sich gezogen hatte, hatte Ty eine überaus glaubhafte Drohung ausgestoßen, die Parkers stiller Bewunderung ein schnelles Ende gesetzt hatte. Dann hatte Ty eine Vereinbarung nachgelegt, von der Parker geglaubt hatte, dass er keine andere Wahl gehabt hatte, als sie zu akzeptieren.

„Nicht sie", hatte Ty gesagt. „Sie ist nicht eine, mit der du rummachen und die du danach abservieren kannst. Du willst deinen Platz in unserer Familie behalten, dann behandle sie wie Familie, und *das war's*. Deal?"

Die Campbells hatten Parker viel zu viel bedeutet, als dass er riskiert hätte, seinen Platz in der Familie zu verlieren. „Deal", hatte er gesagt und es mit einem brüderlichen Handschlag besiegelt. Eine überwältigende Erleichterung war durch ihn hindurch geschossen, als er sich sicher war, dass sein Platz in der Campbell-Familie nicht länger auf tönernen Füßen stand.

Jetzt spielte Ty wieder dasselbe Spiel und erinnerte ihn daran, warum Mad tabu war. Sie ist nicht irgendein Mädchen, mit dem du rummachen und das du danach abservieren kannst."

„Was, wenn ich sie nicht abservieren will?", fragte Parker. Er hatte das Gefühl, angeklagt und vor Gericht gestellt zu werden, bevor er überhaupt eine Chance bekommen hatte. Er wusste, dass er aus einer beschissenen Familie kam – seine Mom ein Junkie, sein Dad ein Alkoholiker, seine kleine Schwester tot – doch er war erwachsen geworden. Den Tod seiner kleinen Schwester hatte man als ‚plötzlichen Kindstod' bezeichnet, doch er vermutete, dass Vernachlässigung daran schuld war. Darum war er als Kind wütend gewesen und hatte lange seine Fäuste eingesetzt, doch er hatte hart daran gearbeitet, das unter Kontrolle zu bekommen. Bald würde er einen guten

Job haben. War er wirklich ein so furchtbarer Mensch? Zu ordinär, um mit der angebeteten kleinen Campbell-Schwester zusammen zu sein?

„Willst du sie heiraten?", fragte Ty.

Er presste seine Lippen zusammen. Er wusste, dass er kein Heiratsmaterial war.

„Dachte ich mir", sagte Ty, als wäre er Parkers üblem Vorhaben auf die Schliche gekommen. Ganz egal, wer wen verführt hatte. Parker hätte es sonst niemals getan, ganz gleich, wie groß die Versuchung war. Mad hatte Besseres verdient als ihn, das hatte er immer gewusst, und Ty wusste es auch.

Ty konnte nicht aufhören. „Wenn du nicht vorhast, sie zu heiraten, wenn du es nicht ernst meinst, dann lass die Hände von ihr. Ich werde nicht dabeistehen und zusehen, wie du dich aus dem Staub machst und ihr noch mal das Herz brichst."

Parker sah ihn irritiert an. „Was? Was meinst du mit noch mal?"

„Sie war am Boden zerstört, als du zur Air Force gegangen bist."

Das traf ihn wie ein Schlag. „Du hast gesagt, dass es hart für sie war, doch alle sind weggegangen. Sie ist die Jüngste. Es war unvermeidlich."

„Nein, bei dir war es anders. Sie hat Jahre gebraucht … Gott, sie würde mich umbringen, wenn sie wüsste, dass ich darüber rede. Vergiss, was ich gesagt habe. Heirate sie, oder beende die Sache. So einfach ist das."

„Du weißt, dass ich nicht zum Familienmenschen geschaffen bin."

„Doch sie hat so jemanden verdient, und wenn sie dir irgendwas bedeutet, dann vergiss sie. Es gibt genug Weiber da draußen, die du abschleppen kannst."

Parker blickte stur geradeaus. Er war wütend, doch er

wusste, dass Ty recht hatte. Er meinte es nicht ernst mit ihr. Er meinte es mit niemandem ernst und bezweifelte, dass sich je etwas daran ändern würde. Er redete sich ein, dass es besser so war. Er würde sich so schnell wie möglich eine Wohnung suchen, damit er nicht dauernd der Versuchung ausgesetzt war, während er mit ihr unter einem Dach lebte.

Ty knuffte ihm gegen den Arm. „Bin froh, dass wir uns verstehen."

Parker sagte nichts.

„Du weißt schon, dass ich dir gegenüber viel Verständnis aufbringe, oder? Ich wollte dir wirklich in den Arsch treten, als du –"

„Ich hab's schon begriffen", zischte Parker, frustriert, dass Ty immer wieder auf demselben Thema herumritt. „Du bist der große Bruder." Und sie war eine erwachsene Frau, die wusste, was sie wollte. Er würde nie vergessen, dass sie sich ihr erstes Mal mit ihm gewünscht hatte. Es bedeutete ihm viel, dass sie ihn dafür ausgesucht hatte, auch wenn es nicht dazu gekommen war.

„Du hast auch immer auf sie aufgepasst." Ty rieb sich mit der Hand übers Gesicht. „Ah, zum Teufel. Ich will nicht daran denken. Themenwechsel. Warum kommst du nach Neujahr nicht mit mir nach Kalifornien? Ich stell dich ein paar Leuten vor. Ich bin mir sicher, dass ich dir 'nen Job besorgen kann."

„Ich lasse es dich wissen", sagte Parker, um das Friedensangebot anzunehmen. „Ich will mich bei ein paar Firmen bewerben. Ich würde gerne weiter mit Flugzeugen arbeiten, das einsetzen, was ich kann."

„Wenn du weiter mit Flugzeugen arbeiten willst, warum hast du dann die Air Force verlassen?"

Er war es leid gewesen, in die Wüste verschifft zu werden, leid, in Kriegsgebieten zu leben, leid, von zu Hause weg zu sein. Besonders, nachdem Mads SMS und Emails über die Jahre immer weniger geworden waren. Er hatte Verständnis dafür gehabt, da sie Arbeit und Studium jonglieren musste, doch ihm war nicht bewusst gewesen, wie wichtig dieser Draht nach Hause gewesen war, bis er verschwunden war.

„Es war Zeit für eine Veränderung", sagte Parker. „Ich wollte zurück nach Hause."

„War es hart da drüben? Ich weiß nicht einmal, wo du überall gewesen bist."

Parker erzählte ihm, was er konnte – von den frühen Morgen, den langen Nächten, von all den einjährigen Einsätzen an geheimen Orten, für die er sich freiwillig gemeldet hatte, weil es Gefahrenzulagen gegeben hatte. Es war nicht nur der Feind gewesen, den sie hatten fürchten müssen, sondern auch Eigenbeschuss durch junge Rekruten, die ein wenig Dampf ablassen wollten, während sie auf ihren Einsatz warteten. Er war stolz auf seinen Beitrag zum Schutz seines Landes. Sein Hauptziel war es immer, der Mann zu werden, zu dem Joe Campbell ihn erzogen hatte. Ein hoch gestecktes Ziel, eines, von dem er fürchtete, es mit all seinem Ballast nicht erreichen zu können.

Ty erzählte ihm von seinem Job als Stuntman in L.A., der ihn manchmal auch nach New York City oder Vancouver führte. Aufregendes Zeug, doch Parker ertappte sich dabei, wie seine Gedanken abschweiften und Bilder von Mad aus ihrer gemeinsamen Nacht in seinem Kopf zu kreisen begannen. Das Tattoo. Er konnte immer noch nicht fassen, dass sie sich eines hatte stechen lassen, das perfekt zu seinem passte, und dann auch noch direkt über ihrem Herzen. Als wollte sie immer an ihn erinnert werden. Wusste sie nicht, dass das keine gute Idee war?

Als sie wieder in Eastman ankamen, hatte sich Parker erfolgreich eingeredet, dass er nicht der richtige Mann für

Mad war. Er würde es ihr erklären und hoffentlich würde sie es verstehen. Vielleicht würde sie wütend werden, doch irgendwann würde sie sich schon wieder beruhigen. Dann konnten sie wieder Freunde sein.

Ty setzte ihn mit einer letzten Warnung ab. „Vergiss nicht, was ich gesagt habe.“

Er schluckte die bissige Bemerkung hinunter, die ihm auf der Zunge lag: *Wie sollte ich auch, wenn du es immer wieder wiederholst?* Er nickte nur kurz, stieg aus und ging ins Haus. Zumindest wohnte Ty in einem Hotel in der Stadt und würde ihm so nicht andauernd Mads wegen auf die Nerven gehen.

Sie erschien oben an der Treppe und lächelte ihn strahlend an. Sein Herz pochte laut in seinen Ohren, die Nachricht hart und beharrlich. *Gefahr! Gefahr! Gefahr!*

„Du bist wieder da“, sagte sie und ging die Treppe hinunter auf ihn zu.

Er blieb wie angewurzelt stehen, die Hände in seine Hüften gestemmt. Sie hatte weit geschnittene Kleider an – ein T-Shirt und Cargoshorts – und hätte nicht im geringsten verführerisch wirken sollen, doch sein Körper schaltete auf Alarmstufe Rot, da er jedes köstliche Detail der verhüllten Perfektion kannte.

„Hey, Mini“, sagte er, um sich und auch sie daran zu erinnern, was sie immer für ihn gewesen war. Die kleine Maus, auf die er aufpassen musste.

„Hey Großer“, sagte sie eindeutig zweideutig und senkte demonstrativ den Blick auf seinen Hosenstall, während sie weiter auf ihn zukam. In ihrer gemeinsamen Nacht *hatte* sie bemerkt, dass er gut ausgestattet war. Sein Schwanz regte sich in Anerkennung des Kompliments.

Nein. Das sollte ihm nicht gefallen. Er zog seine Lederjacke aus und hielt sie locker vor sich.

Sie grinste. Ja, sie hatte es bemerkt. „Hattest du eine

schöne Zeit mit den Jungs?" Auf ihrem schwarzen T-Shirt stand *Versuchs doch*, und es war verdammt schwer, es nicht als Einladung zu betrachten.

„War ganz okay."

Sie blieb direkt vor ihm stehen. Aus der Nähe glänzte sie regelrecht. Ihre Haare lagen in sanften Wellen, und ihre braunen Rehaugen waren so geschminkt, dass sie noch größer wirkten, als sie ohnehin schon waren. Ihre Wangen und Lippen waren so rosig, als hätte sie gerade einen Orgasmus gehabt. Er verscheuchte den Gedanken und blickte nach oben, weg von ihr.

„Ist dein Dad zu Hause?", fragte er. Es war sieben Uhr am Abend. Er war sich nicht sicher, ob er zwischen Weihnachten und Neujahr arbeiten musste.

„Ist vor 'ner Stunde arbeiten gegangen", sagte sie, nahm seine Jacke und warf sie aufs Sofa. Sie wandte sich ihm wieder zu und kam nah genug, dass er die Hitze ihres sexy kleinen Körpers spüren konnte. Ihr T-Shirt hatte einen kleinen V-Ausschnitt, den sie in den Kragen gerissen hatte und der einen Teil des Tattoos entblößte, das genauso gut sein Name hätte sein können. Seine Finger prickelten, sehnten sich danach, die Umrisse des Falken über ihrem Herzen nachzufahren. Mit großer Mühe riss er seinen Blick von ihrem Tattoo los und zwang ihn hinauf zu ihrem Schlüsselbein, über ihren schlanken Hals zu ihrem spitzen Kinn.

„Wollen wir reden oder es einfach tun?", fragte sie.

Er starrte ihr in die Augen. „Ich weiß nicht, was du meinst."

Sie schlang ihre Arme um seinen Hals und presste ihren zierlichen, trainierten Körper an ihn. „Wir haben miteinander geschlafen."

Mit einem leisen Stöhnen machte er sich los. Natürlich hätte er damit rechnen sollen, dass sie es aussprach. „Das darf nicht noch einmal passieren."

Ihre Augen blitzten auf. „Warum nicht? Wir sind zwei willige Erwachsene und haben das Haus für uns allein."

„Ty –"

„Fuck Ty." Sie hob ihr Kinn und positionierte kampflustig ihre Füße schulterbreit auseinander. Doch das war ein Kampf, den *er* nicht gewinnen konnte. Ob er mit ihr schlief oder sie abwies, es würde für ihn und die Campbell-Familie im Chaos enden.

Er holte tief Luft. „Okay, *ich* möchte nichts kaputtmachen. Ich bin nicht … ich habe keine Beziehungen. Mad, du weißt …" Seine Stimme versagte.

„Was weiß ich?", blaffte sie.

Er räusperte sich. „Du bist immer etwas Besonderes für mich gewesen."

Ihre Miene wurde weicher, und sie trat einen Schritt auf ihn zu. Er wich einen Schritt zurück.

„Das ist ein Anfang", sagte sie.

„Ich will dir nicht wehtun."

„Das wirst du nicht. Ich werde es nicht zulassen."

Er warf einen Blick in Richtung Tür. „Ich glaube, es ist besser, ich ziehe in ein Hotel oder sowas."

Sie schnaubte. „Das Haus hat drei Schlafzimmer. Hier gibt's genug Platz für uns beide. Es ist nicht so, dass ich mich nicht unter Kontrolle hätte." Sie begegnete seinem Blick und runzelte die Stirn.

Er wollte alles wieder ins Lot bringen. Er wollte nicht streiten oder sie wütend machen. Er wollte wieder Zeit mit ihr verbringen. Genau wie damals. Er hatte sie viel zu lange vermisst.

„Können wir da weitermachen, wo wir aufgehört haben, als ich weggegangen bin?", fragte er. „So tun, als wäre es nie passiert?"

Sie starrte ihn an, als hätte er den Verstand verloren.

„Ist das dein Ernst?"

Er zog sie in eine Umarmung. „Tut mir leid. Es war dumm von mir, das zu sagen. Ich versuche nur, es leichter zu machen."

Sie schlang ihre Arme um seine Taille und schmiegte ihren Kopf an seine Brust.

Das Mindeste, was er tun konnte, war, sie zu trösten. Er streichelte ihre weichen Haare, froh, dass sie nicht zu wütend war. Hoffentlich würde alles bald wieder normal sein.

Schließlich hob sie den Kopf, und sein Herz zog sich zusammen, als er den Schmerz in ihren Augen sah. Sie ging auf die Zehenspitzen, das Gesicht zu ihm erhoben. Er erstarrte. Ihre Lippen streiften seine, und die zarte Berührung lullte ihn ein, doch er zögerte immer noch. Sein Körper sagte ‚auf geht's', sein Verstand schrie ‚Stopp!'

Sie tat es erneut und streifte seine Lippen mit einer weiteren, sanft-fordernden Berührung.

„Mad." Mehr brachte er nicht heraus. Nur Mad. Sein Verstand verweigerte ihm den Dienst.

Ihre Blicke begegneten sich einen langen, knisternden Augenblick lang.

„Parker", flüsterte sie.

Er zog sie an sich und erwiderte leidenschaftlich ihren Kuss. Die Anziehung war einfach zu stark, um sie zu leugnen. Sein Verstand war benebelt. Da war nichts außer ihrem weichen Mund, der Hitze und dem unleugbaren Drang, sie noch fester zu halten. Er verlor sich in ihrem Kuss. Seine Hände wanderten unter ihr Shirt – er musste ihre Haut spüren. Doch das reichte nicht. Er schob sie an die Wand und presste seinen Körper an sie, seinen Mund fordernd auf ihren. Ihre Hände waren überall. Roter Nebel der Lust. Intensiv. Überwältigend. Dann knöpfte sie seine Jeans auf. O Gott. Er hatte ihr zehn Minuten widerstanden.

Was tat er hier?

Er ergriff ihr Handgelenk. Sie unterbrach den Kuss, wand sich aus seinem Griff und begegnete schwer atmend seinem Blick. Beide keuchten. Fuck. Vielleicht sollte er wirklich in ein Hotel ziehen.

Er hob die Hand. „Ich denke –"

„Denk nicht."

Er fuhr sich mit der Hand durchs Haar. „Ich gehe nach oben. Hab ein paar Sachen zu erledigen." Wie zum Beispiel sich um seinen Ständer zu kümmern.

„Wie du willst", sagte sie in einem überraschend friedlichen Ton.

Als er zur Treppe ging, folgte sie ihm. Er blieb stehen. „Nur ich", sagte er. „Mad, bitte."

„Ich habe mir große Mühe gegeben, heute hübsch für dich auszusehen", knurrte sie durch die Zähne. „Hailey hat mir die Haare gemacht."

„Du siehst hübsch aus", sagte er, ein wenig überrascht, dass sie sich mit ihren Haaren befasste. Das war untypisch für sie. „Deine Haare sind schön." Er lächelte, denn es *war* schön, dass sie sich die Mühe für ihn gemacht hatte. Auch wenn es nichts war, worauf er eingehen konnte.

Sie stemmte die Hände in die Hüfte, ein Zeichen, dass sie wütend war. „Und Charlotte hat mich geschminkt, doch auch das ist nicht gut genug für dich. Ich werde nie eines dieser zarten *Mädchen* sein, die du magst. Du kannst es ruhig sagen. Ich bin nicht dein Typ."

Als er sie einen Moment lang ernst ansah, wurde ihm bewusst, dass das der leichteste Weg war, diese überwältigende Sache zwischen ihnen zu beenden, und er nutzte die Gelegenheit. „Du hast recht. Du bist nicht mein Typ."

Sie atmete scharf ein und stolperte zurück.

Sofort machte er einen Schritt vor und griff nach ihr,

doch sie zuckte weg. Er wollte es zurücknehmen, ihre zarten Gefühle schonen. „Mad. Auszeit. Warte –"

„Fick dich, Parker Shaw." Ihre Stimme war gefährlich ruhig, was es irgendwie nur schlimmer machte. „Du hast mich nicht verdient."

Er presste die Lippen aufeinander. Das konnte er nicht leugnen. „Du hast recht."

Sie drehte sich um, ging zur Haustür, und als sie sie öffnete, wehte die eisige Kälte der Dezembernacht herein.

Er konnte nicht anders. „Nimm eine Jacke. Es ist kalt."

Sie zuckte mit den Schultern, holte tief Luft und ging.

Er rieb sich mit der Hand über das Gesicht. Er versuchte sich einzureden, dass es so am besten war. Er hatte das Richtige getan. Nur, dass sich alles daran falsch anfühlte. Er konnte sich nicht entspannen und ertappte sich dabei, wie er stundenlang auf dem Sofa vor dem Fernseher saß und auf die Haustür lauschte. Gegen Mitternacht hörte er sie. Als er sie in einem Stück und gesund sah, entspannte er endlich. Er wusste, dass das keinen Sinn ergab. Sie war jahrelang allein gewesen, weit weg von ihm, doch jetzt, da er zu Hause war, hatte er das Gefühl, wieder an sie gebunden zu sein, und musste sich versichern, dass sie okay war.

Er stand auf und ging zu ihr, wollte sich mit ihr versöhnen. Er hatte es nicht so gemeint, als er gesagt hatte, dass sie nicht sein Typ war. Im Gegenteil. „Wegen vorhin, weißt du ... also, ich hoffe, du weißt ..." Er verstummte, als sie ihn mit einem Blick durchbohrte.

„Ich bin froh, dass du zu Hause bist", sagte er, doch sie ging schon die Stufen hinauf.

Er hatte sie nicht verletzen wollen.

„Mad!", rief er. „Ich wollte nicht ..." Er stand einen Moment lang da und wollte ihr schon nach oben folgen, doch dann hörte er die Dusche. Bilder einer nackten Mad in der Dusche blitzten in seinem Kopf auf. Das letzte Mal in Maine, als er mit ihr duschen gegangen war. Sie war aggressiv gewesen und hatte ihn gedrängt und gedrängt, bis er seine eigene natürliche Aggression nicht mehr hatte zurückhalten können. Er hatte sie zu grob genommen, nur von den dunklen Begierden seines eigenen Körpers getrieben, und konnte sich nur vage an die Geräusche erinnern, die sie dabei ausgestoßen hatte. Er hatte nicht einmal gewusst, ob er ihr dabei wehgetan hatte, bis er fertig gewesen war und ihre heisere Stimme durch den Nebel in seinen Verstand gedrungen war.

Er ließ sich wieder aufs Sofa fallen und stellte den Fernseher lauter, um zu versuchen, das Plätschern der Dusche zu übertönen. Es war seine eigene Schuld. Er hätte nie seinen niederen Instinkten nachgeben dürfen. Er musste zuerst denken, dann handeln.

Ja, das war das Problem. Er hatte nicht innegehalten, um die Sache bis zu Ende durchzudenken. Diesen Fehler würde er nicht noch einmal machen.

KAPITEL VIERZEHN

Am nächsten Morgen setzte sich Parker mit einer Tasse Kaffee in die Küche. Ein paar Minuten später kam sein Dad von seiner Nachtschicht als Wachmann zurück.

„Morgen", sagte sein Dad und nahm einen Apfel aus der Obstschale.

„Morgen."

„Na, gewöhnst du dich langsam daran, wieder Zivilist zu sein?"

„Fühlt sich ein bisschen komisch an, keinen fixen Zeitplan zu haben …" Er verstummte, als Mad hereinkam. Sie sah angepisst aus. Ihr Augen-Make-up war verschwunden, ihre Haare waren zerzaust und standen in alle Richtungen. Sie trug ein Unterhemd, das viel zu groß für sie war, und eine weite Jogginghose. Er versuchte, nicht zu sehr darüber nachzudenken, warum er das ansprechend fand. Es war wahrscheinlich der Flügel ihres Falkentattoos, der unter dem Unterhemd hervorlugte, der seine Aufmerksamkeit anzog.

„Hi", sagte sie und goss sich einen Humpen Kaffee ein.

„Morgen, Sonnenschein", sagte ihr Dad. „Was ist dir denn über die Leber gelaufen?"

Sie warf eine Scheibe Toastbrot in den Toaster und schaltete ihn ein. „Nichts."

Parker wandte schnell den Blick ab.

Sein Vater setzte sich zu ihm an den Tisch, rieb den Apfel an seinem Hemd und biss hinein. Ein paar Minuten später setzte sich auch Mad zu ihnen und aß ihren Toast. Sie warf Parker einen finsteren Blick über den Tisch zu, und er starrte in seinen Kaffee.

„Gibt es da ein Problem, von dem ich wissen sollte?", fragte sein Dad und blickte zwischen Mad und Parker hin und her.

„Ich habe kein Problem", sagte Mad und starrte in Parkers Richtung.

„Ich auch nicht", sagte Parker und sah den alten Mann an.

Sein Dad blickte zwischen beiden hin und her. „Na dann."

Eine unbehagliche Stille breitete sich aus.

Nachdem er seinen Apfel aufgegessen hatte, stand sein Dad auf. „Also, meine Lieben, das mag jetzt zwar schwer zu fassen sein, aber ich habe ein Date für Silvester."

„Mit wem?", fragte Mad. „Wo hast du sie kennengelernt?" Parker fragte sich dasselbe. Sein Dad war schon seit Jahren nicht mehr auf einem Date gewesen.

„Lasst mich einfach sehen, wie es läuft", sagte er. „Ich fahre heute Abend nach Boston und komme am zweiten Januar zurück. Tut mir einen Gefallen und brennt das Haus nicht ab, während ich weg bin, ja?"

Parker musterte ihn. Er fand es überaus seltsam, dass sein Dad überhaupt ein Date hatte, von einem kompletten Wochenende ganz zu schweigen. Hatte er den Verdacht, dass etwas zwischen Parker und Mad lief? War das seine Art, ihnen die Gelegenheit zu geben, Zeit allein zu verbringen?

Sein Dad lächelte, doch seine Miene war undurchdringlich. „Ich geh mich duschen und dann schlafen.“

Parker wartete, bis er den Raum verlassen hatte, bevor er Mad wieder ansah.

Sie lächelte. Es war ein Lächeln der gefährlichen Sorte, das Gefahr schrie. „Hast du Zeit, in einer Stunde mit mir zu meinem Selbstverteidigungskurs zu kommen?“

„Damit du mich verdreschen kannst? Nein danke.“

„Damit die anderen Frauen an dir üben können. Wir brauchen jemand Großen.“

Er lehnte sich zurück. „Dann such dir einen anderen großen Typen.“

„Aber du bist perfekt für den Job.“

Er antwortete nicht. Er wusste, dass sie wütend war und sie nichts mehr freuen würde, als eine Ausrede zu haben, ihre Wut an ihm auszulassen.

„Wie du willst“, sagte sie. „Dann sag ich den Mädels eben, dass du Angst hast.“

„Jupp.“

Sie runzelte die Stirn, wahrscheinlich, weil es ihr nicht gelang, ihn zu provozieren, und ging nach oben. Er blieb unten und setzte sich an den Laptop seines Dads, um an seinem Lebenslauf zu arbeiten und auf Job-Webseiten nach interessanten Stellenangeboten zu suchen. Irgendwann hörte er, wie sie die Haustür ohne Abschiedsworte öffnete und wieder schloss. Sie würde sich schon wieder einkriegen. Bald würde alles wieder normal sein.

Mad blieb den ganzen Tag weg. Bald wurde es Abend, und sein Dad machte sich auf, seine Freundin in Boston für ein langes Wochenende zu besuchen. Es war Parker nicht gelungen, mehr aus ihm herauszubekommen. Sehr seltsam.

Er wusste nicht, wo Mad hingegangen war oder mit wem sie unterwegs war. Darum entspannte er sich erst wieder, als sie endlich spät am Abend nach Hause kam. Er saß im Wohnzimmer und sah fern, als sie ihm nur einen finsteren Blick zuwarf und nach oben ging. Er war nicht ihretwegen aufgeblieben. Er konnte nun einmal nichts dafür, dass der einzige Fernseher im Haus im Wohnzimmer gegenüber der Haustür stand.

Der nächste Tag, Silvester, war ein langer Tag. Mad ging direkt nach dem Frühstück zu ihren Freundinnen. Er verpasste seinem Lebenslauf den letzten Schliff und e-mailte ihn an Josh, der ein gutes Auge für Details hatte. Danach schickte er ihn an ein paar Firmen.

Der Tag zog sich.

Wie Gummi.

Waren die Uhren kaputt? Er hatte das Gefühl, dass es viel später sein müsste, als es war. Er kontrollierte alle Uhren im Haus, doch sie waren alle mehr oder weniger synchron.

Als er fertig war, blieb ihm nur der Fernseher als Gesellschaft. Er versuchte, nicht bei jedem Geräusch aufzuschrecken, das die Haustür hätte sein können. Er lag nur auf dem Sofa im Wohnzimmer, um fernzusehen, weil es bequem war. Er wartete nicht darauf, dass sie nach Hause zurückkam.

Schließlich kehrte sie zurück und sah wieder weicher aus. Ihre Haare sanft gewellt, ihr Make-up, als hätte sie gerade einen Orgasmus gehabt … Schluss damit! Ihre Kleider waren eng, ihr Tattoo spitzte unter einem fusseligen blauen V-Ausschnitt-Pullover hervor. Langsam begann er zu vermuten, dass sie ganz bewusst ihr Tattoo zeigte, da sie wusste, wie sehr es ihn berührte.

Er drehte den Fernseher leiser und überlegte, welches Kompliment er ihr machen könnte, ohne die Freundesgrenze zu überschreiten. „Siehst hübsch aus, Mini.“

Sie hob ihr Kinn. „Das ist nicht für dich, falls du das denkst. Ich gehe heute Abend zu einer Silvesterparty im Garner's.“

Irgendwie hatte er gehofft, dass sie den Silvesterabend gemeinsam zu Hause verbringen würden. Josh würde heute Abend im Garner's arbeiten. Seine anderen Brüder hatten Pläne, manche mussten arbeiten, andere besuchten Freunde. Er hätte auch Pläne machen sollen. Worauf wartete er hier eigentlich? Vielleicht sollte er Tyler anrufen und hören, was er heute Abend geplant hatte.

Sie stellte sich vor den Fernseher, sodass ihm nichts anderes übrig blieb, als den Flügel des Falken, den engen Pullover, die noch engeren Jeans und ihre Stiefel zu betrachten. „Du kannst mitkommen, wenn du willst", sagte sie, dann schnaubte sie, als täte sie ihm damit einen *riesigen* Gefallen.

Er legte die Füße hoch. „Wow, was für eine Einladung. Kann's kaum erwarten."

Sie kniff die Augen zusammen. „Wenn du auch nur versuchst, mit einer meiner Freundinnen zu flirten, bist du tot."

„Zur Kenntnis genommen. Darf ich mit Josh reden?"

„Der wird beschäftigt sein. Er ist nicht mehr nur Barkeeper, er ist jetzt schließlich auch Manager."

„Dann werde ich wohl mit dir rumhängen, wenn das erlaubt ist."

Sie zuckte mit der Schulter. „Wie du willst. Ich will nur keine Bemerkungen über mein Benehmen hören, oder wenn ich was trinke oder sonst was."

Er straffte seine Haltung. „Keine Kommentare auf irgendwas." Er starrte ihren Mund an, dessen volle Unterlippe ihn wieder mit ihrer Weichheit lockte. Er begegnete ihrem Blick und fuhr mit rauer Stimme fort. „Ich werde heute Abend Nachsicht walten lassen."

Sie starrten einander in die Augen. Die Luft war zum Schneiden angespannt, und er bemerkte erst, dass er den Atem angehalten hatte, als sie knapp antwortete. „Wir gehen um sieben."

Er beugte sich vor. „Wirst du jemals nicht mehr böse auf mich sein?"

Sie verzog den Mund, als hätte sie in eine Zitrone gebissen, dann sagte sie: „Sei pünktlich."

~ ~ ~

„Mad!", rief Hailey, als sie im Garner's ankamen, und eilte auf sie zu, um sie zu umarmen. Mad blies Haileys lange Haare aus ihrem Mund. Haileys herzliche Umarmungen waren immer noch gewöhnungsbedürftig für sie.

„Und Parker!", sagte Hailey und umarmte ihn ebenfalls kurz. „Lasst uns feiern! Kommt, holt euch einen Drink!" Hailey tanzte zurück an die Kirschholzbar.

Mad folgte ihr. „Hast du schon was getrunken?"

„Oh ja! Josh hat endlich wieder mal alle Zutaten für meinen Lieblingsdrink da!" Sie stützte sich auf den Tresen und lächelte Josh trottelig an. „Nicht wahr, Josh? Endlich hat das mit der Lieferung geklappt."

Josh unterdrückte ein Grinsen, doch seine braunen Augen tanzten amüsiert. „Richtig, Prinzessin", sagte er und stellte ein Mojito mit einem frischen Pfefferminzblatt obendrauf vor Hailey.

Sie strahlte ihn an. „Danke", sagte sie überraschend herzlich. Sie trank einen großen Schluck. „Ohhh!" Sie berührte ihren Kopf. „Ich habe Tiaras. Heute Nacht bin ich wirklich eine Prinzessin. Wir alle sind welche." Hailey drückte Mads Arm. „Warte hier."

Mit unsicheren Schritten stakste sie in eine Ecke des Restaurants, wo sie ihre Tasche verstaut haben musste.

Parker lehnte sich schmunzelnd an die Bar. „Du wirst doch nicht wirklich eine Tiara tragen?"

Sie sträubte sich. „Warum nicht? Bin ich nicht mädchenhaft genug, um eine Prinzessin zu sein?"

Parker zuckte mit der Schulter und wandte sich Josh zu. „Kann ich ein Corona haben?"

„Ich nehme einen Scotch", sagte Mad. „Das gute Zeug."

„Sollt ihr haben", sagte Josh und holte das Bier.

„Du trinkst Scotch?", fragte Parker.

Mad biss die Zähne aufeinander. Sie war es leid, dass sich die Männer in ihrem Leben dazu berufen fühlten, alles, was sie tat, zu bewerten. „Gleich wirst du's sehen."

Parker richtete sich auf und blickte streng auf sie hinab. „Ist es nicht ein bisschen früh für das harte Zeug?"

Sie musterte ihn demonstrativ von Kopf bis Fuß. „Ich mag es hart."

Josh hustete vor Lachen, dann stellte er das Bier mit einem Limettenschnitz vor Parker auf die Bar. „Du solltest auf dich aufpassen, Parker."

„Was soll das denn heißen?", fragte Mad.

Josh nahm eine Flasche Scotch und goss ihr eine kleine Menge in einen Tumbler. „Ty hat mir gesagt, dass ich ein Auge auf ihn haben soll." Er nickte in Richtung Parker. „Aber jetzt denke ich, dass ich vielleicht eher ein Auge auf dich haben muss." Er schob ihr das Glas zu.

Mad nippte an ihrem Getränk anstatt Josh eine böse Antwort zu geben. Er hatte zu viel für sie getan, als dass sie ihm ihre Meinung dazu hätte sagen können, selbst wenn sie gewollt hätte.

Josh deutete auf seine Augen und dann mit zwei Fingern auf sie.

Und wenn schon. Sollte er ein Auge auf sie haben. Alle ihre Brüder waren der Meinung, sie übermäßig behüten zu müssen. Selbst jetzt spürte sie Parkers Blick auf sich, wahrscheinlich entschlossen, ihr schon den nächsten Drink aus der Hand zu nehmen, da er der Meinung war, dass sie bereits genug gehabt hatte. Sie rollte ihre Schultern. Heute konnten ihr alle mal den Buckel hinunterrutschen. Heute Nacht wollte sie Spaß haben.

„Mad, hier drüben!", sagte Hailey und winkte wild.

Parker salutierte vor Mad. „Zeit für deine Tiara."

Sie spürte den Sarkasmus in seiner Bemerkung. Sie ignorierte ihn und ging zu ihren Freundinnen, die alle um Hailey versammelt waren, die eine große Einkaufstüte in ihren Händen hielt. „Für dich, Prinzessin Charlotte", sagte Hailey und reichte Charlotte eine silberfarbene Plastiktiara.

Charlotte setzte sie auf. „Jetzt muss ich nur noch einen Prinzen finden."

Die Frauen lachten.

Hailey teilte weiter ihre Tiaras aus. Die Mädchen sahen super niedlich aus – Lauren, Carry, Ally und auch die neuen Mitglieder Missy, Sabrina und Lexi. Hailey hatte ein beeindruckendes Talent dafür, Freunde zu gewinnen. Sie hatten Missy, Sabrina und Lexi erst am Donnerstag beim Selbstverteidigungskurs kennengelernt. Alle drei waren für den Fortgeschrittenenkurs am Samstag zurückgekommen, wo alle bereits deutlich motivierter waren, und jetzt feierten sie zusammen Silvester. Es konnte nicht sein, dass Hailey nur neue Kunden für ihr Hochzeitsplanungsbüro an Land ziehen wollte. Sie war vielmehr eine hoffnungslos romantische Kupplerin. Sie liebte Menschen und liebte es, Menschen, denen sie begegnete, mit anderen zusammenzubringen.

„Nette Gruppe hast du hier", sagte Mad zu Hailey. „Hier." Sie gab ihr die Tiara zurück. Sie wusste, dass sie nicht für den Prinzessinnen-Look geboren war.

„Oh, du!", sagte Hailey und setzte Mad die Tiara auf den Kopf. „Wir sind der Happy End Buchclub. Wir sind quasi Schwestern."

Mad hatte einen Kloß im Hals. Wie oft hatte sie sich eine Schwester gewünscht? Jetzt hatte sie den Buchclub und durch Claire quasi eine angeheiratete Schwester. „Sehe ich nicht doof damit aus?"

„Einen Moment", sagte Hailey und rückte die Tiara zurecht, bevor sie Mads Haare glattstrich. „Na bitte. Perfekt."

„Du siehst süß aus!", sagte Lauren, holte ihr Handy aus der Tasche, knipste ein Foto und zeigte es Mad. Oh. Sie sah gar nicht so dumm aus, wie sie gedacht hatte. Tatsächlich stach sie unter den anderen Frauen gar nicht wirklich heraus. Sie hätte nie gedacht, dass sie sich so leicht einfügen würde. Warum fühlte sie sich immer so anders? Es war, als würden ihre unbeholfenen Teenagerjahre, in denen sie versucht hatte, zu den Mädchen dazuzugehören, ihr dauernd wieder in den Hintern beißen.

„Lasst uns uns unter die Leute mischen!", sagte Hailey, hakte sich bei Mad unter und zog sie mit sich. Hailey war ein Naturtalent im Small Talk. Sie brachte Mad und die ganze Gruppe mit sich und stellte sie Leuten vor, die sie nicht kannten. Sie schien alle Bürger von Clover Park zu kennen – sie war schließlich auch dort aufgewachsen. Mad hörte zu, wie Hailey allen von ihrem Happy End Buchclub und all den tollen Büchern erzählte, die sie gelesen hatten, und von ihrer Arbeit als Hochzeitsplanerin schwärmte. Die Mundpropaganda für Haileys Geschäft musste großartig sein, wenn man in Betracht zog, was für eine Labertasche sie war. Doch Mad überlegte sich, was Hailey sonst noch tun könnte, um mehr Umsatz zu produzieren. Sie dachte an ihre Marketingvorlesungen, und damit kamen neue Ideen, Haileys Service zu promoten. Sie würde Hailey darauf ansprechen, wenn diese wieder nüchtern war. Im Augenblick war das Mädchen einfach nur über alle Maßen beschwipst und glücklich.

Mad spürte, dass jemand sie anstarrte. Als sie sich umdrehte, sah sie, dass Parker an der Bar lehnte und sie beobachtete. Er nickte ihr zu, und sie erwiderte die Geste.

„Mädel, er starrt dich schon den ganzen Abend an", sagte Charlotte und fächelte sich Luft zu.

„Unsinn." Mad spürte, wie ihre Wangen zu glühen begannen. „Er hat gesagt, ich bin nicht sein Typ."

„Was?", empörte sich Hailey lautstark.

„Schh!"

„Das ist lächerlich!", kreischte Hailey. „Du bist *Jedermanns* Typ."

„Du meine Güte, geht das vielleicht noch ein bisschen lauter?", zischte Mad.

Hailey fuhr fort, als hätte sie sie nicht gehört. „Eine clevere, selbstbewusste, gebildete Frau. Wenn er das nicht sieht –"

„Ja, ich glaube er lügt", mischte Ally sich ein. Sie hielt sich die Hand vor den Mund und flüsterte laut: „Er starrt gerade auf dein Hinterteil, wenn du es genau wissen willst."

Mad erstarrte. Im Ernst? Sie spähte über die Schulter in seine Richtung, und prompt drehte er sich um und sagte etwas zu Josh.

„Oh ihr", protestierte Mad empört. „Ich weiß, dass ihr nur wollt, dass ich mich besser fühle. Er steht auf zierliche mädchenhafte Frauen. So bin ich nicht."

„Für mich siehst du zierlich aus", bemerkte Lauren, die ziemlich groß war. Sie war mindestens zehn Zentimeter größer als Mad.

„Für mich auch", nickte Charlotte, die etwa so groß wie Lauren war.

Ally lächelte. „Ich bin zierlich, und du hast dieselbe Kleidergröße."

Hailey warf einen Arm um Mads Schultern. „Und du bist definitiv hübsch, wenn du nicht gerade mit finsteren Blicken um dich wirfst."

Mad verzog das Gesicht.

„Komm schon, Lächeln schadet nicht“, sagte Carrie, eine süße Krankenschwester mit Brille, und machte eine demonstrative Geste mit ihren Händen vor ihrem Mund, bei der sie fast den Inhalt ihres Weinglases verschüttet hätte.

Missy Higgins, eine Brünette Mitte zwanzig und eines der neuen Mitglieder im Club stemmte eine Hand in ihre Hüfte. „Ich verstehe nicht, warum Frauen immer lächeln sollen. Vielleicht ist mir gerade nicht zum Lächeln zumute. Macht mich das automatisch zur Zicke?“

„Nein“, antworteten die anderen im Chor.

„Ich habe ein Resting Bitch Face“, sagte Charlotte und demonstrierte einen Blick, der töten konnte. „Ich mag das.“

Missy gab ihr ein High Five.

„Aber du siehst süß aus, wenn du lächelst“, sagte Hailey zu Missy. Natürlich hatte jahrelanges Training für ihre Schönheitswettbewerbe sie betriebsblind gemacht. „Wie gefällt es dir eigentlich in Clover Park?“ Missy war gerade erst hergezogen und die Schwägerin eines ehemaligen Mitglieds des Buchclubs.

„Ich mag es“, sagte Missy. „Die Marino-Familie hat mich quasi adoptiert, darum hatte ich einen guten Start hier. Ich gehe regelmäßig mit Nico und Lily zum traditionellen Familien-Sonntagsdinner.“ Lily war Missys Schwägerin. „Dazu kommt, dass ich diesen beiden hier in meinem Apartmentkomplex begegnet bin.“ Sie drehte sich um und lächelte Sabrina und Lexi an.

„Und wir sind natürlich großartig“, sagte Sabrina und streckte ihre Champagnerflöte in die Luft.

„Das stimmt“, nickte Lexi. Sie prosteten einander zu.

„Du solltest definitiv mit Parker flirten“, sagte Charlotte. „Er steht definitiv auf dich. Schau einfach, wohin es führt.“

„Ich weiß nicht, wie man flirtet“, murmelte Mad.

„Ah“, trällerte Hailey. „Meine Spezialität. Es ist ein

Tanz. Du gehst auf ihn zu, dann ziehst du dich zurück, um ihm eine Gelegenheit zu geben, auf dich zuzukommen. Ja?"

Mad starrte sie ausdruckslos an. „Ich habe keine Ahnung, was du damit meinst, und ich bin eine grässliche Tänzerin."

„Ich zeig's dir." Hailey lächelte süß und lehnte sich zu Mad vor. „Hi. Tolle Party."

Mad wich zurück. „Flirt nicht mit mir, zeig's mir mit 'nem Typen."

Hailey warf ihre Haare über eine Schulter. „Okay. Such dir einen aus."

Mad sah sich um. Die meisten Männer schienen in Begleitung gekommen zu sein. Natürlich war da Josh, doch das wäre nicht fair gewesen. Er spielte zu gerne seine Spielchen mit Hailey. Dann fiel ihr Blick auf einen Typen Anfang dreißig; dunkle Haare mit Seitenscheitel und ein sympathisches Lächeln.

Sie deutete auf ihn. „Der da."

Hailey drehte sich um. „Oh, das ist der Postbote. Keine gute Idee. Der bittet eh jede auf ein Date, die bei drei nicht auf dem Baum ist." Sie sah sich um. „Verstehst du es jetzt? Darum muss ich Singlemänner nach Clover Park importieren. Alle hier sind verheiratet, nur wir nicht."

Mad zückte ihr Handy. „Lass mich sehen, ob ich nicht ein paar Jungs herbekommen kann." Sie schrieb all ihren Brüdern, sogar Alex, auch wenn sie davon ausging, dass er nicht kommen würde, da er ja Vivian hatte. Zehn Minuten später kam die erste Rückmeldung. „Ethan ist gerade von der Arbeit gekommen. Er ist gleich da. Er ist ein Cop in Eastman."

„Du meinst, der mit dem –" Hailey deutete auf ihren Bauch und zog ihn ein. „Der mit dem Wahnsinnswaschbrettbauch?"

Mad lachte. „Hat er den? Muss mir wohl entgangen

sein.“

Hailey nickte. „Oh ja. Ich erinnere mich noch vom Basketball daran.“ Hailey hatte sie einmal an einem Samstag zu ihrem Basketballspiel begleitet. Die Teams waren dadurch gekennzeichnet gewesen, dass eine Seite die Hemden anbehielt, während die andere oben ohne gespielt hatte.

„Das ist über ein Jahr her“, schmunzelte Mad.

„Hat sich in mein Gehirn eingebrannt!“, rief Hailey mit großen Augen.

Alle lachten. Sie unterhielten sich weiter und stießen ein paarmal miteinander auf das neue Jahr und den Happy End Buchclub an. Sie ertappte Parker dabei, wie er sie anstarrte. Er machte eine Geste in Richtung seiner Haare und zeigte ihr ‚Daumen hoch‘. Er musste wohl ihre Tiara gemeint haben. Schnell nahm sie sie ab, da sie fürchtete, dass er sich über sie lustig machte.

Einen Moment später trat Parker zu ihr. „Warum nimmst du sie ab? Du hast damit richtig geglitzert.“ Er lächelte.

Sie verzog das Gesicht. „Halt die Klappe.“

Parker drehte sich zu Hailey um. „Sie ist böse auf mich.“

Mad trat unbehaglich von einem Fuß auf den anderen.

„Und warum bist du böse auf ihn?“, flötete Hailey mit einem fröhlichen Lächeln.

Parker zog eine Braue hoch und warf Mad einen Blick zu. Als ob sie wirklich jedem erzählen würde, dass er sich geweigert hatte, noch einmal mit ihr zu schlafen. Es war beschissen, in der Freundeszone zu sein, und sie wollte da so schnell wie möglich wieder raus.

„Ich bin nicht böse auf ihn.“ *Ich bin verletzt, verprellt … ja. Ich bin angepisst.* Er hatte gesagt, dass sie nicht sein Typ war, und das tat wirklich weh, weil sie immer insgeheim befürchtet hatte, dass sie niemals das sein könnte, was er wollte.

Parker warf ihr einen ungläubigen Blick zu.

Ihre Freundinnen verzogen sich, während Parker sie musterte.

„Was?", knurrte sie.

Er schob ihr eine Haarsträhne hinters Ohr. „Waffenstillstand?" Bevor sie erneut bekräftigen konnte, dass es ihr wunderbar ging, spürte sie seinen Stoppelbart auf ihrer Haut. „Ich nehme es zurück. Ich habe nur gesagt, dass du nicht mein Typ bist, weil wir so nicht weitermachen können. Wir müssen wieder Freunde sein."

„Wirklich?", fragte sie. Sie war sprachlos.

Er flüsterte weiter in ihr Ohr, seine Worte heiß an ihrer Haut. „Ich vermisse dich zu Hause, ich vermisse dich in meinem Leben. Bitte verbring wieder Zeit mit mir."

Er richtete sich auf und schien darauf zu warten, dass sie etwas sagte.

„Ich werde. Ich–" Sie schluckte den Kloß in ihrem Hals hinunter. „Ich vermisse dich auch. Aber warum …" Sie verstummte, als eine Hand schwer auf ihrem Kopf landete und ihre Haare zerzauste, als wollte er sie ihr vom Kopf saugen. Ethan Case.

Er trat zu ihr. Alles an ihm war scharf – schmutzigblonde Haare, die vorn stachelig vom Kopf abstanden, harte blaue Augen, wie aus Stein gemeißelte Wangenknochen – abgesehen von seinen vollen Lippen, die er gelegentlich zu einem Lächeln verzog. „Der Gehirnsauger ist am Verhungern."

„Ha-ha", sagte sie und stieß seine Hand weg. Der Gehirnsauger war etwas gewesen, womit er sie als Kind immer wieder zum Quietschen gebracht hatte.

Ethan zog sie an sich und küsste sie auf den Kopf. „Schön, dich zu sehen, Kurze."

Ihre Freundinnen kamen zurück, alle nur zu erpicht, mit Ethan zu flirten.

Parker nahm ihr die Tiara aus der Hand und setzte sie wieder auf ihren Kopf. „Der königliche Look steht dir."

Sie starrte ihn sprachlos an.

„Und wir sind ihre königlichen Freundinnen", zwitscherte Hailey.

Ethan lachte. „Freut, mich, euch wiederzusehen." Er betrachtete die Gruppe. „Ein paar sind aber neu." Er ging hinüber, um sich den neuen Frauen vorzustellen. Dann betrachtete er alle mit einem kleinen Schmunzeln. Manche Frauen fanden sein Schmunzeln sexy. Mad hatte keine Ahnung warum. „An die meisten erinnere ich mich noch von der Hochzeit – besonders an dich, Charlotte." Er stieß Charlotte mit der Hüfte an. „Du hast die Tanzfläche gerockt."

Hailey lachte. „Ich wünschte, ich hätte Gelegenheit gehabt, auch mit dir zu tanzen."

Ethan drehte sich um, und langsam breitete sich ein Lächeln auf seinem Gesicht aus. „Ach ja?"

Hailey verbarg ihr Lächeln, indem sie an ihrem Mojito nippte, doch ihre Augen strahlten. „Jupp."

Ethan ging zu Hailey und beugte sich weit genug vor, um ihr ins Ohr zu flüstern.

„Vielleicht später", sagte Hailey.

Ethan streckte eine Hand aus. „Oder vielleicht sofort."

Hailey warf Mad einen Blick zu und hob die Augenbrauen, als wollte sie sagen *und genauso geht das.*

Hailey ergriff Ethans Hand, und er wirbelte sie in Zeitlupe herum und zog sie an sich, bis seine Arme um ihre Taille lagen. Dann lächelte er sie an.

„Yo, Ethan!", rief Josh hinter der Bar. „Ein Bier?"

Ethan blickte zu ihm hinüber. „Lädst du mich ein?" Er lächelte Hailey an, die strahlte, als er sie wieder herumwirbelte.

„Ja", rief Josh.

„Komm, übernimm für mich", sagte Ethan zu Josh. „Ich kann die Lady nicht mitten im Tanz hängenlassen."

Mad verschluckte sich fast vor Lachen. Ethan wusste, was Sache war, und konnte das Sticheln nicht lassen.

Josh hob die Hände. „Kann meinen Posten nicht verlassen."

Hailey legte die Hand auf Ethans Arm. „Ein andermal. Danke."

Ethan ließ den Blick schweifen. „Meine Damen, bitte entschuldigt mich, ich kann ein Bier gut gebrauchen. Langer Tag mit einem Haufen Durchgeknallter. Gott sei Dank hab ich nicht die Spätschicht abbekommen. Da haben die wirklich Durchgeknallten Ausgang."

„Jupp. Wir zum Beispiel", bemerkte Mad trocken.

Ethan lachte. Er klatschte Parker eine Hand in den Nacken und zog ihn mit an die Bar.

Hailey trank ihren Mojito mit einem herzhaften „Ahhh" aus. „Und so flirtet man, meine liebe Madison." Sie machte eine ausladende Geste mit ihrer Hand. „Jetzt bist du dran."

„Dann lass mich das zusammenfassen. Du erwartest von mir, dass ich da rübergehe, deine Nummer imitiere und auf deine Kritik warte?"

Hailey strahlte. „Ganz genau."

„Zumindest ist sie ehrlich", bemerkte Charlotte.

Mad straffte ihre Schultern und marschierte mit hoch erhobenem Kopf zur Bar. „Kann ich noch einen Scotch haben?"

„Jupp", sagte Josh und schenkte ihr einen Tumbler ein.

Ethan und Parker unterhielten sich ein Stück weit entfernt und beachteten sie nicht.

Sie griff nach dem Glas, doch Josh hielt es fest. Sie

begegnete seinem Blick. „Was ist?"

„Nippen, nicht kippen. Es sind immer noch zwei Stunden bis Mitternacht."

„Ich habe vorhin jede Menge frittiertes Hühnchen gegessen. Das absorbiert den Alkohol."

„Drüben im Jimmy's?"

„Ja."

„Ich hab dir doch gesagt, dass das Zeug scheiße ist." Josh war ein Gourmet und konnte Fast Food nicht ausstehen. Manchmal war das jedoch genau das, was sie brauchte. Sie war allein gegangen und hatte in Ruhe eine Mahlzeit mit frittiertem Hühnchen, süßem Maisbrot und Krautsalat genossen. Die letzten paar Tage waren hart für sie gewesen, da sie versucht hatte, sich mit der Tatsache abzufinden, dass sie nicht Parkers Typ war. Warum hatte er das gesagt, wenn es nicht stimmte? Er war normalerweise so vorsichtig mit ihren Gefühlen.

Sie blickte hinüber zu Parker und Ethan und dann zurück zu Josh, der immer noch ihr Getränk in Geiselhaft hielt. „Kann ich bitte meinen Drink haben?"

Er ließ das Glas los. „Wie du willst. Dann fang das neue Jahr eben mit einem Kater an."

Sie sah die Sorge in seinen tiefbraunen Augen und gab nach. „Okay. Nippen, nicht kippen", seufzte sie. Sie musste mit ihrer Geduld haushalten, was Diskussionen mit ihren Brüdern anging. Deren Beschützerinstinkt war einfach zu stark ausgeprägt.

Er nickte und wandte sich einem anderen Gast zu.

Sie ging zu Parker und Ethan. „Charlotte will einen Tanz mit dir, Ethan."

Ethan zog eine Braue hoch. „Eine Dame sollte man nie warten lassen." Er ging hinüber und ergriff Charlottes Hand. Einen Augenblick lang schien sie überrascht zu sein, dann lächelte sie.

Mad stellte ihren Scotch auf die Bar und sah Parker an. „Warum hast du gesagt, dass ich nicht dein Typ bin?“

Er beugte sich zu ihr vor und antwortete leise. „Das habe ich doch schon gesagt, wir können nicht mehr als Freunde sein. Tut mir leid, dass ich deine Gefühle verletzt habe.“

Sie entspannte sich ein wenig, denn sie hatte das Gefühl, dass der alte Parker wieder zurück war. Er war einer der wenigen Männer, der überhaupt bemerkte, wenn ihre Gefühle verletzt waren. „Warum können wir nicht mehr als Freunde sein?“ Sie brauchte eine echte Antwort. Eine, die einen Sinn für sie ergab. Sonst verschwendeten sie nur Zeit, die sie eigentlich zusammen sein könnten.

Er starrte geradeaus, die Gesichtsmuskeln angespannt. „Wir sind immer Freunde gewesen.“

„Und dann waren wir es nicht“, sagte sie.

Er wandte ihr den Rücken zu. „Doch jetzt sind wir es wieder.“

Sie holte tief Luft und sah, dass Hailey sie ermutigend anlächelte. Sie wandte sich wieder Parker zu, der ihr dieses *ist es nicht toll, dass wir wieder Freunde sind* Lächeln zuwarf. Im Inneren kochte sie, und ihr Temperament drängte sie, eine ihrer typischen überstürzten und im Nachhinein überaus bedauernswerten Nummern abzuziehen.

„Und mehr nicht? Auch nicht in Zukunft?“, fragte sie.

„Was denkst du, wie die Chancen der Patriots stehen, zum Superbowl zu gehen?“, fragte er anstelle einer Antwort.

Der Frage konnte sie nur schwer widerstehen. Zu Hause waren sie immer alle Hardcore-Footballfans gewesen. Sie fingen an, über Football zu diskutieren, und Parker wurde dabei richtig lebhaft. Sie hatte Spaß, auch wenn sich die Dinge nicht wirklich in die Richtung bewegten, die sie sich erhofft hatte.

Schließlich hatten sie das Thema erschöpft. Ethan

kehrte zurück, und Parker fragte ihn, ob er in letzter Zeit jemanden festgenommen hatte.

Mad seufzte, ausgelaugt von der emotionalen Achterbahnfahrt, nahm ihren Scotch, den sie bisher kaum angerührt hatte, und ging zurück zu ihren Freundinnen. Sie standen alle beisammen, unterhielten sich und lachten. Das endete jedoch abrupt, als sie zurückkehrte und sie sie erwartungsvoll ansahen.

„Gut gemacht!", rief Hailey.

„Freu dich nicht zu früh", sagte Mad. „Er will, dass wir nur Freunde sind."

„Das ist doch schon mal ein guter Anfang", sagte Lauren. „Ihr lebt unter einem Dach. Es wird schon passieren. Gib ihm Zeit."

„Warum bist du immer so lieb?", fragte Mad. „Dich scheint nie irgendwas zu stören."

Lauren machte große Augen. „Ich wollte dir nur helfen."

„Sorry", sagte Mad. „Geduld ist einfach nicht gerade meine Stärke und etwas langsam angehen zu lassen auch nicht."

„Betrachte es einfach so", mischte Ally sich ein. „Wenn es dein Ziel ist, ihn zu heiraten, habt ihr noch das ganze Leben vor euch."

Sagt ausgerechnet die Frau, die am Altar den nicht vorhandenen Schwanz eingezogen hatte. Keine ihrer Freundinnen hatte gute Beziehungserfahrungen, die ihr helfen würden.

„Ich habe nicht gesagt, dass ich ihn heiraten will", zischte Mad. „Warum nehmen alle immer automatisch an, dass Frauen heiraten wollen?"

„Du nicht?", fragte Hailey.

Mad sah Parker an, den einzigen Mann, den sie je geliebt hatte, und log, ohne rot zu werden. „Nein." Es tat zu sehr weh, sich etwas zu wünschen, das niemals eintreffen würde. All der Schmerz wurde schnell zu Wut. Sie versuchte, sie zu verdrängen, versuchte, es zu genießen, mit ihren Freundinnen zu feiern, doch jedes Mal, wenn sie Parker ansah, der sich angeregt mit Josh und Ethan unterhielt, vollkommen zufrieden damit, sie als einen der Jungs zu betrachten, *einen Kumpel,* und alles zu leugnen, was sie geteilt hatten und ihr so viel bedeutete, wurde ihr Geduldsfaden weiter strapaziert. Ob er bald reißen würde?

Noch vor Mitternacht tanzte sie auf einem Tisch, angefeuert von ihren Freundinnen. Josh schrie sie an, sie sollte verdammt noch mal da runterkommen, während Ethan schmunzelte. Sie hob ihre Arme über den Kopf und zog damit ihren Pullover ein Stückchen hoch, um ihren hübschen Bauchnabel zu zeigen, bevor sie anfing, sexy mit den Hüften zu schwingen. Sie lächelte, als Parker endlich ihren Blick erwiderte, doch das Lächeln gefror, als er schnell und mit entschlossener Miene auf sie zukam.

Im nächsten Moment trug Parker sie über der Schulter aus der Bar. Sie hätte gejubelt, wenn ihr nicht so schwindelig gewesen wäre.

Prost Neujahr!

Kapitel Fünfzehn

Parker legte einen Arm um Mads Schulter, als er sie nach oben in ihr Zimmer brachte. Sie war betrunken. Die Fahrt über hatte sie geschwiegen, doch in dem Augenblick, in dem sie das Haus betraten, war sie plötzlich sanft und süß geworden. Er gehörte nicht zu der Sorte Mann, die Trunkenheit ansprechend fand. Sein Heim vor dem Campbell'schen Haus hatte ihn dahingehend geprägt. So sehr ihm auch ihr sexy Tanz gefallen hatte, hatte er es nicht zu schätzen gewusst, dass alle anderen sie auch angestarrt hatten.

„Prost Neujahr für mich", sang sie.

„Prost Neujahr für dich", antwortete er und führte sie den Flur entlang.

„Für uns", sagte sie mit einem schiefen Lächeln.

Er trug sie fast und schob sie aufs Bett. Es war ein großes Doppelbett, die Stockbetten, die sie früher benutzt hatten, waren lange verschwunden. Regungslos lag sie auf ihrem Rücken. Er zog ihr die Stiefel aus und stellte sie auf den Boden.

Er sah sie einen Moment lang an, das leise Lächeln auf ihrem Gesicht. Sie war vollkommen entspannt. „Schlaf dich aus, und ich sehe dich nächstes Jahr."

„Ha!", sagte sie. „Bis nächstes Jahr. Ah, Bett."

Er deckte sie zu, doch sie schlug die Decke zurück.

„Meine Jeans ist zu eng", erklärte sie. Bevor er etwas sagen konnte, fing sie an, sie umständlich auszuziehen. Schnell wandte er den Blick ab und wandte sich zum Gehen.

„Hilfe!"

Er unterdrückte ein Stöhnen und drehte sich zu ihr um. Sie strampelte mit den Beinen und versuchte, die Jeans loszutreten, die sich um ihre Knöchel geballt hatte. Sie trug violette Boyshorts. So typisch Mad.

Er griff nach ihrer Jeans, bemüht, nicht die nackte Haut ihrer Beine zu ziehen, und befreite sie schnell. Sie streckte ihre sexy trainierten Beine und wackelte mit den Füßen.

„Du hasst meine Boyshorts, nicht wahr?", fragte sie. „Aber die sind so bequem!"

„Gute Nacht, Mini."

„Ich zieh sie aus." Sie griff an den Saum ihres Höschens, und er legte die Hände auf ihre, um sie aufzuhalten.

„Die sind toll. Lass sie an."

Sie strich mit ihren Händen über ihre Hüften. „Fühl mal, wie weich die sind."

Pflichtbewusst strich er über den Stoff über ihrer Hüfte – eine sichere Zone, wenn es bei ihr überhaupt so etwas gab. „Jupp."

Sie seufzte, dann zog sie die Decke bis zu ihrem Kinn hoch, rollte sich in Embryostellung auf der Seite zusammen und schlief ein.

Schnell verließ er das Zimmer und schaltete das Licht aus. Im Flur blieb er einen Moment lang stehen und atmete tief durch. Er wusste, dass er gerade noch einmal so davongekommen war. Sie hatte den ganzen Abend lang versucht, mit ihm zu flirten, und mit ihm über seine

Lieblingsthemen gesprochen, wie es nur wenige Frauen tun konnten, ihr sexy kleiner Körper so nah, dass ihm ihr zitroniger Duft in die Nase gestiegen war. Er schlurfte über den Flur in sein Zimmer.

~ ~ ~

Am nächsten Morgen wurde er von unverkennbaren Würgegeräuschen geweckt. Er trat auf den Flur, um sicherzugehen, dass sie es ins Bad geschafft hatte. Jupp, es war ihr gelungen. Vielleicht würde sie jetzt ihre Lektion lernen und nicht mehr so viel trinken.

Er ging nach unten, kochte Kaffee, toastete ein paar Scheiben Brot und wartete. Eine ganze Stunde verging ohne ein Zeichen von Mad. Als sie schließlich herunterkam, war sie frisch geduscht. Sie trank ein paar Schluck Kaffee, rümpfte nur die Nase, als er ihr etwas zu Essen anbot, und ging wieder nach oben in ihr Bett.

Er vermisste ihre Gesellschaft, doch er nahm an, dass sie den Schlaf brauchte.

Das Haus war so still. Sein Dad sollte erst morgen Abend zurückkommen. Er entschloss sich, Ty zu besuchen, der morgen nach Kalifornien zurückfliegen würde.

Am Abend machte er auf dem Nachhauseweg beim Chinesen halt und brachte etwas zu essen mit. „Mad, bist du da? Ich hab dein Lieblingsessen mitgebracht. Lo Mein mit Schweinefleisch.“

Keine Antwort.

Er ging nach oben und hörte sie im Bad stöhnen. Die Tür war verschlossen. „Mad, bist du okay?“

Sie würgte. Er zuckte zusammen. Das klang nicht gut.

„Geh weg. Mir ist kotzübel“, sagte sie mit schwacher Stimme.

Er wartete, unsicher, wie er ihr helfen konnte. „Bist du immer noch verkatert?“

„Es ist viel schlimmer. Ich glaub, ich hab 'ne Lebensmittelvergiftung. Bitte geh."

„Okay, aber ruf mich, wenn du irgendwas brauchst."

Er ging nach unten, schaltete den Fernseher ein und aß auf dem Sofa, während er mit einem Ohr weiter nach Lebenszeichen von oben lauschte. Er ging ein paarmal nachsehen. Sie war immer noch im Bad. Als es schon spät genug war, schlafen zu gehen, erschrak er, als er sah, dass sie das Bad immer noch nicht verlassen hatte. „Mad?"

Sie stöhnte.

„Brauchst du einen Arzt?"

„Nein."

„Hast du heute irgendwas gegessen oder getrunken?"

„Ich kann nicht."

Er lehnte sich an die Tür. „Soll ich dir helfen und dich ins Bett bringen?"

„Ich verlasse die Toilette nicht."

„Ich geh dir ein Gatorade holen oder eine Cola oder sowas. Du musst dehydriert sein."

Keine Antwort.

Er eilte nach unten, nahm seine Autoschlüssel und fuhr zur Tankstelle. Zwanzig Minuten später war er wieder zu Hause und goss ihr ein Glas Gingerale und ein Glas Gatorade ein und stellte beides auf ihr Nachttischchen.

Er kehrte zur Badezimmertür zurück. „Lass mich dir ins Bett helfen. Du musst zumindest was trinken. Du bist fast den ganzen Tag da drin gewesen."

Die Tür sprang auf. Ihre Haare waren zerzaust und zu einem schiefen Knoten zusammengebunden. Mit ihrem verschmierten Kajal sah sie aus wie ein Waschbär. Sie war leichenblass und zittrig und trug nur ein T-Shirt und ihre violetten Boyshorts von gestern Abend. Ein bemitleidenswertes Häuflein Elend. Jeder Teil von ihm schrie danach, sie in den Arm zu nehmen, und wollte für sie sorgen.

Als er den Arm um sie legte und sie zurück in ihr Zimmer brachte, traf es ihn wie ein Schlag: vielleicht war sein Bedürfnis, sich um sie zu kümmern, ein Zeichen, dass er doch ein Familienmensch sein konnte. Vielleicht bestand doch noch Hoffnung für ihn. War das nicht, was ein Dad tat? Sich um alle zu kümmern?

„Schau mich nicht an", sagte sie. „Ich sehe fürchterlich aus."

„Du bist krank", widersprach er.

Sie gingen schweigend weiter, bis sie sich aufs Bett fallen ließ. Er wusste, dass es ihr wirklich schlecht gehen musste, wenn sie nicht einmal eine bissige Bemerkung für ihn übrig hatte. Er rückte das Kissen unter ihrem Kopf zurecht. „Ich bin gleich wieder da. Ich geh dir nur ein zweites Kissen holen, damit du dich aufsetzen und trinken kannst." Er ging zur Tür.

„Und einen Eimer bitte", rief sie ihm hinterher. „O Gott!" Im nächsten Moment schoss sie an ihm vorbei zurück ins Bad.

Es war eine lange Nacht. Ihr zierlicher Körper wurde von der Lebensmittelvergiftung furchtbar gebeutelt. Sie stöhnte und würgte und rannte immer wieder ins Bad.

Als der Morgen dämmerte, gab es nichts mehr, was sie noch hätte herauswürgen können. Er saß auf einem Stuhl neben ihrem Bett, hielt Wache, wechselte den kalten Lappen auf ihrer Stirn und half ihr, Cola ohne Kohlensäure zu trinken.

Als sie schließlich erschöpft einschlief, döste auch er ein, eine Hand schützend auf ihrer.

~ ~ ~

Mad erwachte ausgelaugt, doch erleichtert, als sie bemerkte, dass ihr nicht mehr übel war. Es musste das frittierte Hühnchen gewesen sein, das sie vor der Party gegessen hatte. Oder vielleicht der Krautsalat. Die Mayonnaise hatte ein bisschen sauer geschmeckt. Im Garner's hatte sie nur ein paar Tortillachips gegessen. Josh hatte recht gehabt. Dieses Junk-Food Zeug war Gift. Ihre Bauchmuskeln schmerzten, ihr Hals brannte und ihre Zunge fühlte sich wie Watte an. So was von widerlich.

Langsam drehte sie den Kopf und sah Parker, der in einer unmöglichen Position zusammengefaltet auf dem Stuhl neben ihrem Bett schlief. Er hatte alles gesehen. Er hatte sie in ihrem schlimmsten Zustand erlebt. Nach all der Mühe, die sie sich gemacht hatte, für ihn sexy zu sein. Jetzt würde er nie mehr etwas anderes in ihr sehen als das ekelhafte, kotzende Mädchen.

Vorsichtig richtete sie sich auf. Als sie die Beine vom Bett rutschen ließ, stieß sie versehentlich gegen sein Schienbein.

Er schreckte hoch. „Hey, du bist wach. Wie fühlst du dich?"

„Beschissen."

„Brauchst du Hilfe, um ins Bad zu kommen?"

Tränen brannten in ihren Augen. Der Raum stank nach Erbrochenem. „Ich wollte nicht, dass du mich so siehst."

„Es war ziemlich schlimm, aber jetzt hast du es ja überstanden."

Ihre Frustration und ihr geschwächter Zustand zerrten an ihrer Selbstbeherrschung, und sie konnte die Tränen nicht mehr zurückhalten. Sie verschränkte die Arme vor ihrem Bauch, der immer noch furchtbar wehtat.

„Hey, hey." Parker setzte sich neben ihr aufs Bett und legte einen Arm um ihre zitternden Schultern. „Schon okay. Geh duschen und putz deine Zähne, danach wirst du dich wieder wie ein Mensch fühlen."

Sie war mehr als beschämt. Am liebsten wäre sie im

Boden versunken.

„Wie kannst du es ertragen, auch nur in meiner Nähe zu sein?", fragte sie.

Er strich ihr eine zottelige Haarsträhne aus dem Gesicht. „Du hast mich gebraucht."

Sie wischte sich über die Augen. „Danke. Ich werd versuchen, mich sauberzumachen."

„Mach das. Ich lüfte in der Zwischenzeit dein Zimmer."

Sie biss sich auf die zitternde Unterlippe und ging auf wackeligen Beinen zur Tür, bis sich ein starker Arm um ihre Taille legte und sie stützte. Mit mehreren Pausen schaffte sie es, sich die Zähne zu putzen und zu duschen. Als sie in ihr Zimmer zurückkam, war ihr Bett neu bezogen und es roch nach frischer Winterluft und Weihnachtsraumspray.

Sie konnte es nicht fassen … es war unmöglich, ihre Dankbarkeit in Worte zu fassen. Sie weigerte sich, erneut zu weinen. Von der durchwachten Nacht hatte er dunkle Ringe unter den Augen, doch er kam ihr mit einem sanften Lächeln auf halbem Weg entgegen und half ihr zurück ins Bett, deckte sie zu, strich ihr die Haare aus dem Gesicht und küsste sie auf die Stirn. Plötzlich fühlte sie sich wie die dumme kleine Knalltüte, um die er sich kümmern musste.

„Wirst du mich immer als Knalltüte sehen?", fragte sie.

„Nein."

„Parker –"

„Schlaf ein bisschen."

„Ich will mich nur bedanken. Du hast so viel mehr getan als du gemusst hättest."

Er runzelte unsicher die Stirn. „Du meinst, ich habe mich gut um dich gekümmert?"

Sie konnte nicht fassen, dass er wirklich diese Frage stellte. „Ja. Du hast dich fantastisch um mich gekümmert."

Er legte eine Hand auf ihre Schulter und drückte sie sanft. „Das bedeutet mir viel. Und jetzt ruh dich aus."

Sie war unglaublich müde. Als sie sich auf der Seite zusammenrollte, spürte sie seine Hand wie einen Segen auf ihrer Stirn und schlief ein.

~ ~ ~

Zwei Tage später, am Donnerstag, fühlte sich Mad besser – gut genug, um wieder normal zu essen und zu trinken. Parker hatte sie die ganze Zeit kaum aus den Augen gelassen. Es war süß, doch die Sache war ihr immer noch unglaublich peinlich. Nachdem er sie in einem so widerlichen Zustand gesehen hatte, kehrte sie zu ihren normalen Klamotten zurück. Warum noch Haare fönen, warum Make-up? Vom kotzenden Mädchen gab es kein Zurück. Er würde diese Bilder niemals aus seinem Kopf bekommen. Nichts war mehr sexy an ihr. Eine Tatsache, die sie daraus ableitete, dass er sie nie berührte und nie flirtete, auch wenn sie jede Menge Zeit allein miteinander verbrachten. Ihr Dad war zwar wieder zurück, doch er hatte wieder die Nachtschicht übernommen.

Sie und Parker saßen auf dem Sofa und sahen sich eine Folge *Supernatural* nach der anderen an, da er in Übersee nicht viel zum Fernsehen gekommen war. Ihr Handy klingelte. Hailey. Parker hielt das Video für sie an.

Haileys Stimme war hoch, und sie stammelte schnell. „Es hat noch einen Einbruch im Ludbury House gegeben."

„Oh Scheiße. Was haben sie diesmal mitgenommen?"

„Ich weiß nicht. Ich habe Angst, nachsehen zu gehen. Die Polizei hat gesagt, dass niemand mehr im Haus ist, aber …" Sie verstummte.

„Bist du in deinem Auto?", fragte Mad.

„Ja. Die Alarmanlage soll nächste Woche installiert werden. Mad, ich will morgen nicht zur Arbeit gehen."

„Musst du?“

„Ich habe drei Termine, aber ich kann nicht. Es ist, als würde es da spuken. Ich bin supernervös und habe dauernd das Gefühl, dass jemand um die Ecke kommt oder in einem Schrank auf mich wartet.“

„Vergiss nicht, du bist stark–“

„Ich bin nicht du.“

„Im Selbstverteidigungskurs hast du dich fantastisch geschlagen.“

„Wir haben nur zweimal trainiert. Ich bin sicher nicht qualifiziert, einen Einbrecher zu stellen.“

„Ich komme morgen mit. Dir wird nichts passieren, versprochen.“

„Danke, Mad.“

Als sie auflegte, starrte Parker sie an. „Was ist?“

„Machst du irgendwas für Hailey?“

„Ich gehe nur mit Hailey in ihr Büro. Jemand ist bei ihr eingebrochen. Die Polizei hat zwar schon gesagt, dass alles okay ist, doch sie hat Angst.“

Er kniff die Augen zusammen. „Ich komme mit, ganz egal, wo du hingehst.“

Sie verdrehte die Augen. „Ich bin ein Schwarzgurt.“

„Ist mir egal.“

„Ich bin in der Bar schon mit Männern fertiggeworden, die leicht das Doppelte von mir waren.“

Parker wurde blass. „Gott, Mad. Was ist mit dir passiert? Als ich weggegangen bin, warst du eine Einserschülerin. Dann keine Uni –“

„Jetzt studiere ich ja.“

„Warum hast du in einer Bar gearbeitet, die so beschissen war, dass du dich gegen irgendwelche Typen zur Wehr setzen musstest?“

Sie griff nach der Fernbedienung, doch er hielt sie außer Reichweite. „Beantworte bitte meine Frage.“

„Es war deinetwegen, okay?"

Er blickte sie entsetzt an. „Meinetwegen? Aber ich habe dir doch gesagt, dass du dich auf die Schule konzentrieren sollst."

Sie spürte einen dicken Kloß in ihrem Hals. Also gut. Karten auf den Tisch. Sie hatte sowieso nichts mehr zu verlieren. „Weil ich am Boden zerstört war, nachdem du weggegangen warst", sagte sie kleinlaut. „Ich konnte nicht essen und nicht schlafen." Sie begegnete seinem Blick. „Du hast mir das Herz gebrochen."

Er runzelte die Stirn. „Du warst fünfzehn."

„Meinem Herzen war das egal", presste sie hervor und wischte sich mit der Faust über die Augen. Verdammt. Sie hatte sich doch geschworen, nicht mehr wegen Parker zu weinen. Er schlang seine Arme um sie und hielt sanft ihren Kopf an seine Brust. Seine Stimme war leise und beruhigend. „Ich wünschte, ich könnte all das für dich ändern. Es war, als wären wir damals noch nicht füreinander bereit gewesen. Ich musste mich erst zum Mann machen, beweisen, dass ich dazu in der Lage war. Und du warst quasi noch ein Kind."

„Und jetzt?"

Er legte seine Hand an ihre Wange und betrachtete sie. Ihr stockte der Atem. War es möglich, dass er sie wollte – selbst nach allem, was er gesehen hatte? Dass er an alldem vorbeiblicken und sehen konnte, was in ihr steckte?

Dann klopfte es an der Tür. Mad seufzte. „Fortsetzung folgt."

Sie ging zur Tür und spähte durch die Scheibe daneben, bevor sie die Tür aufriss. „Beschissenes Timing."

„Tut mir leid", sagte Hailey und duckte sich unter ihrem Arm hindurch ins Haus. „Ich weiß, du hast mich nicht eingeladen, aber mich gruselt es so dermaßen … Ich wollte heute Nacht einfach nicht allein sein." Sie warf einen

Blick in Richtung Sofa. „Hi, Parker."

Hailey rang sich die Hände. „Würdest du …?"

Er stand auf.

„Nein", sagte Mad. „Du und ich, wir gehen morgen zusammen in dein Büro. Alles wird gut. Du hast selbst erwähnt, dass die Cops gesagt haben, dass niemand mehr im Haus ist."

Hailey deutete in Parkers Richtung. „Aber er ist so groß und stark."

„Mir macht das nichts aus", sagte Parker.

„Sie ist okay", sagte Mad.

Hailey holte eine DVD aus ihrer Handtasche. *Die Braut des Prinzen.* „Ich habe einen Film mitgebracht."

„Ist das nicht Schummeln, wenn wir zuerst den Film sehen und dann erst das Buch lesen?", fragte Mad.

„Ich habe das Buch schon gelesen."

„Hailey! Du überraschst mich. Bist du nicht diejenige, die Lauren die Hölle heiß gemacht hat, weil sie es schon gelesen hatte? Wollten wir nicht das erste Kapitel gemeinsam lesen?" Hailey bestand auf das Gruppenerlebnis, das Buch gemeinsam anzufangen. Sie hatte das Treffen des Buchclubs sogar auf nächsten Donnerstag verschoben, weil Mad so krank gewesen war. Sie hätte wahrscheinlich gehen können, doch bis heute war sie sich nicht sicher gewesen.

Hailey biss sich auf die Lippe. „Ich muss was sehen, das Hoffnung macht."

„Also gut. Erzähl nur den anderen nichts davon."

„Als ob ich das je tun würde!" Sie drückte Mad die DVD in die Hand, und die ging zum Fernseher.

„Willst du ihn dir mit uns ansehen?", fragte Hailey Parker.

„Sicher."

Mad fand, dass das unglaublich süß von ihm war, vor allem, da sie mitten in der zweiten Staffel von *Supernatural* waren.

Zu dritt machten sie es sich auf dem Sofa bequem und sahen sich den Film an. Mad saß natürlich zwischen Parker und Hailey.

Es war ein unerwartet guter Film, und alle lachten und amüsierten sich. Als der Film vorbei war, war es schon spät.

„Kann ich noch ein bisschen bleiben?", fragte Hailey.

„Du kannst auf dem Sofa schlafen, wenn du willst", bot Mad an.

„Oh danke!", strahlte Hailey. „Dann gehe ich nur schnell meine Übernachtungstasche aus dem Auto holen."

Sie eilte aus dem Haus, um sie zu holen.

Parker sah Mad mit hochgezogener Braue an, und sie musste lachen.

~ ~ ~

Am nächsten Morgen begleitete Mad Hailey in ihr Büro, um sicherzugehen, dass alles okay war. Es war noch früh. Sie würden hineingehen, sich umsehen, und dann würde Hailey sie wieder nach Hause fahren.

Hailey wollte nicht einen Moment allein sein, nicht einmal im Auto – solche Angst hatte sie.

Als Parker mitkommen wollte, wies Mad ihn an zu bleiben. „Du musst dich an die Tatsache gewöhnen, dass ich auch ohne deine Hilfe überleben kann", sagte Mad. „Im Ernst. Das ist ein wichtiger Schritt in unserer Beziehung."

„Ihr habt jetzt eine Beziehung?", fragte Hailey.

„In gewisser Weise", sagte Mad. „Er hat immer noch Angst, mich anzufassen."

Parker zog sie an sich. „Wer hat Angst?", fragte er und küsste sie auf die Wange. Lahm! Doch sie stieß ihn nicht weg.

„Ihr seid so niedlich!", rief Hailey.

„Ja, niedlich." Sie warf Parker einen Blick zu, der sie

mit einem Glitzern in den Augen anstarrte. „Bis später.“

Sobald sie im Auto waren, jammerte Hailey ohne Punkt und ohne Komma, wie immer, wenn sie nervös war. Mad machte sich keine Sorgen. Erstens wäre der Einbrecher ein Idiot, wenn er bei Tageslicht aufkreuzen würde. Zweitens hatte er oder sie wahrscheinlich nur einen warmen Ort für die Nacht gesucht.

Hailey parkte hinter dem Haus und plapperte immer noch über weiß Gott was. Mad ignorierte sie, um sich auf ihre Aufgabe zu konzentrieren.

Sie hob beschwichtigend die Hände. „Bleib ruhig“, sagte sie zu Hailey.

„Sollen wir uns hintenrum reinschleichen oder durch die Haustür gehen?“, flüsterte Hailey.

„Gute Idee. Lass uns durch die Hintertür reingehen. Wenn jemand da ist, können wir ihn überraschen. Halte dein Handy bereit, damit du ein Foto machen kannst.“

Hailey berührte nervös ihren Hals. „Glaubst du, der Einbrecher ist noch drin?“

„Nein, aber ich hoffe es. Ich will ihn oder sie auf frischer Tat ertappen.“

„Warte. Vielleicht sollten wir uns erst draußen umsehen.“

Mad verdrehte die Augen, folgte Hailey jedoch einmal um das ganze Haus herum. Alle Türen und Fenster schienen verschlossen zu sein. Hailey achtete immer peinlich genau darauf.

Als sie jedoch auf die andere Seite des Gebäudes kamen, blieben sie wie angewurzelt stehen, als ein Vorhang aus einem offenen Fenster wehte.

Kapitel Sechzehn

„Vielleicht sollten wir die Polizei rufen", flüsterte Hailey.

Mad schüttelte den Kopf. Sie stellte sich auf die Zehenspitzen, schob den Vorhang ein wenig beiseite und spähte hinein. Es war das historische Esszimmer neben der Küche, in dem nur ein Tisch und Stühle standen. Sie drehte sich zu Hailey um. „Ich denke, sie sind gestern Nacht in Eile abgehauen und haben vergessen, das Fenster zu schließen."

„Hätte die Polizei es nicht geschlossen?"

„Vielleicht haben sie es nicht bemerkt. Ich meine, es war dunkel."

Hailey schauderte. „Ich habe ein ganz schlechtes Gefühl."

„Willst du zurück zum Auto gehen und die Polizei rufen?"

Hailey nickte.

„Okay, dann mach das. Ich gehe schon mal rein." Sie streckte die Hand aus. „Gib mir den Schlüssel."

„Mad, ich kann dich nicht allein da rein gehen lassen!"

„Dann komm mit."

Sie schlichen ums Haus herum zur Hintertür. Hailey schloss sie auf, und sie traten leise ein. Hailey wollte das Licht einschalten, doch Mad hinderte sie daran. Wenn jemand hier war, wollte sie das Überraschungsmoment nicht verlieren. Sie schlichen hinüber ins dunkle Esszimmer mit dem offenen Fenster.

Leer.

Mad hing zum Fenster und schloss es. Sie holte ihr Handy heraus, schaltete die Taschenlampe ein und sah sich um. Nichts.

„Lass uns von Zimmer zu Zimmer gehen und sehen, ob irgendwas fehlt", sagte Mad und schaltete das Licht ein.

Sie sahen sich im Erdgeschoss um, wo nichts zu fehlen schien, und gingen zuletzt in Haileys Büro.

„Mein Laptop ist weg!", bemerkte Hailey entsetzt.

Mad entspannte sich. „Das ist normaler, als Kerzenleuchter zu stehlen. Hast du ein Backup von deinem wichtigen Arbeitskram?"

„Natürlich. Ich drucke alles, was wichtig ist, zweimal aus und nehme eine Kopie mit nach Hause. Ich kann es mir nicht leisten, den großen Tag einer Braut zu ruinieren. Und mein Kalender synchronisiert sich automatisch mit meinem Handy."

„Okay, wir melden das der Polizei, und deine Versicherung sollte den Schaden ersetzen. Lass uns oben nachsehen."

Sie ging durch die zum größten Teil leeren Zimmer, öffnete Einbauschränke und fand alles unberührt vor.

„Siehst du", sagte Mad. „Alles okay. Jetzt kannst du deinen fehlenden Laptop zu Protokoll geben und wieder ganz die glückliche Hochzeitsplanerin sein."

Hailey lächelte scheu. „Da ist wohl meine Fantasie mit mir durchgegangen. Danke, dass du mich gestern Abend ertragen hast und heute mitgekommen bist."

„Kein Problem."

Hailey ging zurück in ihr Büro im Erdgeschoss, von wo aus sie die Polizei anrief, um den fehlenden Laptop zu melden. Mad ging zurück in die Küche, neugierig, ob wieder jemand den Kühlschrank gelehrt hatte. Sie öffnete die Tür, als plötzlich eine große Hand um sie herumgriff und ihr den Mund zuhielt. Sofort biss sie zu, rammte ihrem Angreifer den Ellbogen in die Rippen und befreite sich aus seinem Griff.

Der Mann hatte strähnige lange Haare und trug einen Trenchcoat.

„Wir haben schon die Cops angerufen", sagte Mad.

Er griff nach dem Mixer auf der Arbeitsfläche und warf ihn nach ihr, bevor er zur Hintertür hechtete. Sie trat ihm die Füße unter dem Körper weg, und als er auf dem Boden aufschlug, schoss er sofort herum, um sie am Knöchel zu packen.

Sie verlor den Halt und schlug sich den Kopf an der Kücheninsel an. Einen Moment lang sah sie Sterne, doch als sie den Kopf schüttelte, sah sie, dass der Mann ein Taschenmesser vor sich hielt, nichts Großes, vielleicht eine sieben Zentimeter lange Klinge, doch das irre Glitzern in seinen Augen brachte sie dazu, sich schnell aufzurappeln.

„Verschwinde!", rief sie laut, damit Hailey es hörte.

Er stürzte sich nach vorn, doch sie wich ihm problemlos aus. Sie rannte um die Kücheninsel herum zum Herd, wo sie eine gusseiserne Pfanne nahm. Im nächsten Moment spürte sie, dass ihre Shorts dicht an ihrem linken Knie rissen. Sie blickte an sich hinab und sah, dass er das Messer geworfen hatte. Jetzt steckte es in der großen Seitentasche ihrer Shorts. *Danke, dass du mir deine Waffe gegeben hast.* Sie stellte die Pfanne in Reichweite ab und bückte sich, um das Messer herauszuziehen, als der Mann auf sie zugestürmt kam. Durch ihre verdrehte Haltung bekamen Kopf und Schultern einen Großteil des Aufpralls ab, als sie zu Boden ging. Licht explodierte hinter ihren Lidern, dann wurde alles schwarz.

~ ~ ~

Parker fuhr in Mads Auto zu Ludbury House, um nach ihr zu sehen, auch wenn sie es nicht gewollt hatte. Es war ihm egal, ob sie einen schwarzen Gürtel besaß. Sie war ein zierliches Mädchen, das sich immer noch von einer fiesen Lebensmittelvergiftung erholte. Ob sie ihn nun als Glucke oder als paranoid bezeichnen würde, war ihm egal, solange sie sicher war.

Er war auf der Hauptstraße, etwa einen Block weit entfernt, als ihn plötzlich das ungute Gefühl überkam, dass sie in Schwierigkeiten steckte, und er das Gaspedal durchtrat. Adrenalin schoss durch ihn hindurch, als er sich Ludbury House näherte.

Als er auf dem Parkplatz anhielt, war jeder Teil von ihm auf Alarmstufe Rot. Er sprang aus dem Wagen und rannte zur Hintertür. Durch die Scheibe sah er eine alptraumhafte Szene: Mad lag am Boden, ein Messer neben ihr, und ein großer Mann durchsuchte ihre Taschen. Wut und Schmerz ließen ihn in die Küche stürmen, wo er sich auf den Mann stürzte, der zuerst überrascht aufblickte und dann zurückwich. Parker sprang über Mad, riss den Mann zu Boden, sprang auf ihn und schlug in einem Nebel der Wut auf ihn ein.

Jemand rief aus weiter Ferne nach ihm, doch er konnte nicht aufhören.

„Parker!", hörte er eine Stimme, die klar wie der frühe Morgen zu ihm durchdrang. Mad. Sie war am Leben.

Der Nebel lichtete sich. Er blickte auf den Mann hinab. Er hatte eine blutige Nase, doch er war bei Bewusstsein und spuckte ihm ins Gesicht. „Du Wichser! Du wirst in der Hölle braten."

„Halt's Maul", blaffte Parker, packte ihn bei den Haaren und rammte seinen Kopf gegen die Fliesen. Bewusstlos sackte der Mann zu Boden. Parker stand auf, trat das Messer weg und eilte zu Mad, die sich langsam aufsetzte. Er wischte sich das Gesicht mit dem Ärmel ab. „Bist du verletzt? Blutest du irgendwo?"

Sie stand auf und kniff die Augen zu. „Ich hab mir den Kopf gestoßen, doch sonst bin ich okay."

Er zog sie an sich, schwindelig vor Erleichterung. Sein Herz pochte Halleluja. *Sie lebt. Sie lebt. Sie lebt.*

Ein markerschütternder Schrei holte ihn zurück in die Realität. Er wirbelte herum und schob Mad hinter sich, doch es war nur Hailey, die sich die Lunge aus dem Leib schrie, als sie den bewusstlosen Mann am Boden sah.

„Ruf die Polizei", sagte er.

Sie nickte, holte ihr Handy aus der Tasche und wählte.

„Bleib hier", sagte er zu Mad.

„Parker –"

„Wir reden später." Er ging zu dem Mann und überlegte sich, wie er ihn fesseln konnte, bis die Cops kamen.

„Was jetzt?", fragte Hailey mit piepsiger Stimme. „Was, wenn er zu sich kommt?"

„Hast du irgendwas da, womit ich ihn fesseln kann?", fragte er.

Sie runzelte die Stirn. „Ich habe Seile da. Damit binde ich sonst die Girlanden an den Handlauf!"

Sie eilte davon, um die Schnur zu holen, und kehrte kurz darauf mit mehreren Schnüren zurück, die allesamt jedoch zu kurz waren, um die Handgelenke des Typen zusammenzubinden. Er sah den Mann an. Immer noch bewusstlos. „Hast du irgendwo noch ein längeres Seil?"

Sie schlug sich mit der flachen Hand gegen die Stirn. „Natürlich. In der Abstellkammer." Sie ging auf die andere Seite der Küche und kehrte mit dem Seil zurück. Parker rollte den Mann auf den Bauch und fesselte seine Hände auf seinem Rücken.

Wenig später trafen Chief O'Hare und ein Kollege ein, legten dem Mann Handschellen an und nahmen ihre Aussagen auf, während der Einbrecher immer noch bewusstlos war. Hailey versprach ihnen, zur Wache zu kommen, um alles zu Protokoll zu geben, bevor sie ihn wegschafften.

Endlich war Parkers schlimmster Alptraum vorbei. Schweigend ging er mit Mad zu ihrem Wagen. Sie dankte ihm, doch er brachte kein Wort heraus. Jetzt, wo die Gefahr gebannt und sie in Sicherheit war, brachen die Gedanken an alles, was hätte passieren können, wie ein Tsunami über ihm zusammen. Er hätte sie verlieren können. Für immer. Wie seine kleine Schwester.

Er saß schweigend hinterm Steuer und starrte aus dem Fenster, ohne wirklich etwas zu sehen.

Sie legte eine Hand auf seinen Arm und drückte sanft. „Soll ich fahren?"

Er drehte sich langsam zu ihr um und streichelte ihr mit zitternden Fingern über die Wange. Sie legte ihre Hand über seine und drückte sie sanft gegen ihre Wange.

„Ich bin okay."

„Wie kannst du solche Risiken eingehen, Mad? Du bist ein kleines Ding, das gerade erst ziemlich krank war. Ist dir vollkommen egal, was dir passiert?", fragte er mit heiserer Stimme.

„Ich war der Meinung, dass Hailey überreagiert hat. Woher hätte ich das wissen sollen? Die Cops haben gesagt, dass das Haus sauber war."

Er seufzte zittrig. „Wie kannst du erwarten, dass wir eine gemeinsame Zukunft haben, wenn du solche Risiken eingehst?"

Sie riss die Augen auf. „Eine Zukunft?"

„Ja!"

„Du meinst, dass du dich nicht nur um mich

kümmerst, weil ich die kleine Knalltüte bin, auf die du aufpassen musst?"

„Nein." Er nahm ihr Gesicht in beide Hände. „Tu mir das nicht noch einmal an. Nicht allein. Ich bin für dich da. Hast du das verstanden?"

„Ja."

Er legte die Hände auf ihre Schultern, und der Schmerz in seinem Herzen blutete aus seinen Worten. „Ich könnte es nicht ertragen, wenn dir irgendwas passieren würde."

„Parker, es ist okay. Ich bin okay."

Er musste sie in seinen Armen halten, spüren, dass sie gesund und sicher war. Er rückte den Fahrersitz zurück, zog sie auf seinen Schoß und nahm sie in seine Arme. Sie schmiegte ihren Kopf an seine Brust. „Ich weiß, das klingt verrückt, doch ich habe immer eine enge Bindung zu dir gehabt. Ich habe gespürt, dass du in Schwierigkeiten steckst, bevor ich überhaupt hier angekommen bin. Und dann …" Er schluckte. „Meine kleine Schwester ist gestorben, und ich konnte nichts dagegen tun."

Sie hob den Kopf. „Ich wusste nicht, dass du eine Schwester hattest."

„Ihr Name war Maya, und sie hat nicht einmal ihren ersten Geburtstag erleben dürfen."

„O mein Gott … das tut mir so leid."

„Dein Dad wollte euch nicht mit Details über mein beschissenes Elternhaus belasten."

„Was ist passiert?"

Er streichelte geistesabwesend ihre Haare. Sie in seinen Armen zu halten, machte die Erinnerungen auf unerklärliche Weise erträglich. „Sie haben gesagt, dass es plötzlicher Kindstod war, doch ich habe immer vermutet, dass es Vernachlässigung war. Du kennst meine Eltern nicht, beide sind Süchtige. Unterschiedliches Gift, ähnliche Konsequenzen. Ich war damals in der Vorschule. Ich schätze, es war Glück, dass ich schon zur Schule gegangen bin, als es schlimmer wurde. Als ich an dem Tag nach Hause kam, war die Polizei da und hat Fragen gestellt, und sie war einfach weg." Er hielt in der Bewegung inne. „Ich habe mich nicht einmal von ihr verabschieden können. Fünf Jahre später hat mich dein Dad zu euch geholt, und da war dieses laute, freche kleine Mädchen. Ich habe geschworen, dich mit allem, was ich habe, zu beschützen. Denn für meine eigene kleine Schwester habe ich das nie tun können."

Sie streichelte seine Wange und blickte zu ihm auf. „Ist das der Grund, warum du immer so nett zu mir gewesen bist, wenn die anderen mich wegscheuchen wollten?"

Er lächelte sie zärtlich an. „Ich wollte nicht, dass du dich ausgegrenzt fühlst, doch ja, es war zum Teil das Bedürfnis, auf dich aufzupassen und dich zu beschützen."

„Warum bist du dann weggegangen?"

„Weil ich es musste."

„Das musstest du nicht."

Da er wusste, wie schwer die Trennung für sie gewesen war, und er den Schmerz sogar jetzt noch in ihren Augen sehen konnte, senkte er den Kopf und küsste sie zärtlich. Bei der sanften Berührung ihrer Lippen erwachte das Verlangen in ihm, und er küsste sie leidenschaftlich, während er ihre Sanftheit, ihre Wärme, ihren Geschmack und die tiefe Lebensbejahung genoss. Er lehnte seine Stirn an ihre. „Ich wusste nicht, was ich mit der Anziehung tun sollte, die ich dir gegenüber gespürt habe. Ich konnte nicht riskieren, es mir mit der Familie zu verderben, die mich so großzügig aufgenommen hatte. Und ich wusste, dass wir beide einfach zu jung waren."

„Du meinst, dass ich damals schon dein Typ gewesen bin?"

Er küsste sie erneut. „Du bist der einzige Typ für mich.

Was denkst du, warum ich immer mit zierlichen Mädchen ausgegangen bin? Sie haben mich an dich erinnert." Er lächelte, als sie ihn überrascht ansah. „Und jetzt wird mir bewusst, dass ich mein ganzes Leben lang darauf gewartet habe, dass wir endlich bereit füreinander sind."

Sie blickte ihm in die Augen. „Ich liebe dich Parker. Ich habe dich schon immer geliebt."

Er strich mit dem Daumen über ihre Lippen. „Ich liebe dich auch. Doch meine Liebe hat sich verändert. Sie ist gewachsen, tiefer geworden und unverfälscht."

„Ich mag tief und unverfälscht." Ein sexy Unterton lag in ihrer Stimme, und so gerne er auch darauf eingegangen wäre, jetzt war nicht die richtige Zeit dafür.

Vorsichtig schob er sie von seinem Schoß. „Schnall dich an. Ich bringe dich in die Notaufnahme. Ich will, dass du dich durchchecken lässt." Er ließ den Motor an.

„Im Ernst?", fragte sie, während sie sich anschnallte. „Ich bin okay."

Er fuhr los. „Dann kann es ja nicht lange dauern."

Sie schwieg.

Er sah sie kurz an und bemerkte, dass sie gereizt wirkte. „Nur, weil ich dich so liebe."

„Parker", sagte sie leise und wurde rot. Mad war niemand, der schnell rot wurde.

Das konnte ihm zum Vorteil gereichen.

~ ~ ~

Als Mad mit dem Okay der Ärzte nach Hause kam, konnte sie es kaum erwarten, mit Parker zusammen zu sein. Er hatte so viel mit ihr geteilt, Dinge, von denen sie nie gewusst hatte – und jetzt ergab all seine Zurückhaltung ihr gegenüber einen Sinn. Sie schloss das Wissen in ihr Herz ein, immer noch erstaunt, dass es für ihn nie wirklich eine andere gegeben hatte, genau, wie es für sie nie einen anderen als Parker gegeben hatte.

„Warte auf dem Sofa auf mich", forderte Parker und ging nach oben. Sie nahm an, dass er nachsehen wollte, ob ihr Dad zu Hause war. Ein paar Minuten später kam er zurück und setzte sich zu ihr. „Er schläft."

„Gut."

Ohne Vorwarnung packte er sie und zog sie auf seinen Schoß. Er grub seine Nase in ihre Haare und küsste ihre Schläfe.

Sie blickte zu ihm auf. „Ich hatte keine Ahnung, dass du so ein Kuschler bist."

Er streichelte ihre Wange. „Ich bin so froh, dass du am Leben bist. Ich liebe dich über alles."

„Parker …" Sie spürte, dass ihre Wangen zu glühen begannen. Es war so unglaublich intim, wenn er seine Gefühle aussprach. Nachdem sie so lange nicht gewusst hatte, wo sie stand, war ihr diese Gefühlsduselei beinahe peinlich. „Ich liebe dich auch."

Als er ihr in die Augen sah, war es, als blickte er in ihre Seele. Sie fühlte sich atemlos. Er lächelte. „Ich mag es, wenn du mich so ehrfürchtig ansiehst. Das steht dir."

„Ich kann nicht fassen, dass ich schon immer dein Typ gewesen bin!", platzte sie heraus. „Ich habe immer gedacht, dass ich nicht hübsch oder mädchenhaft genug—"

„Du bist mehr als hübsch." Er küsste ihre Nase. „Du besitzt eine natürliche Schönheit, innerlich wie äußerlich."

Ihre Wangen brannten. „Seit wann bist du so ein Poet?"

Er strich mit dem Daumen über ihre Unterlippe. „Seit mir bewusst geworden ist, wie sehr ich dich liebe."

Tränen brannten in ihren Augen.

Er lächelte. „Du bist so süß, wenn du rot wirst."

Sie biss ihm spielerisch in den Hals und küsste ihn grob. „Jetzt will ich, dass du rot wirst. Lass uns nach oben gehen.“

Er strich ihr die Haare aus dem Gesicht. „Vielleicht sollten wir warten. Dein Kopf–“

„Dem geht es gut. Lass uns duschen gehen. Das war heiß, ich will deinen großen, dicken–“ Sie verstummte, als Parker seine Lippen auf ihre presste. *Ja!* Die Intensität wuchs schnell, und ein gieriges Verlangen schoss durch sie hindurch. Seine eine Hand wanderte an ihren Hinterkopf, die andere unter ihr Top, ihre Wirbelsäule hinauf. O Gott, sie brauchte viel mehr. Sofort. Sie riss ihren Mund los. „Nackt. Jetzt. Dusche.“

Er hielt inne. „Beim letzten Mal war ich zu grob zu dir. Ich will Liebe mit dir machen.“

Sie biss ihm in die Unterlippe. „Glaub mir, es hat mir gefallen. Ich habe gesagt, dass ich dich verkraften kann. Ich bin nicht zerbrechlich.“

Pure Leidenschaft loderte in seinem Blick. „Du bringst mich um den Verstand. Alles, woran ich denken kann, ist, zu nehmen, nicht zu geben.“

„Wenn du nimmst, ist es, als würdest du alles geben. Versprochen.“ Sie stand auf und zog an seiner Hand. „Komm.“

Er rührte sich nicht. „Willst du keine liebevollen Worte und Zärtlichkeit?“

„Aber erst nachdem du mich so hart gefickt hast, dass ich Sterne sehe.“

„Ich will mehr für dich“, sagte er und blieb stur auf dem Sofa sitzen. „Im Bett habe ich mich mehr unter Kontrolle.“

Sie verdrehte die Augen. „Und ich will einen starken Mann, der keine Angst hat, sich zu nehmen, was er will.“

Er sprang auf. „Hast du da gerade etwa meine Männlichkeit beleidigt?“

Sie wackelte mit den Fingern in einer *Komm und fang*

mich Geste. „Zeig mir, was du hast.“

Er hob sie hoch und trug sie die Treppe hinauf. „Wie du willst.“

Sie kicherte, was untypisch für sie war, doch sie fühlte sich wie beschwipst. Sie blickte zu ihm auf und liebte die Intensität in seinen Augen, von der sie jetzt wusste, dass es nicht nur Lust war, sondern tiefes Gefühl.

Er blieb abrupt vor dem Bad stehen. „Wir haben Gesellschaft.“ Er setzte sie ab und legte einen Arm um ihre Taille. „Hi.“

Sie drehte sich um und erwartete, ihren Dad zu sehen, doch es war nicht nur er. Es waren ihr Dad und eine schöne, zart gebaute, blonde, blauäugige Frau in einem roten Seidenkimono. Sie hatte noch nie erlebt, dass ihr Dad eine Frau mit nach Hause gebracht hatte. Zumindest war er angezogen.

„Parker?“, fragte ihr Dad. „Mad? Seid ihr zwei …?“

„Ich liebe sie, Sir“, sagte Parker mit lauter und klarer Stimme, die die unbehagliche Situation fast erträglich machte.

Ihr Dad lächelte. „Na, das sind ja gute Nachrichten.“

Parker seufzte und drückte sie sanft.

„Möchtest du uns nicht deiner Freundin vorstellen?“, fragte Mad.

Ihr Vater wurde ernst. „Mad, das ist Tina, deine Mutter.“

KAPITEL SIEBZEHN

Mad starrte ihn fassungslos an. „Ähm. Wie bitte? Das hat sich gerade angehört als hättest du gesagt *meine Mutter*?“

Die Frau kam auf sie zu – sie war genauso groß wie sie, mit dem Unterschied, dass die Fremde große Brüste und kurvige Hüften hatte – und musterte Mad. Sie wandte sich Mads Vater zu. „Sie kommt definitiv nach dir.“

Mad stand da und starrte die Frau schockiert an, die Mad im Stich gelassen hatte, als sie gerade mal ein Jahr alt gewesen war. Sie hatte Fotos gesehen, doch selbst konnte sie sich nicht an sie erinnern. „Was machst du denn hier?“ Sie schaffte es nicht einmal, wütend zu reagieren. Es war so surreal, nach dem Tag, den sie hinter sich hatte, ihre Mutter vor sich stehen zu sehen.

„Ich weiß, es ist lange her“, sagte Tina leise. „Ich habe mich zu sehr geschämt, euch unter die Augen zu treten.“

„Tina hat sich bei mir gemeldet“, sagte ihr Dad, „und ich habe sie nach Hause gebracht.“ So war er nun einmal. Er brachte Leute nach Hause, die seine Liebe und seine Hilfe brauchten. Doch Tina hatte weder das eine noch das andere verdient. Diese Frau hatte ihre sechs Kinder im Stich gelassen.

„Dad? Bist du mit ihr zusammen?“

Er nickte.

„Du bist mit dieser Person *zusammen*?" Ihre Stimme wurde lauter, doch das war ihr egal. „Sie hat dich und ihre Kinder sitzengelassen! Und du nimmst sie jetzt wieder auf, obwohl niemand sie braucht?"

„Ich weiß, dass das ein Schock für dich sein muss", sagte ihr Dad ruhig. „Lasst uns nach unten gehen und uns bei einer Tasse Kaffee unterhalten."

„Ich sage kein Wort mehr, bis sie geht", sagte Mad.

„Schon okay, Joe", sagte Tina. „Ich gehe."

„Bleib hier, während ich mit Mad rede", sagte ihr Dad.

Tina zog sich ins Bad zurück und schloss leise die Tür hinter sich.

Parker sah Mad mitfühlend an, dann gingen sie nach unten und setzten sich an den runden Eichenholz-Küchentisch.

Ihr Dad seufzte. „Kaffee?"

„Nein danke", sagte Mad, und Parker schüttelte den Kopf.

Ihr Dad faltete seine Hände auf dem Tisch. Ich nehme an, dass du eine Menge Fragen hast."

„Wie kannst du diese Frau in unser Haus bringen?", fragte Mad.

„Es ist auch einmal ihr Haus gewesen", sagte ihr Dad.

Mad blickte finster drein. „Sie hat kein Recht, hier zu sein."

Parker mischte sich ein. „War sie der Grund, weswegen du über Silvester nach Boston gefahren bist?"

„Ja."

Mads aufgewühlte Gefühle und der anstrengende Tag fokussierten sich auf ein Ziel – diese Frau, die nicht hierher gehörte. Sie hatte kein Recht, wieder hier aufzutauchen. Mad war danach, jemandem in den Arsch zu treten. Parker ergriff unter dem Tisch ihre Hand und drückte sie sanft. Sie holte tief Luft, um sich zu beruhigen, doch es half nicht.

„Dann hat sie dich nach fünfundzwanzig Jahren angerufen und wollte dich plötzlich zurück?", fragte Mad.

„Ihr Mann hat sie verlassen", sagte ihr Dad. „Sie hat angerufen und wollte sich unterhalten, hören, was sie alles verpasst hat."

„Sich unterhalten? Über das, was sie verpasst hat?", wiederholte Mad fassungslos. „Wie wäre es mit der Tatsache, dass sie unsere *Kindheit* verpasst hat?"

„Es gibt keine Entschuldigung für das, was sie getan hat", sagte ihr Dad. „Sie hat sich so lange über ihre Schönheit definiert. Sie ist mal Miss Connecticut gewesen. Doch Mutter zu sein, ist nicht glamourös. Sie hatte schwere Wochenbettdepressionen. Und ich schätze, sie hat ihren alten Lebensstil vermisst."

„Lebensstil!", rief Mad. „Und darum hat sie einfach ihre Familie verlassen? Um sich einen neuen, besseren Lebensstil zu suchen?"

Ihr Dad beugte sich vor. „Meine Kinder bedeuten mir alles. Das weißt du. Ich liebe euch alle bis zum Mond und zurück. Sie liebt euch auch–"

„Das ist keine Liebe", sagte Mad mit vor Wut zitternder Stimme.

„Sie hat sich zu sehr geschämt, um zurückzukommen", erklärte ihr Dad. „Sie glaubt nicht, dass sie Vergebung verdient hat."

Mad schlug mit der Hand auf den Tisch. „Recht hat sie."

Ein Augenblick der Stille folgte, währenddessen sie versuchte, sich zusammenzureißen. *Tief einatmen. Finde deine ruhige Mitte.*

Ihr Dad fuhr fort. „Du hast das Recht, wütend zu sein. Absolut. Aber, Mad, ich habe nie aufgehört, sie zu lieben. Und ich wollte zumindest versuchen, den Riss zwischen ihr und dir und deinen Brüdern zu überbrücken."

Wie wäre ihr Leben verlaufen, wenn ihre Mutter ihr beigebracht hätte, wie sie zu sein? Eine Schönheitskönigin wie Hailey, die so gut darin war, Anschluss zu finden. All ihre Unsicherheiten kamen wieder zurück.

Mad senkte ihre Stimme. Die Worte waren einfach zu schmerzhaft, um sie laut auszusprechen. „Du hast gehört, wie sie gesagt hat, dass ich nach dir komme, als wäre es etwas Schlechtes."

„Es ist großartig", mischte sich Parker ein. „Du hast tolle Gene."

Doch sie glaubte ihm nicht.

„Gib ihr einfach eine Chance", sagte ihr Dad. „Sprich mit ihr."

Mad schüttelte den Kopf. „Verlang nicht von mir, das zu tun. Sie hat es nicht verdient. Und du hast Besseres verdient."

Ihr Dad sah sie direkt an. „Ich habe euch Kindern mein Leben gewidmet, und ich bereue keinen Augenblick, doch jetzt habe ich eine zweite Chance bekommen."

Sie stand abrupt auf und verließ die Küche. Sie wollte ihre Sachen packen und bei irgendjemandem auf dem Sofa übernachten, da sie nicht mit dieser Frau unter demselben Dach sein konnte.

„Mad!", rief Parker.

„Lass sie abkühlen", sagte ihr Dad.

Sie stürmte in ihr Zimmer und fing an, wahllos Kleider in einen Koffer zu werfen. Dann hielt sie inne und starrte ihn an. Was zum Teufel tat sie da? Diese Frau sollte gehen, nicht sie. Das war Mads Zuhause. Sie leerte den Koffer aus und schleuderte ihn durchs Zimmer.

„Hi", sagte eine leise Frauenstimme von der Tür aus.

„Ich habe dir nichts zu sagen", sagte Mad.

„Tut mir leid, dass es dich so aufwühlt, mich zu sehen."

Sie warf der Frau einen bösen Blick zu. Tina. Sie

weigerte sich, als ihre Mutter über sie zu denken. „Es wühlt mich nicht auf. Du bedeutest mir nichts."

„Okay, das ist verständlich."

„Warum jetzt?"

„Dein Dad ist immer gut zu mir gewesen. Ein Gentleman."

„Du solltest gehen. Ich habe das dringende Bedürfnis, dir an die Gurgel zu springen."

„Wie bist du nur so aggressiv geworden? Hat es keine Frauen in deinem Leben gegeben?"

„Nein! Es waren nur ich, meine älteren Brüder und mein Dad, ein Cop. Tut mir leid, wenn ich kein Mädchen geworden bin wie du."

„Ich wollte nicht–"

„Raus aus meinem Zimmer, bevor ich dich hinauswerfe."

Tina wich zurück, und Mad stürmte an ihr vorbei, die Hände zu Fäusten geballt. Sie ging nach unten, so voller aufgestauter Energie, dass sie nicht wusste, was sie damit tun sollte.

„Parker!"

Er kam aus der Küche.

„Wir gehen in ein Hotel."

„Jupp."

Sie hatte nicht gedacht, dass es so leicht sein würde. „Lass uns gehen."

„Willst du eine Tasche packen oder–"

„Wir brauchen keine Klamotten."

~ ~ ~

Sie fickte ihn auf jede Art, die ihr einfiel, bis in den Sonntag hinein. Alles, was sie wollte, war roher, wilder, animalischer Sex, und er gab ihn ihr. Das war das einzige, was beruhigend auf sie wirkte. Genau die Ablenkung, die sie brauchte. Doch nach einem ganzen Wochenende davon bestand Parker darauf, dass sie langsam und zärtlich Liebe machten. Es war Montagmorgen und Zeit für sie, wieder zu ihren Vorlesungen an die Uni zurückzukehren.

Er stützte sich auf seine Ellbogen und blickte auf sie hinab. „Keinen wütenden Sex mehr."

Sie schlang ihre Beine um seine Taille. „Ich war nicht wütend auf dich."

Er strich ihr die Haare aus dem Gesicht, küsste ihre Stirn, ihre geschlossenen Augen, ihre Nase und schließlich ihren Mund. „Du hast all deine aufgestaute wütende Energie rausgelassen, und jetzt möchte ich, dass du etwas von meiner guten Energie bekommst." Er küsste sie erneut, langsam und innig. „Von meiner Liebe."

Parkers Liebe ging direkt zu ihrem Herzen und drückte zu. Sie war so aus dem Häuschen gewesen, dass Parker sich ihr plötzlich offenbart hatte, und dann war diese Frau aufgetaucht und hatte alles ruiniert. Sie hatte Mad in ein tiefes Gefühlschaos gestürzt.

Er rutschte hinunter, um ihr Falkentattoo zu küssen. Sie hoffte, dass er das hektische Pochen ihres Herzens nicht spürte.

Er kehrte zu ihrem Mund zurück und stützte sich über ihr ab und beobachtete sie, während er sie mit dem langsamen Fick fast in den Wahnsinn trieb.

„Komm schon", sagte sie und stieß ihm ihre Hüften entgegen. „Ich brauche mehr."

„Ich liebe dich", sagte er an ihren Lippen.

Sie schloss die Augen und versuchte, die Tränen zurückzuhalten. „Ich weiß."

„Darum will ich es dir jetzt zeigen."

Sie verspannte sich und wollte ihn schon von sich schieben, um die Position zu tauschen, als er ihre Handgelenke über ihren Kopf zog und festhielt.

„Lass mich.“

Sie hätte sich leicht befreien können, doch sie ließ es zu und entspannte sich sogar ein wenig.

Er machte Liebe mit ihr auf eine Art und Weise, die sie noch nie erlebt hatte.

Es war eine Vereinigung ihrer Seelen.

Mit seinen haselnussbraunen Augen blickte er in ihre, während sie einen Atemzug nach dem anderen teilten.

Und dann baute sie sich in ihr auf, diese Welle von Emotionen und Genuss, so eng miteinander verbunden.

„Ja“, trieb er sie an. „Bleib bei mir.“

Sie brach, eine Explosion der Lust, die sie dazu brachte, alles loszulassen, jede Kontrolle über ihre Gefühle. Stille Tränen liefen über ihr Gesicht. Einen Augenblick später folgte er ihr und ließ schwer atmend seinen Kopf neben ihren sinken.

Schließlich blickte er auf. „Mad“, sagte er zärtlich und küsste ihre Tränen weg.

Er rollte sich auf die Seite und zog sie an sich, einen Arm um ihre Taille geschlungen.

Sie wischte die letzten Tränen weg, froh, dass sie ihm mit ihren dummen Tränen nicht ins Gesicht blicken musste. „Ich muss los“, sagte sie. „Ich hab Vorlesungen.“

„Du hast noch ein bisschen Zeit.“

Sie fühlte sich wund, jeder Nerv von innen nach außen gekehrt und exponiert. Jede Zelle in ihrem Körper drängte sie zur Flucht.

Er strich ihr die Haare aus dem Gesicht und küsste sie auf die Schläfe. „Lass mich dich nur noch ein bisschen länger halten.“

„Halt mich fest.“

Als er es tat, spürte sie, wie sie sich entspannte, ihr Kopf klar wurde und ihr Herz wieder langsamer schlug.

Sie war fast eingeschlafen, als er sagte: „Du, ich fliege

heute Abend nach L.A.“

Sie drehte sich in seinen Armen um, plötzlich hellwach. „Was?“

„Ty hat angeboten, mir zu helfen, Arbeit zu finden. Bei den Airlines hat sich niemand für meinen Lebenslauf interessiert. Die brauchen zur Zeit keine Mechaniker.“

„Du bist doch gerade erst hergekommen, und jetzt verschwindest du schon wieder?“ Sie fühlte sich verraten. Zuerst hatte er sie mit seiner verdammten Zärtlichkeit verletzlich gemacht, und jetzt zog er ihr den Boden unter den Füßen weg.

„Ich brauche Arbeit. Ich muss deiner würdig sein.“

„Das bist du schon!“

„Nein, das bin ich nicht, aber ich will es versuchen.“

Sie zuckte zurück. Er zog sie an sich, doch sie wand sich frei. „Ich kann es nicht fassen“, sagte sie und hasste, dass ihre Stimme so erstickt klang.

Sie stand auf und zog sich mit hektischen Bewegungen an.

„Mad, komm schon. Gib mir eine Chance, was aus mir zu machen.“

„Ich weiß nicht, wo du deine kranken Ideen herbekommst, wer was verdient oder–“

„Was du sagst, ergibt keinen Sinn. Ich will nur das Beste für dich.“

Sie zog ihre Stiefel an und warf ihre Botentasche über ihre Schulter. „Viel Spaß in L.A.“

„Würde es dir etwas ausmachen zu warten? Ich habe kein Auto.“

Sie knirschte mit den Zähnen. „Okay.“

Sie holte ihr Handy aus der Tasche, um Hailey über ihr beschissenes Leben zu schreiben, und ignorierte dabei ganz bewusst seinen nackten Körper, als er aufstand, um sich anzuziehen. Doch so oder so – nackt oder angezogen war er unwiderstehlich sexy, und es ärgerte sie, dass sie sich so zu ihm hingezogen fühlte, obwohl er sie so wütend gemacht hatte und sie in ihrer Zeit der Not im Stich ließ.

Sie sah eine Nachricht von ihrem Dad. *Familientreffen heute Abend wegen Mom.*

Großartig! Perfekt! Konnte es noch schlimmer kommen?

Diese Person hatte den Titel *Mom* nicht verdient. Josh hatte ihr erzählt, dass ihre Mom am ersten Weihnachtsfeiertag verschwunden war, um ihnen den Heiligabend nicht zu verderben. Mad erinnerte sich an nichts davon. Sie war damals gerade ein Jahr alt gewesen. Josh und Jake waren acht gewesen, darum war es für sie wahrscheinlich am schlimmsten. Ty, Alex und Logan waren sechs, fünf und vier Jahre alt gewesen. Sie kam zu dem Schluss, dass ihre Geburt, drei Jahre nach der letzten der Jungs, der Tropfen gewesen war, der das Fass zum Überlaufen gebracht hatte.

Sie ging auf und ab und wartete auf Parker, der im Bad verschwunden war. Sie blieb stehen. *Weißt du was? Also gut.* Sie würde zu diesem dummen Familientreffen gehen, aber nur, weil es ihr Haus war und sie sich weigerte, sich ewig zu verstecken. Das gab dieser Frau nur Macht über sie. Sie schickte mehrere SMS an ihre Brüder, die erwartungsgemäß mit Variationen von *Was zum Teufel …* antworteten. Na also. Sie war nicht die einzige, die der Meinung war, dass diese Frau böse war und ihr Dad ein Idiot, weil er sie wieder in sein Leben ließ.

Sie fuhr nach Hause und dachte leise vor sich hin brodelnd über ihr Leben nach und alles, was darin geschah, was sich ihrer Kontrolle entzog.

„Ich komme zurück", sagte Parker. „Es ist nur für ein paar Tage, damit ich Tys Leute kennenlernen und sehen kann, ob es was für mich ist. Er hat mir ein Erste-Klasse-

Ticket gebucht.“

„Wie lange weißt du es schon?“

„Er hat es mir an Neujahr gegeben, bevor er abgereist ist. Ich weiß, das Timing ist beschissen, aber ich war mir bis zu diesem Wochenende nicht einmal sicher, ob ich sein Angebot überhaupt annehmen wollte. Doch ich muss das für uns tun.“

„Das ist nicht für uns, das ist für dich.“

„Ich brauche einen guten Job für unsere Zukunft“, beharrte er. „Damit ich dir alles geben kann, was du verdient hast.“

Sie presste die Lippen aufeinander. Sie wusste, dass er davon überzeugt war, das Richtige zu tun. Ihre Erfahrung hatte sie gelehrt, dass es unmöglich war, Parker von etwas abzubringen, das er sich einmal in den Kopf gesetzt hatte. Dumm nur, dass das eine saublöde Idee war. Beschissen, wie ihr Leben.

Er drückte ihre Schulter. „Komm schon, ich kann die Anspannung von dir ausgehen spüren und das, nachdem ich Stunden damit verbracht habe, sie aus dir rauszuficken.“

Sie starrte ihn finster an, doch da war es wieder, dieses zärtliche Lächeln, dem sie nicht widerstehen konnte.

Sie seufzte. „Dad hat wegen Tina ein Familientreffen für heute Abend einberufen.“ Allein der Name dieser Frau hinterließ einen unangenehmen Geschmack in ihrem Mund. „Was zum Teufel stimmt nicht mit Dad? Ich will den beiden die Schädel zusammenrammen, um ihm Vernunft einzubläuen. Ich meine, was soll das überhaupt bringen, in dieser Phase seines Lebens wieder was mit ihr anzufangen?“

„Er ist erst dreiundfünfzig“, bemerkte Parker. Cops konnten bei voller Pension recht jung in Rente gehen, darum musste sie zugeben, dass er nicht wirklich alt war.

Sie lockerte ihren Griff um das Lenkrad. Verdammt.

„Unser ganzes Geficke ist jetzt vergeblich gewesen, weil ich jetzt schon wieder das Bedürfnis habe, ihr an die Gurgel zu gehen."

„Ich würde nicht sagen, dass das vergeblich war", grinste er. „Den Spaß war's wert."

Ein zögerndes Lächeln zupfte an ihren Mundwinkeln.

„Darf ich dir einen Rat geben?", fragte er.

„Nein."

„Sie wird immer ein Teil von dir sein, doch du musst nicht erlauben, dass sie dich beherrscht."

Sie sah ihn finster an. „Woher hast du das denn? Aus 'nem Glückskeks?"

„Sie muss nicht alles sein."

Sie blinzelte. Sie wollte nicht wegen dieser Frau weinen, die ihre Tränen nicht verdient hatte.

Er legte eine Hand auf ihren Oberschenkel. „Dein Dad hat das einmal zu mir gesagt, als ich wütend auf meine Mom gewesen bin."

„Oh gut, dann kann ich ihm das ja auch sagen."

„Tu das nicht. Ich habe es nur gesagt, um dir zu helfen."

Mir kann nichts helfen.

Sie behielt den finsteren Gedanken für sich, wo er ein Loch in ihren Bauch brannte.

~ ~ ~

„Mad, schön, dass du zum Familientreffen gekommen bist", sagte ihr Dad und stellte sich vor das Sofa, auf dem sie saß.

Sie legte ihre Füße auf den Sofatisch und nickte. „Ich wohne hier."

„Tina kommt gleich runter", sagte er.

„Wunderbar."

Ihr Dad wippte auf den Füßen vor und zurück. Eine

lange Stille folgte. Sie weigerte sich, es ihm leichter zu machen. Er hatte diese Frau in ihr Haus gebracht. Das Haus, in dem sie ohne Mutter aufgewachsen war. Dieses böse, gefühllose Biest, das sie im Stich gelassen hatte. Sie kämpfte darum, ihre ruhige Mitte zu finden.

Verdammt toll, dass Parker auf dem Weg zu Ty auf der anderen Seite des Kontinents war, weil er versuchte zu sein, was er glaubte, das sie wollte. Doch hatte er sie gefragt? Nein! Wollte sie, dass er Stunts machte? Gott, nein.

Sie stand abrupt auf und begann, auf und ab zu gehen.

Die Haustür öffnete sich, und Josh und Logan kamen herein. Sofort fühlte sie sich besser. Josh war ein Fels. Plötzlich fiel ihr auf, dass Logan nach ihrer Mutter kam. Seine Haare waren hellbraun, anders als beim Rest der Familie, der durchweg dunkelbraune Haare hatte. Er hatte ihre schmale Nase mit demselben kleinen Stups am Ende. Doch er war einer von ihnen. Als sie Kinder waren, hatten sie sich ein Zimmer geteilt, sie oben auf dem Stockbett, er unten, und er war lange Zeit ihr spätnächtlicher Vertrauter gewesen – wenn er sie nicht gerade aufgezogen hatte.

„Ich bin nur deinetwegen hier, Dad", sagte Josh, zog seinen schwarzen Wollmantel aus und hängte ihn an die Garderobe. „Ich habe der Frau, die ihre sechs Kinder im Stich gelassen hat, nichts zu sagen."

Mad ging zu Josh hinüber und umarmte ihn, dankbar, nicht alleine zu sein. Er küsste sie auf den Kopf und zerzauste ihre Haare. Sie beschwerte sich nicht einmal deswegen.

Logan sah ein bisschen schockiert aus. Er hatte noch nicht einmal seine Daunenjacke ausgezogen, sondern stand einfach nur da und starrte ins Nichts. „Ich kann mich kaum an sie erinnern."

„Ich schon", sagte Josh. „Schönheitskönigin, Nase in die Luft gestreckt. Sie glaubt, sie sei besser als das gemeine

Volk, mit dem sie leben musste.“

„Ich möchte, dass ihr euch anhört, was sie zu sagen hat“, sagte ihr Dad. „Kommt Alex noch?“

Josh schüttelte den Kopf. „Er will nicht, dass Viv diese Frau trifft. Er will sie nicht verwirren, falls sie sowieso nicht bleiben wird. Oder bleibt sie?“

„Das hoffe ich“, sagte ihr Dad.

Josh warf Mad einen Blick zu, den sie genau verstand. *Kannst du das glauben?*

Jake hatte Glück. Auf Hochzeitsreise blieb ihm das Drama erspart. Ty war in Kalifornien und würde es auch verpassen. Sie bezweifelte, dass Tina lange genug bleiben würde, um sie zu sehen.

Tina kam elegant und selbstsicher die Treppe hinunter. „Hallo.“

„Hi“, sagte Logan und beobachtete sie neugierig.

Josh und Mad schwiegen.

„Das sind alle“, sagte ihr Dad.

Tina nickte. „Ich verstehe.“ Sie blieb im Wohnzimmer vor ihnen stehen. Ihre blonden Haare fielen in perfekten Wellen über ihre Schultern. Sie trug eine weiße Seidenbluse mit einem schwarzen Bleistiftrock und schwarzen Pumps. Vollkommen overdressed und viel zu aufgetakelt für ein Familientreffen. „Also, ich möchte damit anfangen, euch zu sagen, wie leid es mir tut. Ich bin weggeblieben, weil ich mich geschämt habe, mich euch zu stellen. Ich verdiene eure Vergebung nicht. Ich habe wieder mit eurem Dad Kontakt, und er hat mich dazu ermutigt, mit euch zu reden.“

Mad, Josh und Logan starrten sie schweigend an. Es gab nichts zu sagen. Sie hatte recht. Sie verdiente ihre Vergebung nicht.

Tina wandte sich zuerst Josh zu. „Hallo Josh, schön, dich wiederzusehen.“

Josh sagte nichts.

„Wie ich höre, ist Jake beim Skifahren in den Schweizer Alpen", sagte Tina. „Da bin ich auch mal gewesen. Ist wirklich schön."

Josh blieb teilnahmslos, und seine Miene war undurchdringlich.

Tina wandte sich Logan zu. „Du bist so groß! Du siehst aus wie dein Großvater, als er in deinem Alter war."

„Weißt du überhaupt, wie alt ich bin?", fragte Logan ohne Groll in der Stimme. Nur Neugier. Er musterte ihr Gesicht, als versuchte er, sich zu erinnern oder sie sich einzuprägen.

„Natürlich", sagte Tina. „Du bist neunundzwanzig. Eine Mutter vergisst nie den Tag, an dem sie ihr Kind zur Welt gebracht hat."

„Dafür hast du zwischendrin eine ganze Menge vergessen", bemerkte Josh.

„Ja", sagte Mad und legte nach. „Ich kann mich nicht an irgendwelche Geburtstagskarten von dir erinnern."

„Oder Anrufe", sagte Josh.

„Oder Besuche", schloss Mad.

„Tut mir leid", sagte Tina. „Nach Madison hatte ich schwere Wochenbettdepressionen. Ich habe mich nach einem Ausweg gesehnt. Und als ich erfahren hatte, dass ein alter Bekannter wieder Single war, habe ich die Chance ergriffen und den luxuriösen Lebensstil gerne angenommen, den er mir anbot. Ich bin nicht stolz auf mich. Ich würde es verstehen, wenn ihr mir nicht vergeben könnt."

Alle schwiegen.

„Warum bist du jetzt hier?", fragte Josh.

Sie faltete ihre Hände vor sich. „Mir ist bewusst geworden, dass ich euren Dad immer noch liebe. Und meine Kinder, diese Liebe verschwindet niemals, auch wenn ich nicht erwarte, dass ihr dasselbe empfindet."

„Und was ist mit diesem reichen *Bekannten*?", fragte Josh und lächelte bitter. „Hat er dich gegen ein jüngeres Modell eingetauscht?"

Tina wurde rot und strich sich über die Haare. „Es hat einfach nicht mehr mit ihm geklappt."

„Ach nein", bemerkte Mad.

„Das reicht", blaffte ihr Dad. „Tina hat sich bei euch entschuldigt, und ich erwarte von euch, dass ihr sie mit Respekt behandelt."

„Ich gehe", sagte Josh. Er nahm seinen Mantel und ging. Er schloss die Tür leise hinter sich, doch er hätte sie genauso gut zugeknallt haben können, wenn man die plötzliche angespannte Stille bedachte.

Ihr Dad seufzte. „Warum setzt ihr euch nicht", sagte er zu Mad und Logan, den zwei jüngsten Kindern der Familie.

Logan setzte sich aufs Sofa, und Mad folgte seinem Beispiel.

Ihr Dad legte einen Arm um Tina. „Es läuft richtig gut zwischen uns, und wir wollen wieder heiraten."

„Nach zwei Wochenenden Rumgeficke?", platzte Mad heraus.

Tina keuchte, doch ihr Dad sagte nichts.

Logan warf ihr einen Blick zu und drehte sich dann wieder zu ihrem Dad um. „Warum die Eile?"

„Tina braucht eine Bleibe, und wir haben genug Platz", sagte ihr Dad.

„Und darum lässt du sie wieder hier einziehen", sagte Mad. „Ich wette, sie packt bald wieder ihre Taschen, sobald der nächste reiche *Bekannte* durchblicken lässt, dass er eine Trophäenfrau sucht."

„Dazu bin ich zu alt", sagte Tina und spielte die Bescheidene.

„Dann lass dich operieren", schlug Mad vor. „Ich bin mir sicher, dass du dir dann schnell einen alten Geldsack angeln kannst.“

„Mad“, sagte Dad in warnendem Ton.

Logan schüttelte den Kopf und murmelte ihr leise zu: „Kein Filter“, und dann lauter. „Okay. Danke, dass ihr uns Bescheid gesagt habt.“ Er stand auf und zog Mad am Arm mit. „Wir gehen jetzt. Bye, Tina.“

Mad folgte Logan aus dem Haus, dankbar, von Tina wegzukommen. Besonders angesichts der Macht, die sie über ihren Dad zu haben schien.

Logan blieb auf dem Gehsteig stehen, zog schnell seine Daunenjacke aus und hängte sie ihr über die Schultern. Sie war zu verstört, um gegen die Großer-Bruder-Geste zu protestieren.

„Hast du jemanden, bei dem du ein paar Wochen unterkommen kannst?“, fragte er.

„Du denkst, ich sollte ausziehen?“

„Ja. Ich glaube, wenn wir sie allein lassen, wird es ihr in der Vorstadt schnell langweilig, und sie fängt bald an, sich den nächsten reichen Typen zu suchen.“

„Glaubst du wirklich?“

Er nickte. „Hast du gesehen, wie sie sich für ein Familientreffen an einem Montagabend aufgetakelt hat? Und im krassen Kontrast dazu Dad in seinem Flanellhemd und uralter Jeans. Er kann nicht mit ihr mithalten. Das konnte er damals nicht und jetzt erst recht nicht.“

„Ich will so gerne glauben, dass du recht hast.“

„Ich würde dich ja zu uns einladen, doch Ethans Kumpel pennt auf dem Sofa.“

„Nah, passt schon. Ich gehe zu Hailey. Sie ist mir was schuldig, nachdem ich einen Einbrecher im Ludbury House gestellt habe.“

„Bitte sag mir, dass du keine Jedermann-Festnahmen machst.“

„Ich mache keine Jedermann-Festnahmen.“

„Ich will gar nicht mehr hören.“

„Ich bin mit Parker zusammen.“

Er lächelte. „Das ist schön für dich. Du hast ihn schon immer geliebt.“

„Woher weißt du das?“

Er sah sie mit großen Augen und offenem Mund bewundernd an. „Alle wissen, dass du ihn angebetet hast.“ Wow. Dann würde es vielleicht gar nicht so schwer werden, ihre Familie dazu zu bringen, sie und Parker als Paar zu akzeptieren.

„Und jetzt betet er mich an“, erklärte sie.

„Wo ist er eigentlich?“

„In L.A. bei Ty.“

Logan zuckte zusammen. „Das habe ich nicht kommen sehen. Ich kann mir nicht vorstellen, dass Parker Autos und Bikes für Stunts zu Schrott fährt. Dafür liebt er die Dinger viel zu sehr.“

„Vielleicht springt er ja nur aus dem Fenster.“ Allein beim Gedanken daran lief ihr ein kalter Schauer den Rücken hinunter. Nicht ihr Parker. Nicht, nachdem er endlich aus irgendwelchen Kriegsgebieten zurückgekommen war. „Argh! Ich kann gar nicht daran denken. Bis bald!“

Er griff nach dem Ärmel seiner Jacke, und sie gab sie ihm zurück. „Sag mir Bescheid, wenn du was Neues von Dad hörst“, sagte er.

„Jupp.“

Sie ging zurück ins Haus.

Ihr Dad lächelte sie an, die Arme um Tina gewickelt. „Wir fliegen nach Vegas!“

„Großartig. Ihr habt mir das Ausziehen erspart. Viel Spaß.“

Sie ging in die Küche und holte sich was zu trinken. Midlife-Crisis in Aktion. Sie würde nicht einmal versuchen, ihren Vater zur Vernunft zu bringen. Sollte er sich doch die Finger verbrennen. Vielleicht würde er dann endlich begreifen, dass Tina nicht gut für ihn war.

Ärger im Anzug

ihren Vater zur Vernunft zu bringen. Sollte er sich doch die Finger verbrennen. Vielleicht würde er dann endlich begreifen, dass Tina nicht gut für ihn war.

Kapitel Achtzehn

Mad saß beim Meeting des Happy End Buchclubs im Café Brauhaus mit acht Frauen im Kreis – ihren üblichen Freundinnen und ihren neusten Mitgliedern Missy, Sabrina und Lexi – und war alles andere als glücklich. Sie tat so, als hörte sie zu, als Hailey das erste Kapitel der *Brautprinzessin* laut vorlas. Es war Donnerstagabend, und Parker hatte sie nur ganz kurz aus L.A. angerufen, und ihr Vater, dessen Midlife-Crisis in voller Blüte stand, war noch nicht wieder aus Vegas zurück. Sie war sich nicht sicher, ob er Tina nun geheiratet hatte oder nicht, doch sie wollte sich künftige Familienfeiern mit dieser Frau gar nicht erst vorstellen. Wenigstens Hailey war wieder ganz die Alte und machte sich keine Sorgen mehr über mögliche Einbrüche in ihrem Büro. Der Mann war ein Obdachloser gewesen, der seinen Platz in einer psychiatrischen Klinik verloren hatte, nachdem seine Versicherung nicht mehr dafür aufkommen wollte. Jetzt war er jedoch wieder in der Psychiatrie und bekam die Hilfe, die er brauchte.

Jemand schnippte mit den Fingern vor ihrem Gesicht, und sie schlug sie weg.

„Bist du okay?"

Sie hob den Kopf und sah Charlotte, die sie mit besorgtem Blick musterte.

Sie straffte ihre Schultern. „Ja, nur müde." Plötzlich bemerkte sie, dass die anderen ebenfalls verstummt waren. Sie sah die besorgten Blicke und befürchtete, dass Weiberklatschzeit war. Doch sie war einfach noch nicht so weit. Sie kannte die Neuen noch nicht gut genug, und jedes Mal, wenn sie über Tina sprach, hätte sie am liebsten jemandem in den Arsch getreten.

„Ich hab Brownies mitgebracht", zwitscherte Hailey und öffnete den Deckel eines großen quadratischen Plastikbehälters. „Das Spiel geht so. Ihr beichtet, ob ihr eure Männer lieber tätowiert und muskelbepackt oder im Anzug mögt, dann bekommt ihr einen Brownie."

„Können wir nicht beides haben?"

„Nein, Dummchen", sagte Hailey. „Kein Mann ist beides."

Sofort fiel ihr Josh ein, doch Mad war zu deprimiert, um zu versuchen, Hailey damit aufzuziehen. Außerdem trug er keine Anzüge mehr. Charlotte deutete auf die Brownies. „Also, wenn ich wählen muss, dann nehme ich tätowiert und muskelbepackt." Sie nahm sich ein winziges Stückchen von einem Brownie.

„Gut zu wissen", sagte Hailey augenzwinkernd.

Lauren nahm den Behälter und sagte „Anzug", bevor sie sich schnell einen Brownie in den Mund schob.

Alle anderen entschieden sich für tätowiert und muskelbepackt – Überraschung! Mad nahm den Behälter und griff nach einem Brownie, doch Hailey riss ihn ihr aus der Hand.

„Oh nein", sagte Hailey. „Erst musst du uns sagen, was dir lieber ist."

Die Frauen fingen an, herumzuscherzen und ihre Brownies zu essen – die Brownies, die Mad verweigert wurden. Ihr Gespräch wurde lauter und Mads Geduldsfaden immer dünner.

Hailey wedelte verlockend mit dem Behälter vor Mads Nase herum.

„Wen interessiert's?", blaffte Mad. Hailey wusste, dass sie auf Parker flog. Diesen Arsch.

„Es ist Teil des Spiels. Welchen Typ Mann magst du lieber?", drängte Hailey.

Mad explodierte. „Weißt du, welchen Typ Mann ich lieber mag? Einen, der dableibt!" Sie sprang auf. „Einen, der kein verdrehtes Ehrgefühl hat, das ihn dazu bringt, abzuhauen! Einen, der für dich da ist, wenn deine biologische Mutter sich entschließt, zum ersten Mal seit fünfundzwanzig Jahren aufzukreuzen!"

Alle starrten sie mit großen Augen an, doch sie war nicht zu bremsen.

„Einen, der Mann genug ist, um an meiner Seite zu bleiben, nachdem er so zärtlich Liebe mit mir gemacht hat, dass mir die Tränen gekommen sind!"

„Ähm, Mad", begann Lauren.

„Nein!", keifte Mad und schüttelte dabei den Kopf. „Ich werde *nicht* nett sein."

„Ähm", sagte Hailey und neigte den Kopf.

Mad stieß mit dem Finger in Haileys Richtung. „Du willst, dass ich auspacke?", blaffte sie. „Okay. Parker Shaw bildet sich immer noch ein zu wissen, was am besten für mich ist. Hat *er* mich gefragt, ob ich will, dass er sich einen Job sucht, bei dem er sich durch Fenster stürzt und von Motorrädern springt? Nein! Interessiert es ihn, dass mein Dad meine Mutter wieder heiratet und dass ich am liebsten kotzen würde? Nein!" Sie riss den V-Ausschnitt ihres T-Shirts hinunter, um ihnen ihr Falkentattoo zu zeigen. „Interessiert es ihn, dass dieses Tattoo eine permanente Erinnerung daran ist, dass er mein Herz in der Hand hält?"

„Und ob mich das interessiert", sagte eine tiefe Stimme.

„Aahhh!", sie stieß einen spitzen Schrei aus und zuckte

zusammen. Mit hochrotem Gesicht wirbelte sie herum. „Parker!"

„Ich wusste gar nicht, dass ihr in eurem Buchclub über solche Dinge redet", bemerkte er trocken.

Die Frauen kicherten.

Sie ging zu ihm und wollte ihm dafür die Hölle heiß machen, weil er sich so angeschlichen hatte, doch dann zog er sie in seine Arme und schmiegte seinen Kopf an ihren Hals.

„Ich hab dich vermisst", flüsterte er.

Ihre Wut verließ sie mit einem Atemzug. „Ich hab dich auch vermisst."

„Ich kann keine Stunts mit Ty machen. Sie schrotten viel zu viele gute Motorräder. Ich kann das Gemetzel nicht ertragen."

Vor Erleichterung wurden ihr die Knie weich.

Er strich ihr die Haare aus dem Gesicht und legte die Hand an ihre Wange, während er sie zärtlich ansah. „Ich bleibe für immer. Ich habe einiges gespart und kann eine Werkstatt eröffnen, vielleicht Autos oder Motorräder reparieren. Oder beides. Das wird sich schon ergeben." Er streichelte ihre Wange. „Tut mir leid, dass ich nicht da war, als du mich gebraucht hast. Doch ab sofort bin ich für dich da." Er küsste sie. „Für immer."

Ihre Wangen wurden rot, denn sie wusste, dass er es so meinte. Er war ein Mann von Ehre. Jemand, der zu seinem Wort stand. Sie schlang ihre Arme um ihn und küsste ihn leidenschaftlich, begleitet vom Jubel ihrer Freundinnen. Sie unterbrach den Kuss und drehte sich zu ihnen um. „Wenn jemand Kunden für Parker hat, sagt Bescheid. Er kann alles reparieren, was einen Motor hat."

„Am liebsten arbeite ich an Flugzeugen", sagte Parker, „doch über Autos und Motorräder weiß ich auch eine Menge."

„Mein Schwager hat gerade seinen besten Mechaniker verloren", sagte Missy. „Der Typ ist nach Florida gezogen. Magst du Oldtimer?" Oldtimer bedeutete großes Geld.

Parker strahlte. „Ob ich Oldtimer mag? Geht die Sonne im Osten auf? Ja! Und wie!" Schnell ging er zu Missy und ließ sich die Telefonnummer ihres Schwagers geben. Hailey reichte ihm Mads Jacke und Tasche. Dann stand er umringt von den Frauen des Buchclubs, eine schöner als die andere, doch er hatte nur Augen für sie. „Macht es euch was aus, wenn ich diese Schönheit entführe? Ich habe sie verdammt vermisst."

„Awww", seufzten alle.

„Geht!", sagte Hailey. „Husch. Wir brauchen solche wie sie hier nicht. Der Club ist für Singles." Sie zwinkerte Mad lächelnd zu.

Parker legte einen Arm um Mad und verließ das Café mit ihr. „Der Job ist bei der *Oldtimer- und Exotenwerkstatt*. Nico Marino gehört der Laden. Die machen Top-Restaurierungen. Einfach klasse."

„Ich hatte gar nicht mitbekommen, dass sie jemanden suchen." Hailey war einfach die Königin des Netzwerkens. Sie hatte sich mit Missy in ihrem Selbstverteidigungskurs unterhalten und sie in den Club eingeladen, und durch den Club hatte sie deren Schwager und Parker zusammengebracht.

Er blieb auf dem Gehsteig vor dem Café stehen und half ihr in ihre Jacke. „Hat dein Dad jetzt eigentlich geheiratet?"

„Keine Ahnung." Sie schloss den Reißverschluss. „Er hat sich seit drei Tagen nicht gemeldet."

Parker sah sie besorgt an. „Willst du Ty hinschicken, damit er nach ihm sieht? Er ist nicht weit weg."

Sie nahm ihm ihre Tasche ab und hängte sie über ihre Schulter. „Gib ihm noch ein paar Tage. Ihm geht's sicher gut. Lässt wahrscheinlich nur mal die Sau raus."

„Oder ertränkt sein gebrochenes Herz, weil sie ihn wieder sitzengelassen hat."

Ihr blieb der Mund offen stehen. Daran hatte sie noch gar nicht gedacht.

„Ich mein ja nur."

„Ja, ruf Ty an."

„Das werde ich, aber zuerst …" Er ging vor ihr auf ein Knie.

„Ahh!", kreischte sie, der zweite mädchenhafte Schrei ihres Lebens. Aus dem Café hörte sie Jubel, und als sie sich umdrehte, sah sie ihre Freundinnen, die sie vom großen Fenster aus mit glänzenden Augen beobachteten. Sie wandte sich wieder Parker zu. „Ja."

Er lächelte zärtlich. „Darf ich erst die Frage stellen?"

„Ich bete dich an."

Er schmunzelte. „Ich dich auch. Möchtest du meine Frau werden, damit ich das für den Rest meines Lebens tun kann?"

„Ja!"

Er griff in seine Tasche, holte einen Diamantsolitär heraus und steckte ihn an ihren Finger.

Sie starrte ihn an. „Wo hast du den her?"

„L.A." Er stand auf und hielt ihre zierliche beringte Hand zwischen seinen großen Händen. Er lächelte. „Gefällt er dir?"

„Ja!", kreischten die Frauen aus dem Café.

Sie sah ihre Freundinnen an, lächelte und drehte sich wieder zu Parker um. „Einstimmige Entscheidung. Ja."

Dann kamen ihre Freundinnen aus dem Café gestürmt, um ihnen zu gratulieren. Es war ein bisschen verrückt mit all ihrem Gehüpfe und Gequietsche. Hailey freute sich so sehr, dass sie den Antrag hatte mit ansehen dürfen, dass sie Parker spontan zum Buchclubmitglied ehrenhalber machte. Ein Angebot, das er nicht ablehnen konnte.

Epilog

„Boxershorts, Slips oder Briefs?", fragte Hailey. Wieder einmal grub sie bei einem Treffen des Happy End Buchclubs nach dem Wesentlichen.

Alle Frauen beugten sich vor, nur Mad nicht, die die Augen verdrehte und ihre Knöchel übereinanderschlug.

„Boxerbriefs", antwortete Parker ehrlich.

Hailey notierte es in ihrem Notizbuch.

Parker war der Quotenmann, Ehrenmitglied des Buchclubs und Mads treusorgender Verlobter. Mad hatte Frühlingsferien an der Uni, und nachdem Hailey nicht aufgehört hatte, ihr auf die Nerven zu gehen, hatte sie Parker mit zum Treffen des Buchclubs gebracht. Er war ziemlich cool, was die Sache anging. Wahrscheinlich, weil er guter Stimmung war, denn nach vier Monaten intensiver Ausbildung bei seinem neuen Boss Nico Marino hatte Parker sein erstes Soloprojekt bekommen, einen 1988er Ferrari F40. Oder vielleicht war er nur den Umgang mit einer gewissen Frau mit besonders großer Klappe gewohnt, auch wenn Parker nie so von Mad gesprochen hätte. Er bezeichnete sie als schlagfertig oder kess, und jede Menge niedlicher Kosenamen hatte er auch für sie. War es da ein Wunder, dass sie ihn liebte?

Hailey blickte von ihrem Notizblock auf. „Und jetzt

sag mir bitte, was ihr Männer so nach dem ersten Date denkt?"

Parker warf Mad einen Blick zu. „Wir Männer fragen uns, wo sich dieses heiße Mädchen unser ganzes Leben lang versteckt hat? Ist sie dieselbe kleine Knalltüte, die immer allen Jungs gesagt hat, dass sie nichts im Sack haben?"

„Nein, im Ernst", sagte Hailey. „Wir alle hatten wenig überzeugende Post-Date-Erlebnisse. Männer, die nicht anrufen …"

„Oder drei Tage später vage SMS schicken", fügte Charlotte hinzu.

„Oder die zum zweiten Date nicht aufkreuzen und dich warten lassen, während du Stoßgebete zum Himmel schickst, dass sie keinen Unfall hatten", sagte Lauren auf ihre ganz eigene süße Art.

Parker räusperte sich. „Ich weiß nicht, inwieweit euch meine Antwort mit der übrigen männlichen Bevölkerung weiterhelfen kann. Braucht ihr nicht eine größere Stichprobe als einen?"

„Kannst du uns mehr Männer besorgen?", fragte Hailey. „Sie müssen allerdings Singles sein."

„Na klar." Er wandte sich Mad zu. „Was denkst du? Sollen wir deine Brüder dazu holen?" Er meinte ihre Singlebrüder und Blutsbrüder, die ‚Ehrenbrüder', mit denen er aufgewachsen war.

Mad nickte. „Ty kommt in ein paar Wochen für ein Projekt in die Stadt. Seinen Beitrag solltet ihr euch auf jeden Fall anhören. Er sagt, was er denkt. Unverblümt."

Parker nickte. „Da wären also vier Singles unter den Campbells, vier Blutsbrüder und ich, das sollte ein guter Anfang sein. Ist das für irgendeine Studienarbeit?"

Die Frauen brüllten vor Lachen.

Parker sah Mad fragend an. Sie zuckte mit den Schultern. Wie sollte sie erklären, dass die hoffnungslose

Romantikerin Hailey, Gründerin des Buchclubs und Hochzeitsplanerin, davon überzeugt war, dass sie in der Lage war, Happy Ends möglich zu machen? Natürlich war es dafür nötig, Singlemänner nahe genug anzulocken, um sie einzufangen. Mad würde sich dem nicht in den Weg stellen. Hailey hatte ihr zur Seite gestanden, hatte sie unermüdlich angefeuert, als Mad ihr Herz aus dem Kühlschrank, in dem es jahrelang gelegen hatte, geholt und es für Parker riskiert hatte. Und jetzt waren sie verlobt. Sie hatten vor, in etwas über einem Jahr zu heiraten – einen Monat, nachdem sie ihr Studium beendet haben würde. Parker bestand darauf, so lange zu warten. Im Augenblick wohnten sie zusammen in einem billigen Apartment in Eastman und rammelten wie die Karnickel.

Hailey klatschte in die Hände. „Yay!" Sie runzelte die Stirn. „Warte, wie willst du sie hierher bekommen?"

„Ganz leicht", sagte Parker. „Wir machen es im Garner's und bieten ihnen kostenloses Essen und ein Bier an."

Hailey machte große Augen. „Warum bin ich nicht darauf gekommen?"

„Du bist kein Mann", bemerkte Parker.

Hailey lächelte verträumt. „Und Josh sitzt hinter der Bar fest."

Mad lachte wie ein Comic-Bösewicht. „Hailey, du bist ein böses Genie."

„Vielleicht sollten wir deinen Dad auch einladen", sagte Hailey zu Mad. „Jetzt, da er wieder Single ist. Mir scheint, dass er vielleicht gerne jemand Neuen kennenlernen würde."

Ihr Dad war ohne Tina aus Vegas zurückgekehrt. Nicht, weil Tina ihn sitzengelassen hatte, sondern weil ihm bewusst geworden war, dass er trotz der Liebe, die er immer noch für Tina empfand, ihr nicht vergeben konnte, dass sie erst so spät in das Leben ihrer Kinder zurückgekehrt war. Er hatte gehofft, dass das Familientreffen helfen würde, ein paar der Narben zu heilen, die seine Kinder davongetragen hatten, weil ihre Mutter nicht für sie dagewesen war, doch später erklärten sie ihm, dass es keinem von ihnen dank seines großen Herzens jemals an Liebe gefehlt hatte. Für Mad war Tina zu spät aufgekreuzt, und sie wollte in dieser Phase ihres Lebens keine Beziehung mehr zu ihrer Mutter aufbauen. Ihre Brüder empfanden dasselbe. Doch etwas Gutes hatte die Begegnung doch mit sich gebracht: in der kurzen Zeit mit Tina hatte ihr Dad begriffen, dass er bereit war für eine neue Beziehung.

„Ja, er muss auch kommen", sagte Parker. „Er ist cool, und glaub mir, er hat schon alles gesehen."

„Aber keine Kuppelei für ihn", warnte Mad Hailey. „Er ist mein Dad." Sie schauderte. Sie würde sich freuen, wenn er jemanden kennenlernte – schließlich war er so lange allein gewesen –, doch sie wollte nicht dabei sein, wenn es passierte.

„Wir werden sehen", sagte Hailey mit einem verschmitzten Lächeln und wandte sich Parker zu. „Grellvioletter Schmetterlingstanga oder Boyshorts?"

Parker benetzte seine Lippen und sah Mad an, die aufsprang. Vor kurzem hatte sie genau solche gekauft, und Hailey wusste das.

Parker stand auf. „Willst du mir irgendwas sagen?"

Sie ergriff seine Hand und zog ihn in Richtung Tür. Sie hatten ihn lange genug verhört.

„Ohh, Baby!", rief Charlotte.

„Mi-au!", kicherte Ally.

Sie johlten ihnen hinterher, doch alles verhallte in der Ferne, als Parker seine Arme um sie legte. „Süße, du bist so was von dran", flüsterte er.

Sie warf ihm einen Blick zu. „Du hast mir die Worte

aus dem Mund genommen.“

„Kleine Wildkatze.“

Sie lächelte. Als er sie hochhob und zur Tür trug, hörte sie ein kollektives Seufzen.

„Du legst die Messlatte verdammt hoch für meine Freundinnen“, sagte Mad. „Ich meine mit deinen romantischen Gesten und allem.“

„Gut. Sie haben es auch verdient, gut behandelt zu werden“, antwortete er. „Und wenn nicht, werde ich dem Typen in den Arsch treten.“

„Ich auch.“

„Deal.“

~ ~ ~

Liebe LeserInnen,

Die Hassliebe geht weiter! Was glauben Sie, wird Josh tun, wenn er herausfindet, dass Hailey seine Aussichten auf Dates zunichte gemacht hat, indem sie potentiellen Kandidatinnen von seiner bedauernswerten Erkrankung erzählt hat? Zumindest haben sie an Silvester für ein paar Stunden einen gewissen Burgfrieden gewahrt. Charlotte und Ty hatten einen recht holprigen Anfang, doch jetzt, da Ty wegen eines Jobs in die Stadt zurückkehrt, will er eine zweite Chance, einen guten Eindruck zu hinterlassen. Als nächstes folgt Tys und Charlottes Geschichte, *Gewagtes Spiel*, Buch 3 in der Happy End Buchclub Reihe. Schließen Sie sich dem Club an, und finden auch Sie Ihr Happy End!

Gewagtes Spiel (Happy End Buchclub #3)

Das letzte, was Charlotte Vega jetzt in ihrem Leben braucht, ist ein eingebildeter HEISSER Stuntman wie Ty Campbell. Doch als er den ultimativen Stunt durchzieht — eine sexy-romantische Geste, die in einer charmanten Einladung zu einem Abendessen auf dem Wasser bei Sonnenuntergang gipfelt — kann sie ihm nicht widerstehen. Einsatz: Desaster.

Ihr holpriges erstes Date wird noch schlimmer, als seine Yacht (okay, nicht seine, er hat sie sich geborgt) auf Grund läuft. Ty bleibt nichts anderes übrig, als stundenlang auf die Flut zu warten. Ohne Strom kann er das geplante Abendessen nicht zubereiten und muss sich mit einer hungrigen und schlecht gelaunten, aber unglaublich erotischen Frau herumschlagen.

Doch Ty ist wild entschlossen, das Date zu retten, darum schlägt er zum Zeitvertreib ein Spiel vor. Doch was er dabei erfährt, führt ihm vor Augen, dass er vielleicht gerade das Date mit der perfekten Frau vermasselt hat. Wie soll er sie jetzt für sich gewinnen?

Abonniere meinen Newsletter & verpasse keine meiner Neuerscheinungen: *Kyliegilmore.com/DEnewsletter*

Weitere Bücher von Kylie Gilmore

Die Clover Park Reihe
The Opposite of Wild (Buch 1)
Daisy Does It All (Buch 2)
Bad Taste in Men (Buch 3)
Kissing Santa (Buch 4)
Restless Harmony (Buch 5)
Not My Romeo (Buch 6)
Rev Me Up (Buch 7)
An Ambitious Engagement (Buch 8)
Clutch Player (Buch 9)
A Tempting Friendship (Buch 10)

Die Clover Park STUDS Reihe
Almost in Love (Buch 1)
Almost Married (Buch 2)
Almost Over It (Buch 3)
Almost Romance (Buch 4)
Almost Hitched (Buch 5)

Die Happy End Buchclub Reihe
Hollywood Inkognito (Buch 1)
Ärger im Anzug (Buch 2)
Gewagtes Spiel (Buch 3)

Über die Autorin

Kylie Gilmore ist die *USA Today* Bestsellerautorin der Happy End Buchclub Reihe, der Clover Park Reihe und der Clover Park STUDS Reihe. Sie schreibt unterhaltsame zärtliche Romanzen mit einer gesunden Prise Humor.

Kylie lebt mit ihrer Familie, zwei Katzen und einem verrückten Hund in New York. Wenn sie nicht gerade schreibt, Kinder bändigt oder bei Autorenkonferenzen pflichtbewusst Notizen macht, findet man sie beim Stretching – bis ganz nach oben ins oberste Regal, um dort ihren geheimen Schokoladenvorrat zu erreichen.